書下ろし

報《むく》いの街

新・悪漢《わる》刑事《デカ》

安達 瑶

祥伝社文庫

目次

プロローグ

「おい、オッサン」

　通りを歩いていたアロハ姿に無精髭《ぶしょうひげ》の中年男は、後ろから声をかけられた。

「聞こえねえのかよ、オッサン」

「気軽におれをオッサンと呼ぶな！」

　凄《すご》んで振り返った瞬間、視界いっぱいに拳《こぶし》が飛んできた。

　アロハの男は横《よこ》っ面《つら》を一発殴られて不様《ぶざま》に倒れた。

「オッサン、誰の許可を貰《もら》ってやってんだ、え？」

　倒れた男を覗《のぞ》き込んだのは、大学生風の、まだ若い男だ。

「ドラッグはおれたちが売るんだよ！」

「何言ってやがる。この辺りはウチの縄張り……」

　血の混じった唾を吐き出しながらもアロハ男は言い返したが、若い男はせせら笑い、今度は男の腹を蹴り上げた。

「縄張り？　ははぁ、てめえは鳴龍会《めいりゆうかい》の残党ってことか」

臭《くさ》いものを嗅《か》いだように顔を歪《ゆが》めた若い男は、アロハ男の頰《ほお》に靴底をぐりぐりとなすりつける。

「解散した元暴力団が何イキがってんだ？　お前なんかもうクソの役にも立たねえって」

若い男は軽やかなステップで中年男の腹や顔を何度も執拗《しつよう》に蹴った。

「死ねよ、カス。あ～あ。おれの靴に反吐《へど》かけやがって、この使えねえジジイが」

若い男は、中年男のアロハで靴を拭《ふ》くと、そのまま顔に尖《とが》った爪先《つまさき》をめり込ませた。

「まあ、オッサンらも気の毒だよな。解散しても元反社《はんしや》ってレッテルは一生ついて回るもんな。警察も目を光らせてるしな。もう死ぬしかねえんじゃねえの？　よう、いっそ死ねば？」

文字通りサンドバッグとなってボロボロに蹴り続けられた中年男の顔もアロハも、血と反吐でグチャグチャだ。男自身、もはや完全に無抵抗でぴくりともしない。

「おい」

爪先で顔を突《つつ》いたが、中年男は相変わらず死んだようにグッタリしている。

若い男はかがみこんだ。倒れ込んだ中年男のポケットをまさぐると、パッケージされた薬のカプセルを見つけ出した。

「これ、没収」

若い男はけけけと笑いながら、歩いていった。

午前二時の二条町《にじょうちょう》。数人の酔客《すいきゃく》が、この暴行の様子を身体《からだ》を強《こわ》ばらせて見ていたが、止める様子はまったくなく、若い男が去ってしまうと、酔客たちもそのまま立ち去ってしまった。

第一章　ヤクザの子ども

明け方。安アパートの一室。

セミダブルのベッドには中年男と、それより少し若めの女が抱き合って寝ている。そこにドアが激しくガンガン叩《たた》かれた。

最初は無視して寝ていた二人だが、ドアの音はどんどん激しくなっていく。

「……うるせえなあ……」

ドアは叩かれるだけではなく蹴られ始めていた。

「頼む！　開けてくれ……ダンナ……」

ドア越しに切羽《せっぱ》詰まった声が聞こえてくる。

「ちょっと、アンタ出てよ……気味悪い」

女に促《うなが》された男は、「まったくよぉ」とボヤきながら玄関の電気をつけ、半分寝ぼけた顔のままドアを開けようとした。

しかしそこで、男はいかんいかんと顔を横に振って眠気を飛ばし、中腰に身構えて慎重にロックを外した。

　それを待っていたようにドアが猛然と引かれると、そこには顔もアロハも血だらけの男がいて、力尽きたように倒れかかってきた。

「きゃあああああ！」

　ベッドにいた女が悲鳴を上げた。

「……なんだ、大タコか」

　ドアを開けた中年男は警戒を解きかけたが、次の瞬間、鋭《するど》い目付きで血だらけの男の腕を取り、引きずり込むように室内に入れると、外を一瞥《いちべつ》して、ドアを閉めた。

「だ……大丈夫だ。おれ一人で来たから」

「まったく……今何時だと思ってるんだ、あ？」

　部屋の主の男は眠そうな顔に戻ると、吐《は》き棄《す》てた。

　剃《そ》り残した無精髭《ぶしょうひげ》に脂《あぶら》ぎった髪の毛。数日間、風呂にも入っていないようで、ヨレヨレのU首シャツ姿の中年男は、くしゃくしゃのパッケージからタバコを取り出した。

「まあ一本吸え」

　血みどろの男にも勧《すす》めるが、その呼吸はなんだか取調室の刑事と容疑者のようだ。

「いや、タバコより……タオルとか貸して貰《もら》えませんか、ダンナ」

「ちょっと！　佐脇《さわき》ちゃん、誰なのよ、その人？」

ベッドの上で固まっていた女がヒステリックに叫び、佐脇と呼ばれた男が言った。

「コイツな、元ヤクザの通称大タコ。名前はええと……」

「大多小五郎《おおたこごろう》です……」

血みどろの男はそう名乗ってペコリと頭を下げた。

「コイツには小六《ころく》って弟がいて、そちらはただの『タコ』。タコ兄弟だ。鳴龍会があった頃は祭りの屋台でタコ焼き焼いてたんだよな」

「ダンナの言うとおりで」

「しかし臭《くせ》えなお前」

大タコの臭《にお》いを嗅《か》いで顔をしかめた脂ぎった男は、ベッドにいる女をチラッと見た。

すると女はスリップ姿のままベッドから降りて、押し入れからタオルを取り出すと湯沸かし器のお湯で蒸しタオルにして、おそるおそる大タコに渡した。

「すまんな、千紗《ちさ》」

佐脇と呼ばれた男はスリップ姿の女に礼を言った。

「おい大タコ。反吐《へど》と血でベトベトのそのアロハを脱げ。そいつが臭えんだ」

蒸しタオルで顔を拭《ぬぐ》った大タコは、のろのろとアロハを脱いだ。

千紗と呼ばれた女はさっと着替えのTシャツを差し出し、大タコに渡すと同時にベッドに戻ってアタマから布団《ふとん》を被《かぶ》った。

「すんません……ダンナ」

「いいって事よ。あとからシャツとタオル代は請求するから。〆《しめ》て一万円だな」

ボロボロの男は精《せい》も根《こん》も尽き果てた様子で、佐脇の軽口にも無反応だ。

「で？　誰にやられた？　それは愚問《ぐもん》か。どうせ半グレのピーチパイのクソ連中だろ？」

上半身裸の男は、タオルで拭《ふ》きながら頷《うなず》いた。

「そういうことなんで……ダンナ……佐脇のダンナ。なんとかしてくださいよ」

男はタオルに顔を埋《うず》めつつ泣いていた。

「もう……死にたいっすよ。死んだ方がラクかも。でも、このままじゃあ死ぬに死にきれなくて……」

うっぷ、と込み上げてきた様子の大タコは、いきなり立ち上がってキッチンの流しに吐いた。吐瀉物《としゃぶつ》の中に歯も混じっていて、ステンレスにコツンコツンと音を立てて落ちた。

「ちょっと！　キレイに流しといてよ！」

ベッドから千紗が怒鳴った。

「あ……すんません……」

大タコが水を出して流しを洗う。

その間、佐脇と呼ばれた脂ぎった男は所在なさげにタバコを燻《くゆ》らせていたが、おもむろに立ち上がると、大タコの肩を摑《つか》んだ。

「外に出よう」

大タコを部屋から押し出しながら、佐脇は耳打ちした。

「アイツがお前を怖がってる。つーか、嫌がってる」

佐脇は大タコを連れて二条町の飲み屋街に向かった。

空は既《すで》に明るく、夜明け寸前だ。この街を歩く酔客《すいきゃく》も家路《いえじ》につこうとしている。

「前は二条町の店の二階に住んでたんだがな、明け方までうるせえから近所に越したんだ」

大タコは妙にオドオドして周囲を窺《うかが》っている。

「お前をノしたヤツは今ごろ高イビキかよ。おい、どの辺でボコボコにされたんだ？」

「あの辺りなんで」

大タコが指差した電柱の下辺りには、なるほど血反吐などを洗い流した跡が残っている。

たしかに、相当やられたようだ。

佐脇は飲み屋街の細い路地をずんずんと進み、とある酒場に入った。

昭和レトロな怪しい飲み屋街には珍しくオシャレ系で洋風の、「バスコ・ダ・ガマ」という店だ。大音量のポップスが鳴り響く店内にはケバいネオンサインが明滅《めいめつ》して、壁には五〇年代風のアメ車のイラストが描かれている。「なんちゃってアメリカン」なところが店名とミスマッチで、さらに怪しさが増している。

夜の一番混んでいる時間帯に来ると、鳴龍会の残党やその関係者がトグロを巻いていることが多い店だが、さすがにこの時間は閑散《かんさん》としている。

佐脇は勝手知ったる他人の家、とばかりに「ヨッ！」と片手をあげると、急な階段をどんどん上がって、昔風のソファにドカッと座った。

一方、大タコはよろよろと、やっとこさ階段を上がってソファに辿《たど》り着いた。

「で、お前はどこで飲んでたんだ？　ここか？」

「いえ……あっし如《ごと》きじゃ、この店は入りづらくて」

「そうだろうな。ここは旧鳴龍会の中でも、羽振《はぶ》りがよかった連中が同窓会みたいに集まるところだもんな」

実際、鳴龍会の幹部だったりシノギで儲《もう》けていた連中がここに集まっては昔の武勇伝や回顧《かいこ》話に興《きょう》じている。

「ここで飲んでりゃ、半グレの連中も襲いに来なかったんじゃねえのか？」

やってきたウェイターに、佐脇はバーボンのハイボールを二つ頼んだ。

「そんな事はないです……だって、あのボーイも、ピーチパイの一味ですぜ」

そうなのか？　と佐脇は気に掛ける様子もなくタバコに火をつけた。

「この店にはピーチパイの奴らもウジャウジャいますよ」

「そんなところで、どうして鳴龍会の同窓会をやってるんだ？」

大タコに訊《き》かなくても佐脇は答えを知っている。この店のオーナーは元鳴龍会の若手だが、商売のために半グレ集団の「ピーチパイ」とも懇意《こんい》にしているからだ。

鳴龍会があった頃、この二条町の飲み屋街は鳴龍会のショバだったが、今は覇権《はけん》を握《にぎ》る者が存在しない、事実上の無法地帯となっている。それでも抗争や乱闘が頻繁《ひんぱん》に起きると商売に差《さ》し支《つか》えるので、店ごとに系列が「元鳴龍会」「半グレ」「中立」とモザイク状に分かれている状態だ。危ういバランスを保《たも》ちつつ、表面上は平穏《へいおん》にやっている。

だから、数時間前にこの近くで、大タコが半グレの若いヤツにボコボコにされたのは、きわめて異例の事態と言えた。

「ピーチの連中も、揉《も》めたくはないはずだ。商売人は戦争を嫌う。お前、まさか先に何か仕掛けたりはしてねえだろうな？」

「いえ、それはないです。誓《ちか》ってそれはないです」

大タコは必死に弁明した。

「シノギはやってましたけど……ドラッグを」

「店で？　路上で？」

「……路上で」

「それだとパクられるだろうが？　半グレの若いモンはそれを嫌って神経質になったんじゃないのか？」

大タコは、運ばれてきたハイボールをグビグビ飲むと、「歯に染みる」とボヤいて、佐脇を縋《すが》るような目で見た。

「ねえダンナ。なんとかなりませんかねえ」

佐脇が黙っていると、大タコは再び泣き始めた。

「もうね、おれたちボロボロなんですよ、ダンナ。縄張りとシノギは半グレに奪われるわ、警察は目《め》の敵《かたき》にしてくるわ、暴排《ぼうはい》条例で人間扱いされないわ、もう……」

「クドクド言わなくても判《わか》ってるよ。お前たちの窮状《きゅうじょう》は」

そう言って佐脇もハイボールを飲み干した。

「知ってのとおり、おれは鳴龍会とともにあったからな。お前らが困ってるのはよく判る。組がある時は住むところも生活費もほぼ組が面倒を見てくれた。鳴龍会の看板で、刑事のおれが一目《いちもく》置かれたというのも妙な話だが、肩で風切って歩けたし懐《ふところ》も温かかった。だがその組があいう形で解散して、事実上組を仕切っていた伊草《いぐさ》が姿を消しちまったからなあ」

そうなんですよ、と鼻をすすり上げる大タコに佐脇は言った。

「今のあの無能な元親分じゃあ、何も仕切れねえしな。組があった時だって全部、若頭《わかがしら》の伊草におんぶに抱っこだったからなあ……」

かつて警察庁が全国で大々的に展開した暴力団壊滅《かいめつ》作戦。それに乗じた関西の巨大暴力団が、鳴海《なるみ》の地元暴力団・鳴龍会を傘下《さんか》に収めようと画策《かくさく》した時のことだ。巨大暴力団が送り込み、伊草の部下となったのが大林《おおばやし》というヤクザだった。だがその大林の工作で、鳴龍会は巨額の債務《さいむ》を負うことになってしまった。資金面でも完全に枯渇《こかつ》して自滅の様相を呈《てい》した鳴龍会だが、そこで伊草がいわば最後の意地を見せた。すべての動きに怒りを爆発させた元若頭は、張本人の大林をビルごと爆殺して逃亡したのだ。

組織の幹部がここまで大それた事をしでかした以上、当然のこととして鳴龍会は解散に追い込まれ、若頭の伊草は警察庁指定被疑者特別指名手配となり、国外に高飛びした可能性からICPOを通じて国際指名手配もされた。

警察庁は、伊草逮捕を暴力団壊滅のシンボルにすべく身柄確保に躍起《やっき》になったが、伊草の行方《ゆくえ》は杳《よう》として知れない。

どうしても話す必要があった佐脇だけは、大阪で伊草とごく短時間、会った事はあるのだが……。

「だけどお前、大企業だってバッタリ倒産したり外資に買われてリストラされたりする時代だぜ。反社会的存在の暴力団がなくなってもおかしい事じゃねえだろ」

「そりゃあそうですが」

「その備えもしてなくて、困った困ったと言うだけじゃアホだぜ」

「そりゃ、自分の食い扶持《くぶち》はなんとかしようと日夜奮闘しておりますよ。だけど」

佐脇に平身低頭して、仰《おお》せご尤《もっと》もな態度を取っていた大タコだが、さすがにムッとして食ってかかった。

「ダンナはそうおっしゃるけど、ダンナはもしもの備えってヤツをしてるんですか？　急に警察を馘《くび》になった時とか」

「してるしてる。当たり前だろ！」

佐脇は大威張《おおいば》りでそう言い放つと、テーブルにドカッと足を乗せた。

「知っての通り、おれは鳴海署はもちろん県警レベルでも、東京のサッチョウからまで睨《にら》まれてるヤバい警官なんだぜ。自慢じゃないが。いつ馘になってもいいように備えはしてる」

そう大見得《おおみえ》を切ってハイボールを飲み干すと、ウェイターに大声でお代わりを注文した。

「ダンナはおれたちと似たようなもんなのに、ずいぶん違いますねえ」

大タコは、すっかりいじけてしまった。

「当たり前だ。こちとらカタギのおまわりさんだ。警察は何をやってもええんじゃ、と誰かが言ってたな」

「カタギが聞いて呆《あき》れらあ」

大タコは、精一杯の憎まれ口を叩いた。

「そうか？　だがエラい警官は天下《あまくだ》りする。警官も役人だからな。で、エラくない警官も再就職先はある。警備会社とか、警察と繋《つな》がっていたい会社とかな。そのへんがヤクザとは違う。お前ももう少し利口《りこう》だったら、警官になってたらよかったのにな」

「誰も好《す》き好《この》んでヤクザになったんじゃないですぜ。ヤクザは吹《ふ》き溜《だ》まりみたいなところだから、他に行くところがないヤツが溜まるんでさ」

「そんな口が利《き》けるんならまだ大丈夫だな」

佐脇は自分に来たハイボールを大タコに勧め、もう一杯追加で頼んだ。

「しかし……今の鳴海がこんな状態なんだから、クスリなんか売るのはやめて、カタギの仕事をしようと思わねえのか？」

大タコは薄ら笑いを浮かべて首を横に振った。

「組がなくなったのに、警察もどこも、まだ組員扱《あつか》いするじゃねえですか……まともなところはどこも雇ってくれないじゃないですか！」

結局、佐脇は出勤時間まで飲み続けて、遅刻した上に酔っ払ったまま鳴海署に出勤した。

朝礼が終わったあとに刑事課に顔を出しただけで職員食堂に向かい、ハムエッグの朝定食を食べていると、部下の和久井《わくい》がやってきて、その後ろには刑事課長の光田《みつだ》もいた。

「お。刑事課長オン自《みずか》ら、どうしました?」

「どうもこうもねえだろ。お前な、そんな勤務態度だと痛くもない腹を探られるぞ。まあ、お前の腹は痛いところだらけだろうけどな」

「満身創痍《まんしんそうい》だよ。どこを叩いても埃《ほこり》の出ないところはない」

佐脇はそう言って焼いたハムを海苔《のり》代わりにしてご飯を巻き、口に運んだ。

「寝てるところを元鳴龍会の大タコ、大多に叩き起こされてな。奴《やっこ》さん、半グレのピーチパイの連中にボコボコにされておれのヤサに逃げてきたんだ」

「で、そのまま朝まで飲んでたって?」

佐脇は返事の代わりに番茶を飲んでゲップをした。

「泣き言をずっと聞いてた。いのちの電話のおじさんだ。半グレにはボコボコにされ、警察には取り締まられ、カタギには排除されて、生きていけないって泣きつかれた」

「ヤクザみたいなアンタは優雅に暮らしてるのに不公平だ、と言われたんだろ?」

光田はそう言ってニヤリとした。

「そうは言われてない。まあ、似たような表現ではあったけどな」

佐脇は残った白飯に醬油《しょうゆ》をかけてかき込んだ。

「お前……そろそろ血圧の心配をした方がいいぞ」

光田は胸焼けしたような顔で醬油飯を見た。

「今、元鳴龍会のシマは、半グレのピーチパイが抑《おさ》えてるんだろ？」

「そうです。詳しい事は二係の樽井《たるい》さんに……」

和久井が腰を浮かしたが、佐脇は面倒くさそうに「いいから」と抑えた。

現在の鳴海署が管轄《かんかつ》している地域では、表面上は暴力団が起こす事件は激減している。それは地元の暴力団「鳴龍会」が解散したからだ。以前は関西の巨大暴力団が進出しようとして抗争事件を起こしたこともあり、その時は佐脇のいる刑事課一係が暴力団がらみの事件を担当していたが、その後、暴力事件が収まった代わりに詐欺《さぎ》や薬物の密売などが増えてきたので、二係が担当することになった。規模の小さな鳴海署には、組織犯罪対策課のような独立した部署はない。

「元ヤクザの連中の言うことも判るんだ。判るんだが、暴排条例がある以上、ウチとしてはそれに沿って動くしかない」

光田は自分でコーヒーを取ってきて、一口飲んだ。

「全国各地の自治体で制定されている暴排条例には、暴力団を辞めて五年は『排除の対象とする』条項があるし、暴力団との密接関係者と認定されれば、生活上の制約はずっと続くことになる。だから、解散したとは言え、元暴力団員は警察から厳しい監視を受け続け、カタギからも暴排条例を楯《たて》に排除の対象とされる。それじゃあ生活に支障《ししょう》が出るのも判る。人権の制限である以上、憲法違反になる可能性もあるから、国の法律にしないで地方の条例にしているっていう話もある」

光田はそう言って、重々しく頷いた。

「しかもだ、それを指揮してるのは、佐脇、お前のマブダチの入江《いりえ》センセイだろ。入江がサッチョウで暴力団壊滅の陣頭指揮を執《と》って、上の覚え目出度《めでた》く出世してるんじゃないか」

光田はそう言って、非難するような目で佐脇を見た。

「文句があるならお前のマブダチに直接言えよ」

「無理を言うな、光田。お前も知ってるだろ。入江大センセイは警官じゃなくて、中央のエリート官僚だ。役人の論理で動くから、おれなんかがナニを言っても無駄。だから東京に呼ばれたけど、あえなく出戻ってきたんじゃねえか」

箸《はし》を置いた佐脇は、堂々とタバコを出して吸い始めた。光田にはもはや「全館禁煙だ」と注意する気力もない。

「奴《やっこ》さんは、警察庁次長に昇進する目前だから、自分の出世のネタであるヤクザ叩きをエスカレートさせることはあっても、手を緩《ゆる》めるわけがない。次長になった暁《あかつき》には、議員になる勢いだぜ」

諦《あきら》めたような表情を浮かべた佐脇は、眼を細めてタバコを燻らせた。

佐脇目下《もっか》の相棒である和久井が言う。

「まあ、半グレは『準暴力団』と認定されたとは言え、まだまだ取り締まりが緩いですから……それにつけこんで、半グレはやりたい放題ですよね。鳴龍会の名前を使ったりして、鳴龍会の縄張りとか利権を巧妙に奪い取ってるし」

「まあな。半グレが準暴力団に認定されたと言っても、あくまで『準』だ。モノホンの暴力団と違って、暴対法や暴排条例を適用するのはそう簡単じゃない」

「しかし元鳴龍会の面々は、『元暴力団員』だ。半グレにちょっと応戦しただけで暴対法が適用され、すぐに逮捕されてしまう。元鳴龍会の連中はやられ放題だ」

そう言ってコーヒーを飲む光田に佐脇は言った。

「光田、おれはぺーぺーの巡査長だからなーんにも出来ねえし。逮捕状だって請求できねえんだ。だがお前は刑事課長なんだから、なんとかしろよ。取り締まりなんか警察の胸三寸《むねさん ずん》ってところがあるんだからよ」

そう言われた光田は、居心地《いごこち》悪そうな表情でコーヒーを飲み干して、ゆっくりカップを置くと、佐脇をまじまじと見た。

「お前、どっちの立場なんだ？」

数時間後、佐脇は早くも仕事を上がって酒を飲んでいた。

「奴らの言い分、おれにはよく判るんだ」

佐脇はシュラスコの赤身肉スライスをまとめて口に放り込み、テキーラを飲んだ。

「おい、島津《しまづ》。お前は、元の同僚を……まあヤクザでも同僚は同僚だよな？　そいつらのことを今はどう思ってるんだ？」

話を振られたのは、このシュラスコ店のオーナー・島津だ。元は鳴龍会の組員で、若頭だった伊草を崇拝《すうはい》する若い衆だったが、組が解散した後は若者にアピールする飲食店で当てた。今やこの店を含めて三軒のオーナーだ。地元経済が沈滞《ちんたい》する鳴海市では、成功者と言えるだろう。もちろん、鳴龍会の残党の中ではトップクラスの出世頭だ。

「さあ、何と言ったらいいのか。おれは……組の中ではホントにぺーぺーで使いっ走りでしたからね。伊草さんには凄《すご》く良くして貰いましたが。でも、ほかの上のヒトには結構ね……ハッキリ言って人間扱いされなかったんで」

二十代前半でまだまだ若い島津は、微妙な表情になった。

「伊草のアニキが飛んで鳴龍会は終わったなと思ったから、おれは大阪に行きました。身分を隠してバイトして飲食店のイロハを勉強したんです。エラそうなことを言わせてもらえば、先見の明があって地道に努力をしたんですよ。なのに、組の上に元からいた連中は、特に努力も勉強もしてないじゃないですか。昔通りに行かないことに、ただ腹を立ててるだけでしょ」

島津は容赦《ようしゃ》なく、組員時代の先輩を批判した。

「カードを作れない銀行口座も開けないって言いますけど、組員時代、暴排条例が出来る前になぜ作っとかなかったのかって思いますね。そりゃローンが組めないのは痛いですよ。部屋が借りられないのも、ガキが保育園や幼稚園に入れないのも大問題ではありますが」

「履歴書《りれきしょ》に、元組員と書かなかっただけで、詐欺で捕まったって話もあるぜ。経歴詐称《さしょう》だって」

刑事のおれが怒るのもおかしな話だが、と佐脇も言った。

「一体どうしろって言うんでしょうね。この前だってヤクザのシノギじゃ生活出来なくて、身分を隠して郵便局でバイトしていたカドで捕まった奴がいましたよね。実際、コンビニとかハンバーガー屋とかでバイトしてるアニキたち、おれも知ってますからね」

今は、元組員はもちろん、他所《よそ》の地域にある暴力団でも、ヤクザとしてのシノギでは生活出来ない組員はたくさんいる。

「きちんと就職するにしても、元組員って履歴書に真っ正直に書いたら、一発アウトなんだから、そのへんはアタマ使わないと……」

このシュラスコ店「鳴海シュラスコ酒場」は、開店初期こそ蕎麦《そば》屋の居抜きみたいな内装だったが、今はログハウス風に改装して、若者が集まる「インスタ映《ば》えする」店になっている。他の二店も内装にカネをかけて、オシャレなカフェやダイナーと認知されて繁《はん》盛《じょう》している。

「その点お前はアタマがいいよな。ここまで成功したら、元ヤクザとバレてもビクともしないだろ？」

「出る杭《くい》は打たれても、出過ぎた杭は打たれない、ですか？　その代わり、引っこ抜かれる危険性もありますけどね」

オーナーの島津はテーブルに陣取って佐脇と話し込んでいる。佐脇の隣には和久井もいるが、話がハッキリ見えない様子で戸惑《とまど》っている。

「なんだよお前、話について来れないの？」

島津は年下の和久井に馴《な》れ馴《な》れしい口を利いた。

「もっと鳴海の抗争史を勉強して欲しいもんですね」

「も、元反社《はんしゃ》のアンタに言われる筋合いはない！」

和久井はそう言い返したが、あとが続かない。もっと何か言わなければと焦《あせ》るほどに、言葉が出てこない。

佐脇はそんな部下を、助け船を出すでもなく眺《なが》めている。

う〜と唸《うな》って困っているところに、救世主が現れた。地元の、偏差値《へんさち》がやや残念な私立

大学、「蛍雪大学《けいせつ》」経法学部非常勤講師の御堂瑠美《みどうるみ》だ。

一見して都会風の知的美人で、デキる女御用達《ごようたし》のツイードの白いビジネス・スーツがよく似合う。

「佐脇さんたちって、ホントにここがお気に入りなんですね。もっと怪しい、『いかにも』二条町、みたいなお店がフランチャイズだと思ってましたけど？」

無邪気なのか無意識なのか、御堂瑠美は嫌味なことをさらりと口にする。

「うるせえよ。今日は、この島津センセイにお話を伺《うかが》いに来たんだ」

「飲み代はこっち持ちだけどね、どうせ」

島津はそう言っておどけて見せた。

「それで皆さん、一体何のお話をしているの？」

御堂瑠美の質問に、佐脇が今日起きたことをダイジェストして話した。

「要は、ヤクザと人権って話になるんだが……この島津センセイは自らの先見の明と努力で、元ヤクザというハンディキャップを見事に克服《こくふく》したと」

そう言った佐脇は、島津をしげしげと眺めた。

「お前さあ、この店を開店する資金はどうやって調達したんだ？　元ヤクザはローン組めないだろ？　かと言ってヤクザ系のヤミ金で借りたらエラいことになるしな」

「まあそこは色々と。貯金もあったし、親や友達からも借りたし……まあ人間、本気になれば金の工面《くめん》くらいなんとかなるもんですよ」

それを聞いた佐脇は、ふ〜んと言ってニヤリとした。

「前のヤマで、山奥の村で因業《いんごう》なジジイが貯め込んでいた大金の件で揉めた一件があったろ。そのジジイの家の、土蔵の中の金庫。その中身がそっくり消えていたんだが、お前、それについて、何か心当たりがあるんじゃないの？」

「さあ……知りませんねえ」

島津もニヤニヤしながらトボけた。

「あの当時の、お前が付き合っていたちょっとハクい女は鳴海信用金庫の事務員だったよな？　あの旧家のジジイを誑《たら》し込《こ》んで店を出させてた女だよ。あの女の店も、この店も、金の出どころは案外同じだったりするんじゃねえのかって言ってるんだぜ？」

「だから知りませんて。もしそうだったとしてもですよ、土蔵の中で、そのじいさんが塩漬けにしていた金をおれはこうして回しているわけだから、これこそがいわゆる再分配ってヤツじゃないんですかね」

「富の再分配！」

自称経済学者の御堂瑠美がそのキーワードに反応したが、オウム返しに口に出しただけだ。

「それはつまり、お前がカネをパクったことを暗に認めたって事だな？」

「さあ？　どうでしょうかね？」

島津は目を逸《そ》らしてレモンサワーをグイッと飲んだ。

「島津サンは取り繕《とつくろ》ったつもりでしょうけど、どうしてもブラックな部分を感じますよね」

和久井が突っ込むが、島津は意に介しない。

「まあ、借金は返しましたしね。この商売も軌道《きどう》に乗ったから、今はきちんと手続きを踏んで銀行から借りてます」

「ほら！　じゃあ以前はきちんと銀行から借りられなかったってことでしょ！　自分で白状した」

「借りられなかったのは当たり前でしょう。鳴海銀行や鳴海信用金庫に融資《ゆうし》をお願いしても、地元の銀行じゃおれが元鳴龍会だってすぐにバレますしね。かといって大きな銀行だと、おれの年齢でバックなしで飲食店とくれば、どこも貸してくれないし」

和久井と御堂瑠美がなおも疑わしそうに見ているので、島津は少しムキになった。

「だから人間、本気になれば金の工面くらい、いくらでも出来るって言ってるじゃないですか。だいたい何があったって、もう時効ですよ」

それにね、と憤然《ふんぜん》とした表情で付け加えた。

「おれの先輩たちは、メンツとかスジとかに拘《こだわ》りすぎて、結局なんにも出来ないんですよ。で、先細りで自滅していく。まさに警察の思う壺《つぼ》でしょ。だけどこっちは残りの人生長いんだから、なんとかしなきゃと必死なんですよ」

島津は口では謙遜《けんそん》したようなことを言うが、声には成功者としての自信が漲《みなぎ》っている。

「そうですよ。元ヤクザのヒトって、なんだか被害者みたいなこと言ってるのがニュースになったりしてますけど、それは基本的におかしいと思いますよ」

御堂瑠美がしゃしゃり出てきた。

「元ヤクザはあたかも無力な弱者で差別されているかのように言いますけど、そういうヒトたちが経営する会社やお店って、客を恐喝《きょうかつ》してアコギな商売をしたり、従業員をコキ使うブラック企業だったりするじゃないですか」

彼女はテレビのコメンテーター然としてそう言って島津を見たが、慌《あわ》てて訂正した。

「あの、違うんです。そういう会社やお店もあるって事を言いたかったので……全部がそうだとは、つまり島津さんのお店がそうだとは、けっして言ってませんよ」

「センセイさあ、そういうからには、具体的な例を知ってるの？」

揶揄《からか》うような口調で佐脇が訊いた。

「ですから九州で通販会社の社員が元ヤクザの経営者に自殺を強要されて本当に死んでしまったりとか、元ヤクザの社員が勤め先の運送会社から一億円盗み出したとか……そういう事例があるじゃないですか。そういうことがあると、ある意味、カタギの人たちが元ヤクザを警戒するのも当然の話ではないかと」

「そう言いますけど、実際には……カタギ衆がヤクザを騙《かた》ったり、元ヤクザだと称して相手を恫喝《どうかつ》する例の方が多かったりしませんかね？」

島津は微妙に立場を変えた。

「おれはね、元ヤクザの先輩たちに危機感が足りない、もっと先のことを考えて欲しい、文句を言うだけじゃ不甲斐《ふがい》ないと言いたいんであって、元ヤクザだからダメなんて一言も言ってませんよ」

「わ、ワタシだって一言も言ってませんよ」

「いや、言った。言葉として言ってないけど、言ったも同然だ」

佐脇が断言して和久井に同意を求めた。

「そうだろ？　お前もそう思うよな？」

「ええと、もともと乱暴な人間がヤクザになるのはまあ当然の成り行きです。そういう奴が昔のまんまの感覚で乱暴なことをすれば、捕まるのは当然、ということであれば、おれもそれに対して何の異議もありません」

「……じゃあ、それでいいじゃないですか。楽しく飲みましょうよ」

自分が作り出した緊張状態に堪《た》えきれなくなった御堂瑠美は逃げ腰だ。

「しかしなあ。人間、急には変われない。だから、元ヤクザ、イコール犯罪予備軍みたいに思われるんだろうねえ。悪いことしてメシ食ってるのがヤクザとはいえ」

佐脇は完全に他人事《ひとごと》のような口調で言った。

「ちょっと佐脇さん！　警察がそういう偏見《へんけん》バリバリな態度だから問題が起きるんじゃないんですか？　暴排条例をこれでもか、と振りかざして暴力団や元ヤクザを取り締まるから、カタギ衆も用心の度が過ぎてしまうんじゃないですか？」

島津は苛立《いらだ》った口調になった。

「元ヤクザ本人は自分のことだからローンが組めなくても、車が買えなくても、賃貸《ちんたい》マンションに入居できなくても、そりゃ自己責任ってモンだから仕方ないですよ。諦めるしかないし、元ヤクザの女房だって、判ってて一緒になったんだから仕方がないと我慢する。だけど、その子どもにまで影響が及ぶのはイカンでしょう？　センセイ、御堂センセイはそうは思わないんですか？」

島津に睨みつけられた御堂瑠美は、わざとらしく時計を眺め「あっ！　いけない、約束を思い出したから」と急に席を立って帰ってしまった。

「あのセンセイはいつも都合が悪くなるとタダ酒飲んで逃げちまうからな」

「佐脇さんだってハナからカネ払う気がないくせに。目くそ鼻くそですよ」

島津の言葉にはケンが残っている。

佐脇は、タバコを咥《くわ》えたまま、スマホを取り出すとどこかにかけた。

「どこに電話してるんです?」

「入江だよ。サッチョウのエライ奴。暴対法と、各地の暴排条例の旗振り役で出世した男。ちょっと前に、おれは入江の世話になって東京暮らしだった……何だよ。出ねえや」

佐脇は舌打ちして呼び出しを切った。

「発信元がおれだから出ねえのかもしれないな」

佐脇はそう愚痴《ぐち》って、声を張り上げた。

「肉、バンバンもってこいや!」

＊

四時間目の授業が終わり、給食時間になった。

鳴海市立昭和《しょうわ》小学校は、人口減と少子化で全校生徒が六十人もいない。しかし以前は、一学年五クラスあった大規模校だったので、今は広い校舎の大半が使われていない。現在市内に十五校ある小学校が、五校に統廃合される計画が進んでいる。

合理化が進む小学校は、給食も外部委託の弁当業者が工場で作って各学校に配送されてくるから、汁物や料理は冷めていて美味《おい》しくない。味に敏感《びんかん》な子どもたちは情け容赦なく「マズい」を連発して大量に残して、パンやオニギリを買い食いしたりしているが、教師は見て見ぬフリをしている。

だが、そんなマズい給食でも、心待ちにしている子どもはいる。

小学五年生の鹿島諒汰《かしまりようた》は、同じ学年の他の生徒よりも痩《や》せて身体《からだ》が小さい。そして……着ているものも薄汚れている。一見して、貧しい家の子どもと判ってしまう。

給食係が器に盛りつけた料理を、待っている生徒の机に配膳《はいぜん》している。

「あ〜またカレーシチューか〜。カレーシチューって、カレーを薄めただけだろ。ビンボーくせえんだよな！」

身体が大きくて声もデカい男子が文句を言うと、他の生徒も「沼田《ぬまた》の言うとおりだよなあ。カレーシチューは貧乏人の食い物だよな」と調子を合わせる。

しかし諒汰は、配膳されたカレーシチューに眼が釘《くぎ》づけだ。お腹もぐうぐう鳴っている。たとえ豚バラ肉がほんの少ししか入ってなくても、冷えていても、漂《ただよ》うカレーの香りだけで、諒汰は食べたくて食べたくてウズウズしている。

「みんな揃《そろ》ったかな？」

まだ若い細面《ほそおもて》で銀縁眼鏡《ぎんぶちめがね》の担任教師が教室を見渡すと、「ポテトサラダとバナナがありません！」と教室の隅の女子から声が上がった。

早くしろよ！　と言いたげな眼で諒汰はその女子を睨んでしまった。やがて。

「揃ったな？　じゃあ、戴《いただ》きます」

担任の声で、食事が始まった。

諒汰がスプーンでカレーシチューを掬《すく》おうとしたとき……。

ガタンと大きな音がした。目の前にある自分の机が、前にゆっくりと倒れていく。

あ！　と声を上げたときには遅かった。

机の上の給食は、無惨《むざん》にも、教室の床にぶちまけられてしまった。

「あ〜あ、鹿島、お前、何やってるんだよ！　きったねえなあ！」

図体《ずうたい》のデカい男子・沼田が真っ先に声を上げた。

こいつがわざと足を引っかけて机を倒したのだ。

「お前が倒したんだろ！」

「あ？　そうだっけ？　ごめんごめん。悪い。わざとじゃないんだ」

沼田はニヤニヤ笑いながら口先だけで謝った。

「あ〜、鹿島、掃除《そうじ》しなさい」

担任の教師に言われて、諒汰は仕方なくロッカーから雑巾《ぞうきん》を出し、床にひざまずいて掃除を始めた。

「なんだよ。おれたちまだ食ってるのに、掃除するなよな！　汚《きたね》えだろ！」

沼田の子分らしい奴らが口々に文句を垂れた。

それでも諒汰は黙って掃除を続けた。

給食当番の女子の一人が、余っている器にカレーシチューを入れようとした。全部駄目になってしまった諒汰の分を、用意し直そうとしたのだ。

「あ〜、お代わりな、鹿島はここ三ヵ月、給食費持ってきてないよな。給食費を払ってくださいっていうプリント、お母さんに渡したか？」

担任の教師が無神経なことを言った。

「先生、コイツのかあちゃん、今いないんです」

「とうちゃんに愛想尽《あいそつ》かして出ていったんだろ？」

沼田とその子分が囃《はや》し立《た》てた。子どものくせに「愛想を尽かす」という言葉を使うのは、親のコピーか。

「悪いが鹿島。上からも言われてるんだ。給食費を三ヵ月払わない場合は……その」

教師はさすがに、その先を言い淀《よど》んだ。

「タダ食いは許さないんでしょ？　先生」

学級委員長のメガネ女子がよく通る声で言った。

「まあ……そういうことだな。これは決まったことだからな。ちゃんと親御《おやご》さんに言わなきゃ駄目だぞ、鹿島」

諒汰はそれに返事もせずに、黙々と掃除を続けた。

「給食費払ってないって言えば、こいつもそうだよな！」

沼田は調子に乗って、再び卑劣《ひれつ》な行為に出た。食べ始めたばかりの少女の机を倒して、給食をひっくり返したのだ。

カレーシチューをまだ、たった一口食べただけの女の子は、手にスプーンを持ったまま、絶望しきった暗い表情で固まった。諒汰に似て身なりも薄汚れ、痩せている。

それでも少女は怒りを表すこともできず、黙って俯《うつむ》いたまま、じっと耐えている。

「なんだ、きったねえなあ。お前も掃除しろよ！」

と、沼田がヘラヘラして言い終わる寸前に、諒汰が動いた。

目にも留《と》まらないほど速く腕が動き、次の瞬間、沼田は仰向《あおむ》けになって床に倒れていた。

諒汰は馬乗りになると、無言のまま沼田を殴り続けた。

怒ってはいない。泣いてもいない。ただひたすら無表情のまま、あたかも床掃除の続きのように淡々《たんたん》と、諒汰は沼田のヘラヘラ顔を殴り続けている。

「お、おい……やめろ」

さすがに担任が立ち上がって怒鳴ったが、その声は震えている。諒汰の全身から発する殺気に怯《おび》えたのだ。

「鹿島！　やめるんだ。それじゃお父さんと同じになってしまうぞ！」

震え声で担任が言ったそのひと言で、諒汰の手は止まった。

担任が彼の背後から羽交《はが》い締《じ》めにして引《ひ》き剝《は》がすと、殴られて血だらけになった沼田が怯えながらも悪態《あくたい》をついた。

「だからヤクザの息子って怖いんだよな。ヤクザは人間のクズで狂犬だって、おれのパパが」

そのひと言に、諒汰は再び、そして今度は本当にキレた。

「うわああああああ！」

獣のような叫びを発しながら、彼は沼田に飛びかかると、その腹にニードロップを見舞った。

げぼ、と沼田の口から反吐が噴き上がった。

＊

「ウチの諒汰が……本当に相《あい》すいません」

角刈りで精悍《せいかん》な風貌《ふうぼう》の男が、担任の教師に深々と頭を下げていた。

「常日頃から、手は出すな、話せば判ると言ってるんですが……」

諒汰の父親は、三白眼《さんぱくがん》を教師に向けた。

「どうか、お許しを」

「許すも許さないも、まずは沼田くんと沼田くんのご両親に謝ってもらわないと、ね」

本物のヤクザを前にして、如何《いか》にも非力そうな担任は動揺を押し隠すのに必死だ。

「とにかくね、お宅の息子さんが級友にひどい暴力を振るったんです。あれは、小学生の喧嘩《けんか》の範疇《はんちゅう》を大きく超えています。暴力事件です。警察が介入してもおかしくないほどの」

「いやもう、本当に、言葉もありません」

ひたすら平身低頭する父親の横で、諒汰は黙りこくっている。

「お前、暴力はいかんって、あれほど……」

父親は息子を窘《たしな》めようとしたが、諒汰は硬い表情のままだ。

「なあ諒汰。おれの身分というか職業のせいで、ただでさえお前は色眼鏡《いろめがね》で見られやすいんだから。それは申し訳ないと思っている。すまん。だが、暴力はいかん……」

小学校からの帰り道、父・鹿島誠三《せいぞう》は息子を諭《さと》すように語りかけた。その声と表情は無《ぶ》骨《こつ》ながら、優しい。

「まあ、こんなオヤジがお前に説教する資格はないんだがな……」

「ちげーよ。父さんが謝ることは全然ないんだ。悪いのはおれだから。いや、おれだってホントは悪くない。悪くないって思ってる。悪いのは三上《みかみ》の、給食費を払わない三上の親父なんだよ」

「それは、どういうことなんだ？」

ドブ川に架《か》かる橋で足を止めた父親に、諒汰は溜息《ためいき》をついた。大人びた、苦労を背負ったような溜息だった。

彼は欄干《らんかん》に凭《もた》れて、話し始めた。

「三上は、可哀想《かわいそう》なんだ……」

諒汰の小学校には、月に二回「お弁当デー」がある。この日は給食がなくて、家からお弁当を持って行かなくてはならないのだ。

だが……諒汰は、その日はお昼を抜くことになってしまう。

他のみんなが弁当自慢している教室には居られない。手ぶらだと弁当がないのがバレるので、教科書を弁当箱に見立ててタオルで包んで手に持つと、廊下に出た。

購買部でパンやオニギリを買うわけではない。

そのままトボトボと階段を上がって屋上に出た。

ここで昼休みが終わるまで過ごすのだ。

自分一人だけだと思ったら……先客がいた。

女子だ。見覚えのある女子が屋上の片隅に隠れるようにして、膝《ひざ》を抱えていた。

振り返った少女は諒汰を見ると、「あ」と言った。

見られたくないところを見られてしまった、というような微妙な表情で、彼女は諒汰を見返した。

「あっ悪い。邪魔する気はないから」

彼は立ち去ろうとしたが、「いいよ別に」と三上から声がかかった。

「鹿島くんも、アレでしょ？　その……」

三上未桜《みさ》。同じクラスの女子だ。諒汰は、彼女に自分と同じ匂《にお》いを感じている。副教材をいつも「忘れた」と言って持ってこないが、それは忘れたのではなく、買えないから、学校に持ってくることが出来ないのだ。給食費をきちんと払えていない事も知っている。

二人とも食べるものがなく、教室に居辛《いづら》いので屋上に来ている。それは口にしなくても判った。お昼の時間に屋上にいるなんて、他に理由がないではないか。

「私ほら、痩せてるでしょ。だからあんまりお腹空《す》かないんだ。ダイエットもしてるし。でも、沼田とかにイジられたくないし」

三上はそう言ってニコッと笑った。エクボが出来て可愛《かわい》いのに、髪の毛は乱れてボサボサだ。親にまったく構われていないことは諒汰にもハッキリ判る。

何か言おうとした彼のお腹が、ぐるぐる、と鳴ってしまった。

きまりが悪くて、諒太もつい早口になる。

「ウチはまあ、ウソ言っても仕方ないから、お金がなくてさ。給食費だって払えないから先生に今日みたいに怒られてさ。給食費払えっていうプリント渡しても意味ないから。お金がないし。ウチに帰っても食べるものなくてさ。だから給食だけで食いつないでるようなものでさ。だけど今日みたいな日はもう、どうしようかって。コンビニで万引きしそうになるけど、それをやっちゃ、オシマイだしな」

三上未桜は、そんな諒太をじっと見た。

「あんたのお父さん、ヤクザってホント？」

正面から訊かれて、諒太は少し躊躇《ためら》ったが頷いた。

「ヤクザってお金持ってるんじゃないの？　脅《おど》したりしていろんなヒトからお金取ってるんじゃないの？」

「みんな、そう思うよな……だけど、ウチはそうじゃないんだよな。それにもうヤクザ辞めてるし。組がなくなったから」

三上は、ふ〜んと気のなさそうな返事をした。

しかし、それが二人が言葉を交わすキッカケになった。

お互いの家が近所だと判ったり、自分たちの置かれている境遇が似ていることもあって二人は徐々に打ち解けて、昼休みや放課後に、屋上や体育倉庫の裏などで一緒にいることが多くなっていった。

そんな、ある日。

三上が学校を二日続けて休んだ。

「鹿島、お前、三上の家の近くだから、給食のパンとかプリントを届けてくれ」

担任に頼まれて諒汰は放課後、三上の家に行った。彼女からは近所だとは聞いていたが実際に行った事はなかったし、番地までは知らなかった。ただ、漠然《ばくぜん》と、諒汰が住んでいる、古色蒼然《こしょくそうぜん》とした取り壊し寸前の市営住宅みたいなところなんだと思い込んでいた。

しかし、実際は違った。

さほど古くはない小ぎれいなマンションの四階が、三上の家だった。

「なんだ。いいところに住んでるんじゃないか……」

諒汰は、貧乏仲間なんだと勝手に思い込んでいたことを恥じた。

三上は、金持ちなんだ……。

それが判ると、素直に給食のパンやプリントが渡しにくくなってしまった。急に気後《きおく》れしてしまったのだ。

三上の家のドアの前を行ったり来たりした。すぐにチャイムのボタンを押せない。

マンションの廊下を行き来しながら、彼はふと疑問を感じた。

こんないいマンションに住んでるのに、三上はどうしてあんなに貧乏くさいんだろう？

風呂にも入ってないみたいだし、服だって汚れているし、髪の毛もボサボサだし、あんなに痩せているし……。

こういうのって、ナントカって言ったよな……ネ、ネグ……。

諒汰がその言葉を思い出そうとしていると、ドアの向こうから怒鳴り声がして、泣き声と悲鳴も聞こえてきた。怒鳴っているのは男の声で、泣いているのは、三上のようだ。

諒汰は、なんだか聞いてはいけないものを聞いてしまったような恐怖、そして激しい戸惑いを感じて、足が竦《すく》んでしまった。

どうしよう。

今、ここでチャイムを押すことなんて、とてもできない。

怒鳴り声と悲鳴はどんどん大きくなってきて、とうとうドスンという鈍《にぶ》い音や、食器が割れるような音までが聞こえてきた。

諒汰は物凄く怖くなって、ドアノブにパンとプリントの入った袋を引っかけると逃げ出した。

諒汰の家は、貧しい。父親は正業のない元ヤクザだ。覚醒剤《かくせいざい》を指定の場所に届けに行ったり、借金の取り立てに行って払えない相手に集団で凄む「その他大勢」の役回りだったり、そのくらいしか仕事がない。食うや食わず、いや、ハッキリ言って食えない。アニキ分に借金があるから逃げ出すこともできず、アニキ分に言われるままの仕事をするしかないから、余計に正業に就《つ》けない。

諒汰の母親は年若くして彼を産んで水商売をやっていたが、酒に溺《おぼ》れ、もっと稼《かせ》ぎがある男と逃げてしまった。とは言え、その男との関係もすぐに破綻《はたん》して、関西で水商売の店と男を転々と変えているらしい。忘れた頃に鳴海に舞い戻っては、僅《わず》かな小遣いを諒汰に渡していく。

そんな貧しくて歪《いびつ》な家庭環境ではあるけれど、諒汰は親には愛されていた。男と逃げた母親も彼の事は忘れてはいないし、不甲斐《ふがい》ない父親も、愛情だけは彼に注《そそ》いでいる。

だけど……どうも、三上は違うようだ。

その次の日も、また次の日も、三上は学校を休んだ。

諒汰は再び三日分のパンとプリントを託《あず》かって、三上の家に行った。

その日は、静かだった。しかし、やはりチャイムは押しにくい。この前のことがあったから、尚更《なおさら》だ。

ドアの前で逡巡《しゅんじゅん》していると、また怒鳴り声と悲鳴が聞こえ始めた。

ヤバい！　諒汰はビビって、頑張《がんば》ってチャイムを押そうか、それとも逃げようかという迷いに必死で打ち勝って、やっとの思いでドアノブを摑んだ、その時。

ドアが開いて、三上が飛び出してきた。

しかも、彼女は、ズタズタのＴシャツに、下半身は脱げかけたショートパンツという格好だった。顔には青痣《あおあざ》や切り傷もある。

諒汰は、物凄くヤバい事が起きるところだったのだと、本能で状況を理解した。

「三上！」

彼女は諒汰をチラッと、何の感情も無い眼で見ると、走り出した。

諒汰も、パンとプリントの入った袋を持ったまま、彼女を追った。追いながら後ろを振り返ると、ジャージの上下を着て髪の毛を七三に綺麗《きれい》に分けた、黒縁眼鏡の男がドアから飛び出してくるのが見えた。男は諒汰の姿を見ると、追うのを止めた。

二人はそのまま必死で走って、マンションと諒汰の住む市営住宅の、中間にあることも公園の、土管の形の遊具の中に逃げ込んだ。

しばらくゼイゼイと息をしていたが、やがてそれも収まると、三上は諒汰が持っている袋を指差した。

「パン、一緒に食べよう」

二人は三日分のコッペパンにジャムとマーガリンを塗って、分け合って食べた。

パンを食べて落ち着くと、彼女は諒汰がずっと自分の顔を見ていることに気がついた。

「それ……誰にやられたの」

「判ると思うけど……お父さんに」

三上未桜は、父親に虐待《ぎゃくたい》されていた。

「もう、ずっと。小学校に入ってからずっと。だんだんひどくなってきた感じ」

そう言ってボロボロになったTシャツを捲《まく》りあげた彼女のお腹には青痣が幾《いく》つもあった。

「殴られたの？　これ。お父さんに？」

三上は黙って頷いた。

「どうして……」

それは……と何か言いかけた彼女は口ごもり、判らない、と首を横に振った。

「お父さんは、私が言うことを聞かないから躾《しつけ》をしてるんだって言うんだけど」

「おれ、父ちゃんはヤクザだけど、叩かれたことは、ないぞ。あ、一回くらいはあるけど」

「いいなあ」

三上は、ぽつりと言った。その、なんとも羨《うらや》ましそうな声に、諒汰は腹が立ってきた。

「あのさ、どうして親が殴ったり叩いたりするわけ？　お父さんがアレでも、お母さんはどうしてるの？　いるんだろ？　お母さん」

「……いるけど……」

「黙って見てるのかよ、お前のお母さん」

「最初は止めてくれた。でも今は……」

三上は涙ぐんだ。

「逆らうとお父さんはお母さんにもすごくキレて……私が殴られるようになってから、お母さんがあまり殴られなくなったから、それはそれで、よかったのかもって」

「よくないよそれは！」

諒汰は強い調子で言った。

「絶対おかしいよ、それ」

そんなことを話しながら、しばらく土管の中に籠《こも》っていたのだが、いつまでもここには居られない。外は暗くなってきたし、寒くもなってきた。

「あのさ、ウチ、来るか？　三上んちみたいないい家じゃないけど……」

いまここで彼女を帰してはいけない、と諒汰は強く思ったのだ。

しかし、彼女は「帰る」と言った。

「帰らないと、お父さん、余計に怒るし。ウチの中の事を誰かに知られるのが、物凄く嫌なヒトだから……だから今日のこと、絶対内緒ね！」

三上はそう言って土管から出て、諒汰に振り返ってニッコリ笑って走って行った……。

「そんなことがあったのか。許せねえな」

諒汰の父・誠三は怒りに声を震わせた。

「おれはこんな男だけど、子どもや犬猫をいじめるヤツが許せねえんだ。それにアレだろ、お前の話だと、三上ちゃんのオヤジは、三上ちゃんをその……実の娘を、その」

誠三はその先の言葉が言えなかった。口にするのも穢《けが》らわしい、という感じだ。

「今度何かあったら、おれに言え。このおれにも出来ることがあるだろう」

「父ちゃん。父ちゃんはすぐそんなこと言うけど、ヒトの世話焼いてばっかりで……」

「ああ」

父親・誠三は橋の欄干に凭れ、夕焼けを眺めながらタバコを吸った。

鳴海から大きな工場がなくなって久しい。空気を汚す煙を吐く工場がなくなって、夕陽はとてもキレイに見えるようになったが、その分、生活は厳しくなった。

「お前の逃げた母ちゃんも同じ事を言ってたなあ。ヒトの世話ばっかりって、口調までソックリだぜ」

誠三はタバコを川にハジキ落とすと、「に〜げた女房にゃ未練は無いが〜」と一節歌いながら歩き始めた。

親子二人で市営住宅に帰ると、ベニヤが剝がれて反《そ》り返ったボロボロのドアの前に、女の子が立っていた。

「鹿島くん……」

三上だった。彼女は諒太を見ると涙を流して「助けて」と呟《つぶや》いた。

「この子か！」

誠三は驚いたように声を上げた。

三上は、顔や腕に青痣を作り、腕や足には切り傷もあった。

「逃げてきたんだな！　判った判った。入れ入れ」

誠三はガタガタのドアを開けて、三上を中に入れた。

「ゴメンね、汚い部屋で」

生活にハリがないと、部屋を掃除する気が失《う》せる。諒汰の家は１ＤＫの狭い部屋だが、ほとんどゴミ屋敷と化している。

「だから掃除しようって言ってるのに……」

息子にそう言われて、誠三は済《す》まん済まんといいながら、ゴミを掻《か》き分けて居場所を作った。

「掃除してゴミを捨てれば、ちゃんと暮らせる。アンタのことは諒汰から聞いた。おれはこんな男だけど、義理人情には篤《あつ》いつもりだ。アンタの事は守るよ」

ゴミ屋敷の中にちょこんと座った三上は、こくりと頷いた。

「じゃあ、メシをどうにかしなきゃあなぁ。こういうときの為に、ヘソクリを使うか」

誠三は、ゴミの中から手提《てさ》げ金庫を掘り出すと、中から千円札を数枚取りだした。

「諒汰。肉と野菜買ってこい。今夜はすき焼きでもこしらえて食おう」

「え！　いいの？」

いいさ、と誠三は笑顔で言った。

「ウチの父ちゃん、板前だったこともあるから料理が上手《うま》いんだ！」

諒汰はお使いに飛んでいった。

一番安い牛コマに野菜を買って走って帰ると、部屋の中は少しだけキレイになっていた。少なくとも食卓を置ける空間は確保されていた。

台所から一口ガスコンロのホースを延ばして折り畳みのテーブルに置き、鍋を熱して、ヘットを延ばし、牛肉を炒《いた》めて砂糖や醤油を入れて、野菜を加える関西式のすき焼きを誠三は手際《てぎわ》よく作った。

「どや！　ええ匂いやろ！　美味《うま》そうやろ！」

包丁を握ると誠三は、昔修業した大阪の言葉になる。

「ああ、匂いだけでも美味《おい》しそうや！」

この家で、食べ物の匂いがするのはいつ以来だろうか。

「父ちゃんは大阪で板前の修業したんだよね？」

「そうや。こう見えても、結構ええ腕しとったんやで。ご贔屓《ひいき》も仰山《ぎょうさん》おってな」

「どんなもの作ってたの？」

「そらお前……食い倒れの大阪や。しゃぶしゃぶからトンカツから会席料理から、そらもう、なんでもやったで。わしにでけん料理はない」

　誠三は少し誇らしげな顔になった。

「それがどないした？」

「じゃあ、大阪でまた板前やればいいんじゃないの？」

　諒汰は屈託《くったく》なく言ったが、誠三の顔から笑みが消えた。

「それは……あかんのや。おれはもう、大阪には行けん」

　父親の厳しい雰囲気に、諒汰は慌てて話を変えた。

「あ、ご飯がない！　まだ炊いてないけど」

　諒汰はおどけて言った。家にコメはないのだ。

「夜に炭水化物を食べると、太るぞ。男は太ったらイカン」

　誠三の強がりに、諒汰は笑った。

　この温かな、貧しいながらも幸せそうな光景を見て、三上未桜は涙ぐんでいた。

「なんか、いいね」

「なにが？」

「鹿島んちって」

「どこが？　こんな貧乏なのに？」

「貧乏って自分で言うな！」

誠三が自分で言って、笑った。

「ウチは……お金はあっても、家の中が全然……」

三上が話しかけた時、ベニヤのドアがガンガンと蹴られて、壊れそうになった。

「はいはい。開けるから蹴るな。ドアが壊れる」

こういうことは借金取りの来襲で慣れている。この時は諒汰も借金取りが来たのだと思っていた。

が。ドアの外に立っていたのは、三上の父親だった。ジャケットを着てパリッとした格好をしている。

「やっぱりここだったか、未桜。さあ、帰るぞ！」

三上の父親は誠三のことも諒汰のことも、まるでその場にいないかのように完全に無視して、ずかずかと部屋の中に踏み込むと、三上未桜の腕を摑んだ。

「あんた、なんや？」

こういう時も、誠三は何故《なぜ》か関西弁になる。

「あんた、礼儀も教わらんかったんかい。他人のイエに入ってきて、挨拶《あいさつ》のひとつもようせんのかい！」

誠三《しろうと》はそう言って、三上の父親の腕を摑んで捩《ね》じ上げた。

素人ではない、素速い動きだ。

「なっ何をするんだ！　乱暴な！　こっちは娘を連れて帰ろうとしているだけだ！　アンタには関係ない！」

三上の父親はそう言ったが、誠三は腕を捩じ上げたまま離さない。

「関係ないことがあるか！　ウチの子の友達や！」

「他人のことに口を挟むな！　余計なお世話なんだ！」

そう言った三上の父親は、引《ひ》き攣《つ》った顔を誠三に向けた。

「あんた、もしかして、ウチの娘を誘拐《ゆうかい》したんじゃないだろうな！」

「なに吐《ぬ》かす！　もういっぺん言うてみい！」

誠三の力はますます強くなった。

「名前ぐらい名乗れ！　それが最低の礼儀やで！」

「三上……三上義彦《よしひこ》だ！」

三上の父親の腕からはグギグギと嫌な音がした。

「離せ！　警察呼ぶぞ！」

そう言われて、誠三は手を離した。

「さすがプロだな」

三上義彦はジャケットの乱れを直して気を取り直した。

「あんたは元ヤクザなんだろ。私たちまっとうな市民に少しでも手を出したら、すぐに警察が飛んで来るんじゃないのか？　え？」

そう言われて、誠三は怯《ひる》んだ。

それを見て、義彦はいっそう強気に出てきた。

「どうした？　やってみろよ！　すぐに牢屋《ろうや》行きだぜ！　この前科者が。ごくつぶしの、社会の寄生虫が！」

「何言ってるんだ、おじさん！」

たまりかねた諒汰が声を上げた。

「父ちゃんはいろんな仕事をして頑張ってる！　寄生虫じゃねえ！　おっさん、あんたこそ何やってるんだよ！　家にいて自分の子どもをいじめて楽しいのかよ？　三上を殴ったり蹴ったり、それにもっとひどいこともしようとしたじゃないか！」

義彦は一気に顔を紅潮《こうちょう》させて激昂《げっこう》した。

「なんだと？　このクソ小僧が生意気な」

義彦は諒汰に殴りかかろうとした。しかしその腕を、誠三がプロの動きで、またも摑んだ。

「まあまあ、三上さん、お互い、警察沙汰《ざた》になるようなことはやめましょうや」

暴力の場数を踏んできた誠三は、三白眼で三上の父親を睨みつけた。

うだつの上がらない元ヤクザとはいえ、やはり「本物」の迫力はある。

義彦は、誠三の気合いに気圧《けお》されて黙りこんだ。

「そうだな。こっちも余計な波風を立てるつもりはない。だが、娘は連れて帰る。ここから先はうちの、家族の問題だから」

三上未桜の顔からは、さきほどの柔らかな笑みはすっかり消えて、能面のように硬い表情になっている。

「あんたがそう言うのなら判った。だがこれだけは言っとく。頼むから娘さんに乱暴しないでくれ。これだけはお願いだ」

「ああ、判ったよ……」

抑《おさ》えた口調で言った義彦だったが、刺すように睨みつける諒汰の目を見て、怒りが再びでスパークし、キレた。

「なんだ、その目は？　ヤクザのせがれの癖《くせ》に。親も親だ。ヤクザがなーにを偉《えら》そうに！　このヤクザ親子が！　ヤクザの分際《ぶんざい》で偉そうな説教を垂れやがって！　人間のクズの癖に、他人のイエのことに口を出すんじゃないよ！」

そう言って義彦はいきなりテーブルを蹴り上げた。なけなしのカネで作ったすき焼きが全部、床にぶちまけられてしまった。

それを、なおも義彦は靴で執拗《しつよう》に踏みつけた。

「あ！」

諒汰も、誠三も、思わず真っ青《まさお》になった。

「こんなもの！」

靴で踏みつけてさんざん躙《にじ》ると、義彦は息をはずませ、愉快そうに二人を見た。

「腕が震えてるな。殴りたければおれを殴ればいい。警察が飛んで来る」

誠三が動かないのを見た義彦は、満足した表情で未桜の腕を乱暴に摑んだ。

「さあ、帰るぞ。お前も、こんなヤクザの息子と付き合っちゃダメだ。人間が芯《しん》から腐るぞ」

暴言を吐かれ続けるが、誠三はじっと我慢している。

ドアを開け放したまま、義彦は傍若無人《ぼうじゃくぶじん》な態度で娘を連れ出すと、外に駐《と》めてあるアウディに未桜を放り込んだ。自分も乗り込んでエンジンをかけると、鹿島親子には一瞥《いちべつ》もくれずに走り去った。

「……父ちゃん……何やってるんだよ」

諒汰は、悔しさのあまりボロボロ泣きながら誠三を責《せ》めた。

「もっとガツンと言ってやらなきゃ駄目だよ」

誠三はそれには答えずにドアを閉めると、床にぶちまけられたすき焼きを拾い集め始めた。

「ほら、これなんかまだ食えるぞ。洗えば大丈夫だ」

「父ちゃん！」

誠三は黙々と肉片や野菜片を拾い集めていたが、「仕方ないじゃないか」と低い声で言った。

「おれはアイツが言った通り、元ヤクザだ。世の中から、何もするな、息もするな、と言われている存在なんだ。何の権利もない。そういう人間が、エラそうなことを言うわけにはいかないんだよ」

「だけど！」

「お前は、おれがもっとマトモな仕事をすれば、こんな具合に、土足で踏み躙られた肉を拾い集めるような、みじめな暮らしをしなくて済むと思うだろ？　だけど……元ヤクザは、マトモな仕事には就けないんだよ……かと言ってシノギだって昔みたいには儲からない。アニキがほとんど取ってしまう」

誠三は低い声で、強く出られない理由を息子に諄々《じゅんじゅん》と説いて聞かせた。

「ここは、辛いだろうが、我慢しかないんだ」

「我慢しろって言うけど、いつまで我慢すればいいんだよ？　いつまで？」

息子の当然の問いに、父親は答えられなかった。

「大阪に行こうよ！」

「だから、大阪には行けけん！」

キツく言った誠三は急に弱気になった。

「……そうだなあ。伊草のアニキでも居てくれたら……」

「伊草のアニキって、誰？」

息子に問い返された誠三は、いやあ、と気弱な声でごまかした。

＊

港に大型フェリーが入ってきた。

本土と繋がる長大な橋が完成して以来、関西との間を頻繁に往復していたフェリーも高速船も一気になくなって、今ではこの航路だけが唯一《ゆいいつ》生き残っている。

船は運賃は安いが時間がかかる。多くの乗客は長距離高速バスに移ってしまった。今、フェリーを利用するのは休息時間が欲しいトラック便か、時間より価格を重視する客か、船旅が純粋に好きな客だけだ。

フェリーが着岸して、船首部分が胴体から離れて大きく持ち上がり、その開口部からトラックや車が続々と降りてきた。

船腹には飛行機のようなボーディングブリッジが接続されて、そちらからは乗船客が次々と船を降りてくる。

大勢の客がフェリーのターミナルビルから出てくる中に、ひときわ背の高い男がいた。アポロキャップにサングラス、襟《えり》の高いハーフコートにジーンズという地味な出で立《いでた》ちだが、他の客より頭二つ分は背が高くてガタイがいいので、目立ってしまう。

その男は、使い込まれたボストンバッグを持ってタクシーに乗り込んだ。

シャッター商店街から一本裏にある「南新町《みなみしんまち》」は、以前は高級料亭が建ち並んでいたが、今はすべて民家になっている。広い料亭をアパートに転用したりマンションに建て替えたりして、ここ数年ですっかり普通の住宅街に変貌《へんぼう》してしまった。

その通りにタクシーが止まって先ほどの男が降り立つと、辺りを一瞥して真《ま》っ直《す》ぐ歩き出した。

そのキビキビした歩き方にはまったく隙《すき》が無い。反対側から歩いてきた半グレらしい若者二人が、その男の背を伸ばして颯爽《さっそう》と歩く姿を見て、思わず立ち止まり後退するほどだ。

男は、迷うことなく島津の店「鳴海シュラスコ酒場」の扉を開けた。

中に入ると、島津を筆頭に、五人の男が待ち構えていた。

男は店の中に入り、ゆっくりとサングラスを外した。

「……アニキ。お帰りなさいまし」

島津が身体を九十度折り曲げて深々と頭を下げた。それに従って、大タコこと大多をはじめ、他の元鳴龍会組員の四人も「お帰りなさいまし！」と声を揃えて頭を下げた。

第二章　鬼畜の家

「なんか……調子が出ねえな。静かすぎねえか、今夜は」

二条町の飲み屋で佐脇は首を傾《かし》げたが、カウンターの中で忙しくしているママの千紗は
「ごらんのとおり、流行《はや》ってないのよ」と素っ気《そけ》ない。

「いつもウロウロしてる連中はどうした？」

普段は入口の際《きわ》のカウンターに陣取る佐脇だが、今夜はテーブル席を背にした、L字になった奥のカウンターで飲んでいる。ここからなら入口が見えて客の出入りが判《わか》る。

「テーブル席でクダ巻いてるバカがいねえと、なんだか気が抜ける」

「そうねえ……何かが足りないと思ったら、そういうことね」

顔を上げてフロアを覗《のぞ》いた千紗は頷《うなず》いた。

テーブル席は空《あ》いていて、カウンターも静かな客ばかりだ。

「いつもならテーブル席で馬鹿が音痴《おんち》な歌とか歌い出して、おれが黙れクソ野郎と怒鳴ってちょっと揉《も》めるのがお約束なのに」

佐脇はそういうルーティーンを楽しんでいるし、相手になるヤクザ連中も、佐脇とのじゃれあいをサカナにして飲んでいるのだ。

「和久井、お前はなんにも感じないのか？」

佐脇の隣でコワモテ刑事修行中の和久井は、う〜んと考え込んだ。

「まあたしかに、いつもの鳴龍会崩れのゴロツキ連中が……誰もいませんね」

「だろ？　アイツらはこの辺でクダ巻いて店の用心棒やるか、スジの悪い客に因縁《いんねん》つけてカツアゲするか、不法薬物を売るしかシノギはねえんだから……」

と、そこまで言った佐脇の表情が硬くなった。

「おい、後ろを見るな」

テーブル席に何者かの気配があった。

「千紗。ここの出入りは一ヵ所だけだったよな？」

「常連さんはウラから入ってくることもあるわよ。ウラのドブに立ちションしてから入ってくるの」

「……誰がいるんです？」

佐脇の身構えた気配を感じ取った和久井が小さな声で訊《き》いた。

「判らねえ……おい千紗。おれの後ろのテーブルにいるのは誰だ？」

そう訊かれた千紗はカウンターの中からテーブル席を覗き込み、声をひそめた。

「全部で五人。中に知らない人が一人。見覚えがあるような気もするけど……」

佐脇は、上からぶら下がったワイングラスに映った人影をじっと観察している。

「確かに一人は見かけねえ顔だよな？　その近くにいるのは鳴龍会の残党だな」

佐脇はそっと後ろを振り返った。

テーブル席には、いつの間にか見慣れない中年男を中心に、元鳴龍会の下っ端《したっぱ》……と言ってもみんな冴《さ》えない中年だが……いわゆる「若衆」が五人、集まっている。

見慣れない男は、同席しているヤクザとは違ってカタギに見える。綺麗《きれい》に髭《ひげ》を剃《そ》り髪も整えて、ダークスーツにネクタイの、大企業の部長か支店長という印象だ。ヤクザたちと微笑《ほほえ》みを絶やさずに如才《じょさい》なく話し、グラスを傾《かたむ》けている。

それに対して、ヤクザたちは相変わらずの、良く言えばカジュアルすぎる格好に、口調も方言丸出しで、しかも大声でがなり立てている。品のいい男との「格の差」がハッキリしすぎて、見ていて恥ずかしい。しかもヤクザたちは全員、初老から高齢者に老いが進行中だ。トイレに立つ姿がもはや「老いぼれ」だ。

「悲しいかな、ヤクザも高齢化はまぬがれないのか。このままだと後継者難で、もうじき絶滅危惧《きぐしゅ》種に指定されて保護されるかもな」

「重要無形文化財とか、人間国宝とか？」

「和久井。お前、不謹慎《ふきんしん》だな。今のヤクザは追い詰められて大変なんだ。笑い事じゃねえ」

佐脇が急にマジになったので、和久井は慌《あわ》てた。

「だってそれは……佐脇さんが言い出した……」

「今どきヤクザになる若いもんはいねえ。上下関係が厳しいのを嫌って若いワルは半グレになる。ヤクザは体育会だが、半グレはサークル感覚でいけるからな。悪事の同好会みたいなもんだ。体育会ノリの暴力団は新人が入ってこないからどんどん高齢化して、今は現役で睨《にら》みを利《き》かしている連中もいずれは足腰立たなくなる。認知症になって徘徊《はいかい》し始めたりしてヤクザをリタイアする日が来る。そうして暴力団は自然消滅……それをサッチョウは狙ってるんだろう。生殺しだな。生活保護も受けられねえんだから、無職の下っ端ジジイはどうやって暮らすんだ？」

佐脇はチューハイのグラスを抱《かか》えるようにして、深刻な口調で呟《つぶや》いた。

その時、後ろの席から「カンパ〜イ」という声がして、弾《はじ》けるような笑い声が湧《わ》き上がった。

「……なんか、元気ありますね」

和久井の言葉に佐脇も頷いて耳を澄《す》ませると、元鳴龍会の連中はしきりに「社長」と連呼している。

あの見かけない顔の男が「社長」なのか？

「フロント企業の社長なんでしょうか？」

「鳴龍会はもう存在しないから、フロント企業も存在しない……という事にはなってるんだけどな、表向きは。二係の樽井はどう扱ってるんだろうな？　ヤツを呼ぶか？」

佐脇はスマホを取り出した。

「すぐに出て来てくれ。二条町の『猫《ねこ》まねき』。おれがいる、いつもの店だ」

十五分後、忙しいを連発しながらやってきた樽井は、コップのビールを立て続けに三杯飲み干した。

「なんだよ。おれがヒマだとでも思ってるのか？　どうした？　何があった？」

「ああ。後ろの席で騒いでる連中」

「あいつらか？　鳴龍会崩れの連中じゃないか。佐脇、お前も知ってるだろ」

樽井は不機嫌《ふきげん》そうに言った。

「いや、そいつらじゃない。連中に囲まれてニヤけている、社長と呼ばれてる男に見覚えあるか？」

樽井と和久井は後ろをちらと振り返って、佐脇を見た。

「お前、悪意で見てないか？　あの男は別にニヤけてないし普通に飲んでる。見覚えのある顔じゃあないがな」

「誰なんだ、あの男は？　連中は何を企《たくら》んでる？　あの『社長』は連中にタカられてるのか?」

「だからそう悪く取るなって……」

そう言った樽井は、そう言えば、と話を切り出した。

「昨日の夜、この辺で半グレのピーチパイの連中が数名ノされてな。あんなに弱かった元鳴龍会のオッサンが、ここ数日は妙にシャンとして、やり返してくるんだって」

「半グレの連中が今まで調子に乗りすぎてたんだ。元鳴龍会のオッチャンたちもいい加減、堪忍袋《かんにんぶくろ》の緒が切れるだろ」

佐脇はそう返してから、首を傾げた。

「しかし負け犬根性のあの連中がシャンとするってのは……なんかあるんじゃねえか?」

佐脇は後ろを顎《あご》で示した。

「あの社長ってのが、匂《にお》うんだよな……」

しかし、暴力団担当の樽井は、「そうか?」と首を傾げてビールを飲み続けた。

「考えすぎだ。どうせ大したことは起こりゃしない。日々平穏《へいおん》。有り難いことじゃないの」

「呑気《のんき》だね、お前は。だから出世しないんだな」

嫌味を言う佐脇に樽井は取り合わない。

「お前だって永久巡査長じゃねえか。おれは次の人事で警部補になる。二係の係長だ」

「ほほう、次は警部になって光田を追い落として刑事課長になるのか？　だったらアイツの弱みを教えてやろうか？」

おう、教えてくれと樽井は顔を寄せてきた。

「光田の最大の弱点は……馬鹿なところだ」

佐脇が秘密めかして言うと、樽井はうんざりした様子で手を振った。

「それはみんな知ってる。それ以外は？」

「度胸がない。腹が据《す》わらない。上に弱い。下にも弱い」

「それも周知の事実だ。それ以外は？　カネに汚い愛人がいるとか、横領してるとか」

「それはないな。なにしろキンタマの小さいヤツだから、そんなことが出来る男じゃない」

佐脇はそう言いきると席を立った。

「和久井！　もう一軒行くぞ！」

樽井を呼び出しておきながら、佐脇はさっさと出て行ってしまい、和久井は上司を慌てて追いかけた。

「ちょちょ、佐脇さん。どこ行くんですか！」

「黙ってついて来いよ」

タクシーを拾って二人が向かったのは、島津の店「鳴海シュラスコ酒場」だった。

しかし看板にも窓にも明かりはなくて、扉には「本日臨時休業」の貼り紙があった。

「おかしいじゃねえか。台風の日でも休まなかった人気店なのに」

佐脇は扉をガタガタと揺さぶり無理やりに開けようとしたが、鍵がかかっている。

しかし……店の中には人の気配がする。

「オイ開けろ！　警察だ！」

佐脇は扉をどんどん叩き、殺し文句を怒鳴った。

すると、カチャッと鍵が開く音がして、むっとした表情の島津が顔を出した。

「止《や》めてくださいよ。人聞きの悪い！」

「いるなら開けろ」

佐脇は謝りもせずにズカズカと中に入った。

「今日は休んでるので、何も出せませんよ」

と島津が言うとおり、フロアの椅子《いす》はほとんど全部逆さになってテーブルにあげられているし、厨房《ちゅうぼう》にも火の気はない。

しかし、店の一隅《いちぐう》には数人の男が集まっていた。

「なにをコソコソやってるんだ？」

「新メニューの研究をしてたんですよ！　ウチの真似《まね》をする店も出てきたんで」

島津はそう言いながら、それでもグラスのビールを二杯持ってきた。

集まっている男の中には、大多小五郎、通称大タコもいた。

「おいタコ！　お前に新メニューなんか考えられるのか？」

そう言われた大タコは、仕方なく立ち上がって佐脇に一礼した。

「先日はどうも。だけどダンナ、おれはこう見えて食通なんですよ。食い倒れってやつを、関西ではまさに実践《じっせん》してきたわけですしね」

「カネがなくて行き倒れになったんだろ。お前が違いが判る男だなんて、今初めて聞いたぞ」

そう言いながらテーブルを見ると、何もない。空《から》の皿の一枚もない。

「おい。新メニューの研究なら、試作品を並べて食ったりするんじゃないのか？」

「いやまあ、これは、新メニューを含めて店の将来を総合的に検討するってことで」

「島津、お前は優秀だから、その総合的な検討とやらもできるんだろうが、この大タコとかをコンサルにするのは道を間違う大本だとは思わないのか？」

島津が言う四人の相談相手は、いずれも元鳴龍会の組員だ。しかも千紗の店に居た連中と同様、下っ端の若衆のままランクアップもせずトシばかり食った人間ばかりだ。

そして、島津を含めて全員がなぜか深刻な表情で、店の空気までがどんよりと重い。

「なんか、謀反《むほん》の連判状でも巻いてるような感じだぜ」

「いやいや、そんなことはないですよ。見て下さいよ。おれたちの顔を。希望に満ちあふれてるでしょ？」

と大タコが無理に明るい声を出したところで、大タコのスマホが鳴った。

「あ、失礼……」

大タコはスマホを耳に当てて店の隅に行き、深刻な顔で話し始めた。

「そんな顔して、どうした？　何があった」

大タコは送話部を塞《ふさ》いで佐脇に答えた。

「ダンナも知ってると思いますが、誠三……鹿島誠三って」

「おお、気がいい誠三な」

佐脇は気のいい男の顔を思い出した。

「あの誠三がどうかしたのか？」

「いえね……なんとかアニキから借りた金を返してカタギになりたいって言うんで」

「誠三は、今でもヤクザの真似事してるのか？」

「ええまあ。ずーっと輝寿《てるひさ》のアニキの使いっ走りですよ。その輝寿アニキから誠三は金を借りてるんで」

そこまで話した大タコは塞いだ手を離して誠三に「かけ直すわ」と言って通話を切った。

「要するに誠三は、カタギになるためにアニキに金を返したいんでなんとかならないかっていう相談をしてきたって事だな？　お前にカネを借りたいってことか？」

お前に金の無心をしてもなあ、と佐脇は靴下の臭《にお》いを嗅《か》いだような顔になった。

「そんな顔しないでくださいよ！　まあ、おれにもカネはないけど」

「誠三は、借金を返せばスッパリ足を洗えるのか？」

「さあ？　それはどうでしょう？　足を洗っても暮らしが立ちゆくかどうか……例の暴排条例ってもんがありますし。だったらヤクザのままでも仕方ないと思ってるフシもあって……いやその前に、今のアイツに返せる額じゃないんで」

なるほどねと頷いた佐脇は、テーブルにドカッと座って島津に「なんか出せ！」と怒鳴った。

「こんな人数でこんな時間に会議してるなら、食い物ぐらい用意してるんだろ？　そいつを出せ！」

「佐脇さんは、リベートを寄越《よこ》せと言わず、現物支給しろと言うタイプなんですね」

島津は、勉強させて貰《もら》います、という態度で訊いた。

「そうだよ。ソバ屋でソバ、肉屋で肉、八百屋《やおや》で大根。可愛《かわい》いもんだろ。微々たるもんだ」

そう言ってふんぞり返ってタバコを吸い出した佐脇の前に、ローストビーフ丼がどんと置かれた。

「これ、おれが食べる分ですよ。今日は休みで、余分な肉はないんで」

そう言った島津は、佐脇が大口を開けてローストビーフを食べる光景を欠食児童のように恨《うら》みがましく見ている。

「いいだろ一食くらい抜いても。お前、最近デブってきたぞ。少しはメシを抜いてダイエットしろ！」

佐脇はまったく意に介さずローストビーフ丼を完食した。

＊

翌日の夕方。

家に給食のパンとプリントを持ち帰った息子の諒汰が玄関先でウロウロしているのを見かねた父親・誠三は「どうしたんだ」と声をかけた。

「三上が……また休んでるんだ。パンを届けろと言われたんだけど」

無駄に杓子定規《しやくしじようぎ》な担任は、お代わりは許さない癖に、こういう決まりだけはきっちり守ろうとする。

「この前もあの子は休んでたと言ったよな？　担任の先生は心配しないのか？」

諒汰は首を横に振った。

「あのセンセイ、駄目なんだよ」

「どう、駄目なんだ？」

誠三が訊いてもハッキリ答えない。

「父ちゃんに言っても判らないよ」

「ンなこたぁねえだろ。言ってみなきゃおれが判るかどうか判らねえじゃないか」

そう言われた諒汰は、渋々不満を口にした。

「だからセンセイは、おれらみたいな面倒なヤツらは触りたくないんだよ。いじめるヤツには笑って『こら』って言うだけで、いじめられてる方はスルー。だからおれがいじめるヤツにやり返しても、怒られるのはおれなんだ」

「だったら父ちゃんが、その先公《せんこう》を叱《しか》ってやろうか？」

誠三は「一緒に学校に行こう！」と言い出した。

「駄目だろ！　父ちゃんが学校に行って先生を怒鳴ったら、ボーハイジョーレイで父ちゃんが捕まっちゃうじゃないか」

靴を履《は》きかけていた誠三の手が止まった。

「ん……うん、まあ、そういうことも……いやしかし、息子の教育について先公に談判するのにカタギもヤクザもねえだろ！」

「いいんだよ、おれがいじめられてることなんか。それよりも」

三上の家に行くのが嫌なんだ、と諒汰は本音を口にした。

「外から、三上が泣いてる声が聞こえるんだぜ」

それを聞いて、誠三の顔色が変わった。

「あの親父はまだそんなことをやっているのか？ やっぱり黙ってるわけにはいかねぇ。行くぞ！」

父親は息子の腕を摑《つか》んだ。


三上の部屋の前に来ると、廊下にまで意味不明の叫び声と泣き声、なにかを連続して叩くような鈍《にぶ》い音が聞こえてきた。

「あの暴力親父……マジであの子を殴ってるのか」

誠三は、三上のマンションのドアチャイムを連打した。叫び声や泣き声は止まったが、インターフォンの応答はないし、ドアも開かない。

誠三は躍起《やっき》になってドアチャイムを連打し続け、「三上さん！ いるなら出てきてください！ 出てきてください！ おい、出てこい！ 出ろ！」と呼びかけがだんだん荒っぽくなっていった。

ついには「ドア開けろコラ」とドアを蹴り始めた。

「父ちゃん、それやったらマズい……」

と諒汰は必死に止めるのだが、誠三は「いいか、父ちゃんはこういう事のプロや。絶対に開けさせたる！」と怒り、怒鳴っては蹴るのは止めろ」

「判った。今開けるから、蹴るのは止めろ」

とインターフォンから応答があって、ようやくドアが開いた。

「うるさいじゃないか！　近所迷惑だろ！」

ドアから顔を出した三上義彦は眉間《みけん》に皺《しわ》を寄せ、物凄い目つきで父子を睨みつけた。

「あんた、子どもを殴るなよ」

低い声でぼそっと言う誠三に、しかし三上は激昂した。

「アンタには関係ないことだろ！　これは躾《しつけ》だ。人の家のことに口を出すな！」

「しかしこんな外にまで怒鳴り声が響いて、女の子が泣いてるのが聞こえるんだ。黙っているわけにはいかないじゃないか」

「馬鹿。だからこれは躾だ。躾なんだ。家庭教育だ。そこに他人があれこれ口を出す権利はない！」

「権利とか難しいことはおれには判らねえけどよ、女の子が泣いていて、うちの坊主の言うことによれば、腕に痣《あざ》まであるそうじゃねえか。それが躾か？」

あくまで誠三の声は低い。ヤクザならではの迫力があるし、目付きも鋭いので、結構怖いはずだ。しかし、義彦はわなわなと震えながらも、引き下がる様子を見せない。

「だから躾なんだよ！　親のこの私が躾と言ったら躾なんだよ！」

「オタクの奥さんはどう言ってるんだ？　奥さんもそう言ってるのか？」

「当たり前だろ！　家長の私が言うことは絶対なんだ！」

「あんた、言ってることが時代錯誤《さくご》だぜ。そんなこと言ってると離婚されるぞ」

義彦は口許《くちもと》を歪《ゆが》めてハッハッハと誠三を嘲笑《ちようしよう》した。

「おかしいのはお前だ。お前ンとことウチを一緒にするな。このヤクザが。ヤクザがカタギに説教垂れようってのか？」

「ヤクザであろうがなかろうが、ガキを殴るような外道《げどう》を黙って見ているわけにはいかねえんだよ！」

誠三の声が大きくなった。

「虐待《ぎやくたい》はやめろ」

「虐待だぁ？　えぇえ？」

三上義彦は目を剝《む》いた。

「虐待ならどうして警察が来ないんだ？　学校の先生も児童相談所も、これまで一度も来たことがないぞ！　それは、あくまで躾であり教育だということが、周囲には判っているからだ。断じて虐待でも折檻《せつかん》でもないからだ！」

「警察が来ないだと？」

誠三は怪訝《けげん》な顔になった。

「こんなに音が聞こえてるのに？」

「そうだ！　警官が来たことは一度もない。このマンションの住人は誰も通報しないんだよ！」

「それは……アンタが面倒くさくて怖い男だと判ってるからだろ」

「逆だね。私は信用されている。会社でも近所でも、厚く信頼されているし、いい人で通っているんだ。だから、誰も通報しない」

義彦はそう言って胸を張った。黒の上下のスウェットを着ている。

「それは違うだろう。ここの住人は面倒臭がりな連中ばっかりで、他人と関わりあいになるのが嫌な、腰抜け野郎しかいねえからだよ！　それだけのことだ」

「それは都会の話だろう？　あんたは何を言っているんだ。こんな田舎《いなか》で……」

「だからこんなクソ田舎だからこそ、隣近所と揉めるのが嫌なんだろうよ！　クソばっかりだな、このマンションの住人は！」

誠三も怒りを隠せなくなり、ドアをガンと蹴った。

「それよりアンタはこんな時間にどうして家にいるんだ？　アンタ、カタギだろう？　マトモな勤め人なら、まだ会社に居る時間だろ！」

それを言われた義彦はまたもやニヤリとした。

「そういうオマエはどうなんだよ。誰とは言わないが、マトモな仕事も出来ない人間のクズに、あれこれ言われたくありませんねえ」

大人同士の言い争いでは埒《らち》があかない。横から諒汰が口を出した。

「すみません、おじさん。三上に……三上未桜さんに会わせてください」

大人二人は驚いたように諒汰を見た。

「そうだ。未桜ちゃんの無事さえきっちり見届ければ、おれたちは引き下がるよ」

誠三がやっと本当の目的を思い出し、玄関から部屋の中を覗き込もうとしたところで、義彦に阻《はば》まれた。

「なんだアンタ。図々《ずうずう》しいな。家宅捜索じゃあるまいし。いい加減にしないと通報するぞ！」

「すまない。だがあんたの娘は大丈夫なのか？　それだけでも知りたいんだ！」

誠三は拝《おが》まんばかりに頼んだが、義彦は頑《かたく》なに拒否《きょひ》した。

「未桜は寝てる。あんたらは帰ってくれ」

「じゃあ、奥さんと話がしたい」

「あんた馬鹿なんじゃないのか」

義彦は目を剥いて、顔をグリグリと近づけてきた。

「自分の女房をヤクザに会わせる夫が、どこにいる？」

口を歪め、目を剝いて食ってかかる義彦に、誠三は引き下がるしかなかった。

「判ったか？　いいから帰れ。とにかくだ、おれはカタギの真っ当な人間なんだから、他人に娘の心配をされる謂《いわ》れなんかないんだ！　さ、帰れ！　帰らないと警察を呼ぶぞ！ヤクザに脅《おど》されてるってな！」

未桜に会えないまま、鹿島親子は肩を落として帰路につくしかなかった。

「おれがヤクザだから、言いたいことも言えないんだなあ……」

すまんな、と誠三は息子に謝った。

「違うよ父ちゃん。悪いのはあっちだろ！」

結局渡せなかったパンとプリントの入った袋をぶらぶらさせながら、諒汰は怒ったように言った。

「それはそうなんだけどなあ……談判しに行っても警察が来たら、こっちが悪いことにされちまうんだ、自動的に」

「ヤクザだから？」

誠三は黙って頷いた。

市営住宅に戻ってくると、ドアの前には誠三よりも、もっとヤクザのように見える男が立っていた。

「よう!」

男は馴《な》れ馴《な》れしく手をあげた。

「あ、佐脇のダンナ……」

反射的にペコリと頭を下げた誠三は、慌てて諒汰の頭を押さえて無理にお辞儀《じぎ》させた。

「こちらは鳴海署の鬼刑事、泣く子も黙る佐脇さんだ」

「そういう、初対面の人物に予断を与える形容詞をつけるのは止《よ》せ」

「は? どういう意味です? すみませんね、ダンナ。ちょっと何言ってるのか判らないんで」

誠三は戸惑《とまど》っている。

「おれ馬鹿だし学校行ってないから、難しいこと言われても困るんですよ」

「じゃあ、単刀直入に行こう。ほれ、これを受け取れ」

佐脇はポケットから封筒を出すと誠三に押しつけた。

「な、なんすか?」

「まあ、取っとけ」

誠三が封筒の中を見ると、お札が数枚入っている。

「大した足しにはならないとは思うが」

封筒には十万円、入っていた。

「おれも金蔓《かねづる》が消えちまって、懐《ふところ》が寂しくてな。ハシタ金で申し訳ない」

「いや、そんな……」

誠三は思いがけない悪漢刑事《わるデカ》の情けに、涙ぐんだ。

「ちょっと聞いたんだ。組がなくなって、お前、かなり困ってるんだろ？　オマエのアニキの輝寿は、ありゃ駄目だ。目先のことで精一杯で、子分のことまで気が回らねえ。というか、子分の面倒を見る器量がねえ。さっさと縁を切って自由になれ。そこの坊主のためにも」

「いやあ、そう言うけどダンナ」

誠三は封筒を押し戴いたまま、困惑の表情を浮かべた。

「輝寿アニキには借金があるし義理もある。それを欠いちゃあ人間のクズだ」

「そういうスカしたことを言っていいのは独りもんだけだ。お前、こんなしっかりした坊主がいるんだから、義理もクソもねえだろ。組がある時なら破門状が出回ったり、ケジメをつけさせられたりもしたろうが、今は組がねえんだぜ。いわばお前はフリーの身分だ。フリーならいっそ、完全に辞めちまえ。足洗え。おれなら坊主と一緒に、遠くに行って出直すけどな。九州とか関東とか……って言うかお前、元は大阪で板前やってたんだろ？　そっちの方面でやり直せねえのか？」

「うちのガキにも同じようなこと言われたんですが……板前と言うには腕が錆《さ》びついてるし、大阪には戻れねえ……向こうで世話になった大恩人をしくじっちまって、どうにも顔向け出来ねえんで……」

誠三は情けなさそうな顔で言った。

「板前時代に贔屓にしてくれた旦那《だんな》がいて、おれが、惚れた女の取り合いで……逃げちまった女房のことなんですが……それで店をしくじって辞めたときに、旦那が拾ってくれて。まあ、旦那は大阪の親分さんだったんですけどね、それで板前からこっちの世界に入ったってわけで」

誠三は、忸怩《じくじ》たる思いを顔に出して、しわくちゃな表情になった。

「その大恩ある親分さんの頼みを断っちまってね。これは、極道の世界じゃ絶対に許されねえことですからね、女房を連れて、あちこち流れて……ヤクザが親分に歯向かうなんて、指を詰める程度じゃ済まねえ、殺されても仕方がねえところを、ほとんど見逃してくれて……」

その時の事を思い出して、誠三は涙ぐんだ。

「だから、大阪には絶対に行けねえんです。申し訳なくて」

佐脇は黙って聞いていたが、「そうは言うが」と首を振った。

「いろいろあったにしろ、結局はなーんにもしてくれねえ輝寿アニキをそんなに立てても意味ねえだろ？」

「いえ、おれは一度しくじってるんで。ヤクザとして、人間として、同じ事は二度しちゃいけねえんで……」

「だが食い詰めたら仕方ねえだろ。坊主が可愛くねえのか？」

佐脇に問い詰められた誠三は、顔を強《こわ》ばらせた。

「そりゃ可愛いですよ。けど、それだけで答えが出せる話でもないんで」

「だから、輝寿のことなら気にするな。おれが口八丁手八丁でなんとかしてやる。だいたい、輝寿に借りた金、どんどん増えてるだろ？　アイツはトイチで勘定《かんじょう》してるぜ。高利貸の計算されちゃあ絶対返せねえ。弁護士に過払い金のアレ、やって貰うか？」

諒汰は心配そうに父親を見つめている。

「ダンナ……それが、今は、こっちの勝手で引っ越すわけにもいかなくなったんで」

「なんだよ。輝寿のアニキ以外にも不義理があるのか？」

「いえ、カネの話じゃないんで」

誠三は、三上家のことを佐脇に説明した。

「誠三。オマエは昔からヒトが好《よ》すぎる」

佐脇はタバコを取り出して咥《くわ》えた。火を点《つ》けながら父親に言って聞かせる。

「その、三上って家の子のことは心配だが、ヒトの事を考えるよりも、今は自分のケツを拭く時じゃねえのか？　可愛い坊主のためにも。あ？　可哀想《かわいそう》に、可愛い坊主はやせっぽちじゃねえか。ろくにメシも食わせてねえんだろ？」

「おじさん、いえ刑事さん。僕のことなんかはいいんです。でも……」

巧《うま》く言い返せない父親に代わって、諒汰が口を開いた。

「三上のこと、誰も守ってやれないんだ。学校の担任は知らん顔だし、警察も全然来ないって言うし……未桜を守ってやれるのは、おれたちだけなんです」

諒汰は子どもなりに一生懸命、刑事に事情を説明した。

「だけどな、それはお前らの仕事でも責任でもないぞ。警察に通報するのは誰でも出来る。ヤクザが通報できないって法はねえ。匿名《とくめい》でも通報できるんだしな。なんなら、おれの方から生活安全課とかに話しといてやる」

諒汰は、何か言おうとしたが口を閉じ、なんともすっきりしない表情で父親を見上げた。

「とにかく、今は、誰に頼っても、どんな手を使ってでも、他人のことより自分たちのことを優先しろ！」

誠三は、佐脇と息子の板挟みになって、困り果てた様子だ。

「だからそんなに困ることじゃねえだろ。他人のウチのことをとやかく言うのは、お前の仕事じゃねえ。それはおれたち警察が、児童相談所とかと一緒にやるから」

煮え切らない様子の誠三を見た佐脇は、思いついたように、言った。

「そうだお前。元鳴龍会の連中が集まって、なんかやろうとしてるみたいだぞ。あれなら元ヤクザだからどうのって縛りもねえ。なんせ、やってるのが大タコとかの元鳴龍会なんだから。そのハナシ、お前には声がかからないのか？」

「ああ、あれですか……」

誠三は気乗り薄そうに小さく頷いた。

「鳴龍会だった連中とツルんでなんかやろうってのは……ああいうのは性《しょう》に合わないんで」

「ゼイタク言ってる場合かよバカ」

佐脇は少し苛《いら》ついてきた。

「せっかくおれが相談に乗ろうって言うのに、お前は出来ない理由ばっかりあげる『デモデモだってちゃん』かよ。言っとくが、それが許されるのは若くて可愛い女だけだぞ。お前みたいなオッサンにやられると腹が立ってくる」

「すみません旦那。だけどおれ、組の時代から、大多とか島津とはソリが合わなかったんで」

「だから、そういうこと言ってる場合じゃねえだろっての！」

そこまで言っても誠三は硬い表情を崩さないので、佐脇も諦《あきら》めた。

「まあ、すぐにとは言わねえ。ゆっくり考えな」

判ったか、と佐脇は誠三の肩を叩き、諒汰のアタマをゴシゴシと撫《な》でると、吸《す》い殻《がら》を指で弾《はじ》いて、歩き去って行った。

それを、鹿島親子は黙って見送るしかなかった。

＊

「ああ、済まんね。ありがとうな」

ボロ家を出入りする中年男に、皺の深い老人は礼を言った。

「いやいや、なんのこれしき」

礼を言われた中年男は妙に照れて、たくさんのゴミ袋を抱えてゴミ集積場に向かった。

この一画には平屋の、長屋風の古い市営住宅が建ち並んでいる。それを取り壊して高層アパートに建て替え、余った敷地に保育園を作ろうという計画があるのだが、今、入居している住人が反対しているので、計画が全然進んでいない。

住人はみんな高齢者で、老齢年金や生活保護に頼っている。しかし、支給される金額がごく僅《わず》かなため、切り詰めるだけ切り詰めてやっと暮らしていたり、要介護認定が軽度とされた結果、介護保険で受けられるサービスが充分でなかったりと、全員、一様《いちよう》に生活は厳しい。

安い老人ホームには空きもなくて、ここから出て行く場所がないのと、「老い先短いんだから今のままで死にたい」と、老人たちが現状維持を望むのは無理もない話なので、市役所としても強制退去などを求めることが出来ない。事実上、「住人が死ぬまで待つ」状態になっている。しょっちゅう救急車が呼ばれて、身動きできなくなった老人が搬送《はんそう》されていくので、近隣の住民は陰《かげ》では「順番待ちの郷《さと》」と呼んでいる。順番とは、もちろん、あの世に召される順番だ。

そういうこともあって、この一画に住む高齢の住人たちはみんな意固地《いこじ》になっている。福祉NPOやボランティアのスタッフにも警戒し、身構えては毒づくので、手を差し伸べる者すらいなくなっていた。ほとんど姥捨《うばす》て山《やま》状態だ。

しかし、ここ数日、福祉とはおよそ無関係に見えるいかつい男たちがやってきて、独居老人の世話を始めていた。

切れた電球をLEDに換え、通院の際には車椅子《くるまいす》を押し、言いつかって買い出しにも行く。

ゴミ屋敷のようになっていた老人の家を許可を得てきれいに片付け、雑草が生《お》い茂《しげ》る玄関前や小さな庭もきれいにする。窓ガラスをかいがいしく拭き、雨樋《あまどい》を直したりする。

その姿はまるで、「音信不通だった息子が長年の親不孝を詫《わ》びて一気に孝行している」

ように しか見えない。

市営住宅の空き地では、自前のバーベキューセットとタコ焼きプレートを持ち込んでタコ焼きを焼いている者さえいる。それは、大タコこと大多だった。

「お金は要《い》らないよ。出来たてのタコ焼きを食べておくれ！　タダだからって、毒は入ってないから安心して！」

タコ焼きを焼くジュウジュウという音、そして香ばしい香りが辺りに漂い始めると、市営住宅からお年寄りが顔を覗かせ、ぞろぞろと出てきて、集まりだした。

「美味《おい》しそうだね」

「出来たてのタコ焼きなんか、もう何年も食べてない……」

「おお、本物のタコが入っとるわ！」

市営住宅の住人ではない、近所の住人まで加わって、和《なご》やかな人の輪ができた。

「はい、出来たてをどうぞ！　お好みでマヨネーズとかかけてね！」

大タコが慣れた口調に慣れた手つきで、スチロールの舟にタコ焼きを載せて、次々に並べると、それはあっという間に捌《さば》けていき、人々の口に入った。

「美味《うま》い！」

「そりゃそうよ。この辺の祭りでは欠かさず焼いていたからね！　今はまあ……いろいろあって焼いてないけど」

「こんないい腕があるのに、どうしてだい？」

「それはまあ……ハッキリ言って、ヤクザはお祭りから追い出されてるんだよ」

「はい、お茶をどうぞ！」

話を断ち切るように、別の男が麦茶のペットボトルを運んで来て、紙コップに注いで配り始めた。

市営住宅の空き地が臨時のパーティ会場のようになって、普段は交流がない人たちが、お互い、笑顔でタコ焼きを食べて談笑し始めた。

その時。

ひどく乱暴な運転の車がわざとローギアで、エンジン音をうるさく響かせながらやってくると、臨時パーティ会場のすぐ近くにブレーキを軋《きし》ませて止まった。

大タコは、その車のナンバーを見て「ヤバい……」と呟いた。

乗用車から降りたったスーツ姿の男が、人々を掻《か》き分けて臨時タコ焼きスタンドの前につかつかと歩み寄り、いきなりスタンドを蹴飛ばしてタコ焼きを四散させた。

「な、なにしやがる……」

「ここで食べ物を売る営業許可は？　保健所の許可は？　この場所は市の所有地だ。市の許可は？」

「そんなもの、ないよ……それにこれは営業じゃないし……」

男は、スーツの内ポケットから警察の身分証を出して、見せた。

「県警の刑事部組織暴力対策課の唐古《からこ》だ」

大タコは、この乱暴で横暴な男の正体を既《すで》に察知していたのか、驚かなかった。

「やっぱりね。覆面《ふくめん》パトのナンバーだし」

「お前ら、元鳴龍会だろ！　ここでジジババ相手に何をしてる？　老人を騙《だま》して身ぐるみ剝ごうってか？　それとも生活保護のウワマイでも撥《は》ねる気か？」

「いやいやいや、滅相《めっそう》もない。そんなことは夢にも思ってませんよ。おれたちは、福祉の手が行き届かないところに……」

「うるせえ、このクソヤクザが！」

唐古は地面に散らばったタコ焼きを蹴飛ばし、何度も踏《ふ》み潰《つぶ》した。

「もったいない……食べ物を粗末《そまつ》にしたらアカンよ」

ぼそっと言った老人を、唐古は睨みつけた。

「アンタ、こんなヤクザに騙されちゃイカンよ。老人は情にほだされてすぐに騙される。こんなタコ焼きくらいでホイホイ騙されてどうする」

それを言われた老人は、歯のない口を大きく開けて笑った。

「騙されても構わんよ。なんせカネもないし財産もなーんにもないんだからして。年金にしたって、税金や保険料を天引きされて、あとは家賃を払ったらもう、幾らも残らないし」

市営住宅の住人ではない連中は刑事の高圧的な態度に恐れをなしてコソコソと立ち去ったが、住人である老人たちは警官を恐れる様子もない。それが唐古のカンに障《さわ》った。

「おい、大多！　とにかくモロモロ許可が降りてないんだから、勝手なことをするな！　絶対に許さんぞ！　だいたいヤクザが、こういうことをしていいと思っているのか？　すぐに片付けて、お年寄りから取り立てた金も返すんだ」

「だから、お金は取ってないって……」

大タコはブツブツ反論しようとしたが、彼より元気なのは老人たちだった。

「ちょっとおまわりさん、なぜあんたがそんな指図《さしず》をするのかね？　私らはただ、このお兄さんにタコ焼きを焼いてもらって、楽しくやっているだけなんだよ」

一人の老婆がそれに同調した。

「そうですよ。このお兄さんが元は外聞《がいぶん》を憚《はばか》るようなお仕事をしていたことは私も知っているけれど、それがなんだって言うのさ。娘も息子も孫も寄りつかない私らに親切にしてくれているのは、この人だけですよ。ゴミ捨てとか草刈りとか、市役所に頼んでも全然やってくれないことを、この人たちはさっさと……」

「あんたらは、ヤクザの肩を持つのか！」

業《ごう》を煮やした唐古刑事が怒鳴った。

「本官に逆らうと、お前らも暴排条例で取り締まるぞ！」

とお年寄りにまで凄み始めた唐古に、老人たちは口々に言《い》い募《つの》った。

「どうやって取り締まるというんだね？」

「そうだ！　ワシらはもうどこにも勤めておらんし、娘息子とも行き来はないし」

「暴排条例ってのは、会社がヤクザと付き合うなってアレだろ。ワシらは会社でも組織でもない、ただの年金暮らしの年寄りだ。つまり完全に個人なんだからな！」

「そろそろお迎えが来ようっていう歳になって、密接交際者と言われようが、利益供与《きようよ》を咎《とが》められようが、もう何も怖くはないよ」

年寄り連中の思いがけない反撃にたじたじとなりつつ、それでも唐古は言い返そうとした。

「いや……あんたらはそれでいいかもしれないが、子どもたちや親戚親類を巻き込むことになるかもしれないんだぞ？」

それでもいいのか？　と恫喝《どうかつ》する刑事にも年寄りたちはひるまない。

「は？　子どもなんかもう、何十年もワシらにゃ寄り付きもせんよ」

「そうだよ。そういう天涯孤独なワシらがヤクザの便宜《べんぎ》供与を受けたからって、それがナニ？　ナニがどうなるっての？」

「いっそ、わしらもヤクザになろうか？　それなら話がスッキリするんじゃないかね」

意外にも弁が立つ老人たちに、唐古が返答できなくなったとき、彼の背後から拍手が起きた。

ムッとした唐古が振り返ると、そこには佐脇が破顔しつつ手を叩いていた。

「佐脇、なんでお前がここに居る？」

「暴力警官が暴れてると通報を受けたからだよ。民間人の善意をこうやって踏《ふ》み躙《にじ》っちゃいかんだろ！　あんたがわざわざ県警から出向いてくるような事かよ、馬鹿が！」

そう罵倒《ばとう》された唐古は鼻白《はなじろ》んで黙ってしまった。

「で、大タコ。お前らはここで何をしてるんだ？　まさかマジに、ボランティアで老人福祉に精を出してるんじゃないだろ？」

「このタコ焼きと麦茶は無料サービスですけどね、掃除とか家事代行は、幾ばくかのお金を戴いてますよ。だけどそれは、生活保護を食い物にしてるいわゆる『貧困ビジネス』の連中とは全然違うんです。つまりココロザシってやつがね」

「どう違うんだ！　うまいこと言って、どうせ無知な貧乏人から金を搾《しぼ》り取ってるんだろ！」

それ見ろというように唐古は怒鳴ったが、すぐに老人に怒鳴り返された。

「誰が無知な貧乏人や！　ワシらはなけなしのカネを失いたくないから、オマエなんかよりずーっと勉強しとるワイ！　失敬なやっちゃ！」

「そうやそうや。警察やからってエラそうに言うな!」

「タコ焼き無駄にしやがって、食い物を粗末にするクソが!」

老人たちの激しい反撃に、唐古はやり返せない。

その様子をニヤニヤして眺めていた佐脇は、大タコに訊いた。

「お前らが考え出した、新しいシノギってやつがこれか?」

「そういうことなんで。これなら健全だし、組織や法人が絡《から》まないんで、暴排条例にも引っかからないと思いましてね。まあそこんとこが判らない、どこぞの県警から来たバカみたいに無知なオマワリも、そりゃ居ることは居ますが」

「お前らのシノギは、年寄りの家の電球を換えてやったり、家事の代行をするだけなのか? それじゃあ、たいした稼ぎにはならんだろ」

「いやまあ、これだけじゃありやせん。いろいろ手広く、薄利多売《はくりたばい》ってヤツで……」

「お試しセールみたいに、安くいろいろやって、元鳴龍会のイメージアップを図《はか》ろうって作戦か?」

これは言うべきではなかったかと思ったが、佐脇は思いついた事は口にしてしまうタイプだ。だが大タコは気にする風もない。

「はい。お年寄りの皆さんだけじゃなく、若くてきれいなおねえさんの手助けもしてますよ。ただし今までとは違ってシノギのネタとは考えるな、『お客さん』なんだから絶対に手を出すな、丁重《ていちょう》に扱《あつか》えって、いぐ……、いやその、みんなで話し合って……」

「島津たちと、そういう話をしたのか？　お前らがねえ……」

ふ〜んと佐脇は妙な感心の仕方をした。

「おいホンチョウの唐古。オマエ、もういいだろ。何しに来たのか知らねえが、帰れ」

「なんだオマエ。所轄のクソ刑事の分際《ぶんざい》で、何をエラそうに……」

唐古は言い返し始めたが、その場にいる全員に睨まれているので、「上に報告しておく」と言い捨てると覆面パトカーに乗り込み、逃げるように走り去った。

うんざりした顔で見送った佐脇は、改めて大タコに言った。

「お前らのシノギ、見学させてもらおうか」

タコの絵がサイドに描いてある軽のバン「タコ焼きカー」で、佐脇と大タコが鳴海バスターミナルに向かうと、そこには若い女が立っていた。

顔立ちは整っているが、服装はみすぼらしく、表情も暗い。しかもこういう商売に慣れていないのがまる判りの、おどおどした態度だ。二人のオッサンを正視することも出来ないのだ。

「おまたせ」と車から降りて彼女に声をかけた大タコは、後ろのスライドドアを開けて「乗って」と言った。助手席には佐脇がいるからだ。

「あ、この人は別になんでもないから。ヘンな顔してるけど……なんでもないから」

まさか刑事だと自己紹介できないので、佐脇も「なんでもない男だよ」と言って軽く会《え》釈《しゃく》した。

「ねえちゃん、仕事は慣れたかい？」

大タコが時候《じこう》の挨拶《あいさつ》のように訊くと、彼女は「まあ……なんとか」と小さな声で答えた。

「どんな仕事でも最初は大変なもんだ。こういうのは若いうちだけだから、今のうちにせいぜい稼いでおかねえと」

「それは、判ってます。あたし、人がたくさんいるところはダメだから……もう、このお仕事しかないって」

後部シートに座った彼女は、硬い雰囲気で頷いた。

「タコ焼きカー」はバイパスのロードサイドにあるラブホテルに向かった。

保健所が新規営業許可を出さないので、名目上はビジネスホテルということになっているが、実質上は誰がどう見てもラブホテルだ。

田舎にはまったく似合わないお城のような豪華な建物があれば、それはラブホか結婚式場か、そのどちらかでしかあり得ない。

ピンクがかった石材を積んだ、宮殿の城壁風の塀《へい》。けっして誰も出て来ない、ヴェローナにでもありそうなバルコニー。

入口から見えるエントランスも、ぴかぴかの人造大理石の円柱が両側に立ち、椰子《やし》の木が植わっていたりする豪華なものだ。

「ガイドブックで見たワイキキのピンク色のホテルみたいだな。ホテルは客が指定するのか？」

「半々ですね。お客さんが部屋から呼ぶ場合もあるし、ホテルによっては、男女で一緒に入室しなきゃいけないところもあるし」

「しかしここは高そうじゃねえか。ラブホならもっと安いところがあるんじゃねえの？」

経費節減で、コールガールのような「カネが必要な女」は抱かない佐脇は、意外に最近の売春事情に暗い。

「いえ、高くて内装も綺麗なところのほうが、客もかしこまって、行儀良くするんですよ。安いとこだとね、部屋をメチャクチャにしたりする阿呆《あほ》もいるから始末が悪い」

ホテルの斜向《はすむ》かいに駐車した「タコ焼きカー」からは、ホテルのドアの前に立っている男が見えた。

外見で判断するかぎり、ごく無難な三十代のサラリーマンだ。こんな時間に女を買うのは出張族かもしれない。

「うん、あれなら大丈夫だ。ねえちゃん、電話しなよ」

と大タコが指示を出し、彼女が客のスマホに電話を入れた。

「もしもし？　スイート宅配便のヒロミです。チェックインして、部屋番号を教えてもらえますか」

声が震えている。大タコが佐脇に小声で解説した。

「常連さんならそのまま部屋に直行しますが、お初のお客さんの場合は、こうして品定めするんですよ。最近は、遊び方を知らない阿呆も増えてるんで。女の子を守るためにね」

客の男がホテルの中に入ってほどなく、大タコの携帯が鳴った。

「はい。畏《かしこ》まりました。四一三号室でございますね。すぐ参上させます」

大タコは丁寧《ていねい》に応答すると「四一三号室ね」と彼女に告げ、車をホテルの真正面につけた。

「舐《な》めた真似されたらすぐ電話ね。速攻で行ってやるから」

だから安心して、と大タコは請《う》け合《あ》った。

彼女は車を降りて、エントランスに入り、銀色に輝くクロームとスモークガラスの自動ドアの中に消えていった。

大タコは車を出して、近くに路上駐車した。

「あのコはね、友達がいなくて、どの職場に勤めても長続きしなくてね」

二人はタバコを取りだし、大タコが佐脇のタバコに火をつけてやった。

「美人だけど、暗い感じだよな。よっぽど仕事ができなくて使えねえのか？」

「そうじゃねえんですよ旦那。あの子は小学校から中学高校、初めて勤めた職場から、辞めて転々としたバイト先、どこに行ってもいじめられ通しなんだそうだ。今までずっと。気の毒な子なんだと思うよ」

「確かに……おどおどして目は泳いでるし、まるでいじめてくださいと言っているようなもんだからなあ、あれじゃあ」

「人間が怖いんだそうですよ。そんなだから、とうとう仕事探すことも出来なくなって……」

実家も頼りにならないらしい、と大タコは言った。

「だからね、フーゾクもヤクザも、なんちゅうか、かっこいい言葉を使えば、セーフティネットってヤツですよ。どこにも行き場のない人の。人間として最後の頼みの綱《つな》。ね？」

「セーフティネットか。洒落《しゃれ》た言葉を知ってるじゃねえか。いっそ浮世《うきよ》を捨てて出家でもすれば、もっとセーフになれるんじゃねえのか？」

「出家して食えるならいいけど、貧乏寺の住職になっても借金背負うだけじゃないですか」

「ヤクザだって、お前ら見てると左団扇《ひだりうちわ》からは程遠いだろ。火の車でケツが燃えてるじゃねえか」

刑事とヤクザが言い合っていると、大タコのケータイが鳴り、通話を聞いた大タコの顔が険《けわ》しくなった。

「ダンナ、事件ですぜ。客とトラブってるって」

車を降りようとする大タコを、佐脇が止めた。

「ちょっと待て。お前は元ヤクザなんだから、ちょっとでも脅迫《きょうはく》や恐喝《きょうかつ》チックな事を言ったらすぐ通報されてパクられるぞ」

「いやいや、じゃあダンナがなんとかしてくれるんですかい？」

「そうはいかんだろ。さすがに。つまり、客に言質《げんち》取られるなって意味だ」

それを聞いた大タコは胸を叩いた。

「まかしといてください。そのへんは、いぐ……いや、みんなでいろいろ対策を練ったんで」

一緒に行くと言う佐脇とともに、二人はフロントに「知り合いから連絡があって……ちょっと様子を見たいんで」などと当《あ》たり障《さわ》りないことを言って、四階の四一三号室のドアをノックした。

すぐにバスタオルを巻いたさっきの彼女がドアを開けた。泣いていたようで化粧が滅茶《めちゃ》苦茶《くちゃ》になっている。

「お客様、どうなすったんで？」

佐脇は廊下に残り、大タコが部屋に入った。

ドアの隙間から部屋を垣間見《かいまみ》ると外見の豪華さとは対照的に、部屋はいたってしょぼく、ごく普通のラブホでしかない。ベッドだけは大きいが、あとは小さな椅子にテーブル、型落ちの冷蔵庫にテレビが置かれているだけだ。

「アナルはやらせないって言うんだ。この女が。約束が違うだろ？」

客は不満たらたらな声で言った。

「あら？　お客様、アナルのご希望、承《うけたまわ》っておりましたでしょうか？」

大タコは愛想《あいそ》のいい声で応対する。

「だからよ、お尻の感じがイイ子を、と言ったじゃないか」

「つまり、アナルセックスがご希望……とはハッキリとおっしゃらなかったと」

「だから普通はそれで判るだろ？　お尻の感じがイイ子ってことで」

「いやいやそれはお客様、お尻の形がいいとか、お尻を撫でると感じちゃうとか、そういう意味でのお話ではないかと」

「違うね」

客はハッキリと否定した。

「おれは他の店では『お尻の感じがイイ子』というフレーズで、きっちり意味が通ったけど？」

「それはお客様がゴリ押しして、根負《こんま》けした女の子が特別にアナルを許したのでは?」

「違うね。他の店ではきちんとハナシは通った」

佐脇が覗くと、客の男はベッドの上にアグラをかき、腕組みをして大タコに対峙《たいじ》している。

「ではお客様、差《さ》し支《つか》えなければ、そのお店がどこなのか教えて戴けますか?」

大タコはあくまで丁寧に、下手《したて》に出た。

「教えてやるよ。『ムーンライト・キス』っていう店だ」

「ああ、そこは知ってます。ちょっと失礼して」

その場で大タコは電話をかけた。

「ああ、どーもどーも、大多です。大タコの大多です。はいはい。その節《せつ》は」

相手とは昵懇《じっこん》の仲のようで、ベッドの上でアグラをかいた客の表情が強ばった。

「……でね、ウチのお客様が、他所《よそ》の店でも『お尻の感じがイイ子』って言い方でアナルが出来る女の子を頼めたとおっしゃるんですけどね……ああ、やっぱりねえ」

大タコは、ニヤリとして客を見た。

「お客様。こちらの店でも、実はかなり揉めたそうじゃないですか。あんまり揉めるから特別にアナルOKな女の子を追加で派遣《はけん》して大損こいた、と言ってますけど?」

「……そうだったかな?」

客はトボけた。

「はい。お忙しいところ済みませんでした。まあ、いろいろね。ええまあ、ウチもボチボチやってますんで……はいはいどうも」

電話を切った大タコは、客の隣に座り込んだ。

「それじゃあ、お客さんこうしましょう。アナルNGをきっちり説明しなかったのはウチの落ち度なんで、料金を半額お返しするというのは？　このコはアナルは駄目なんですよ。実を言うと、こっちが弱いコで……ハッキリ言うと、切《き》れ痔《ぢ》なんで……アナル以外なら精一杯務めさせて貰いますけど」

「こうなってしまったら、もう、勃《た》つものも勃たない。今日はやめるから、ホテル代もそっち持ちでナシにしてくれ」

「それはお客さん、受けられませんよ。こっちも商売ですから、あくまでお客さんと、こっちの話が付く範囲でのやりとりなんでね」

「だから、お、おれは全額返せって言ってるんだぞ！　詐欺《さぎ》だ。警察に行くぞ」

「まだなんにもしてないのに、どんな罪が発生するんですか？　それに、こっちも商売なんで、お客さんとのアポでこの子が割《さ》いた時間にも料金が発生するんですよ。ぶっちゃけ、ほかの客を取ってればもっと稼げてたって話です。機会の損失による利益の逸失《いっしつ》ってヤツでね」

ここで、大タコは、必殺のニラミを利かせた。無言だし、客に触れてもいない。ただ睨むだけ。無言の圧力と言えるかもしれないが、これじゃあ警察も何も出来ないだろう。

駄目ヤクザとは言え、大タコのキャリアの勝利だ。

「……判った。半額でいい。ホテル代も持つ」

「有り難うございます。キミ、お金を半額お返しして。じゃあこれで退散しよか。お客さんはここで、お昼寝でもして帰らはったら如何《いかが》ですか？　お風呂にゆっくり入るのも宜《よろ》しいな。ではでは」

大タコが交渉している間に服を着た彼女は、二人で部屋を出てきた。

彼女の顔色は悪い。

車に乗り込むと、「もう帰ります」と小さな声で言った。

「疲れた……」

「今日はもう、ほかに仕事が入っていないし……」

「判った。慣れてないのに妙な客に当たって悪かったね。これから送っていくから」

妙に優しい大タコは、彼女を町外れの安アパートまで送り届け、「これ少ないけど、食費の足しにでもしなよ。またよろしくな」と、受け取った半額から千円札まで渡していた。

「オマエ、昔は五、六人の女を抱えてブイブイ言わせてて、女が文句言うとぶん殴ってたのにな。その面影《おもかげ》はまったくないな。オマエ、多重人格か？」

彼女が自分の部屋に入ったのを見届けてから、佐脇は感心したように言った。

「だからダンナ、おれも改心したって言うか、昔みたいな流儀は通じないって身に染みて感じたんでさ」

佐脇は、そういう大タコをしげしげと眺めた。

「……島津はけっこうキレるヤツだが……ブチ切れるって意味じゃないぞ。頭がいいって意味だ。しかしその島津でも、とても考えが及びそうもないオトナの判断が入っている。お前ら粗暴でイージーな連中が、一体どういう風の吹き回しだよ？　こんな大変身、島津みたいな若手の一存で出来た訳がないだろう？」

「そんなことねえですよ。おれたちだって知恵を絞って考えを持ち寄れば……」

「ちょっとお前らの集まりに参加したい」

そんなことを佐脇が言いだしたので、大タコはギョッとした表情になった。

「見たってたいしたことねえですよ。ダンナから見れば今さら何やってるんだ的な……」

「いいから、見てみたい。後学のためにもな」

いやしかし……と大タコはなおも渋った。

「なんだオマエ。見られたら困る事でもあるのか？　電気ショックとか使って人格改造をしてたりして？　島津の店にはモジャモジャ頭のマッドサイエンティストがいたりして？　いや、催眠術師《さいみんじゅつし》とか？」

大タコは何か言い返そうとしたが、佐脇の言い分があまりに滅茶苦茶なので言葉に詰まってしまった。

「ちょっと電話させてもらえますかね」

「電話はいい！　今からおれを連れてけ！」

佐脇に睨まれて、大タコは黙ってアクセルを踏んだ。

雑居ビルの三階には年齢も性別も様々な人たちが集まってガヤガヤと賑《にぎ》やかにしている。

「ここはですね、言わば、ヨロズ相談＆問題解決センターとでも言うべきところで」

佐脇を案内した大タコはぼそぼそと説明を始めた。

「たとえば申請書の書き方なんかを教えるんですよ。生活保護も児童手当も、申請の仕方が判らなくて諦めている貧乏人、大勢いますからね。困っている人間にはお上《かみ》から金が出るってことも知らない連中が多い。あとは……子どもがいじめられているシングルマザーとかですね。男手がない親子ってのは、とかく学校にも役所にも、それから、いじめが大好きなガキの一家にまで舐められやすいモンですから」

市役所やNPOなどの支援の手が回らなかったり、面倒がって何もしてくれないような事案を一手に引き受けているのだ、と大タコは説明した。

「特に宣伝もしなかったンですが、口コミで一気に広がりましてね」

大タコは少し誇《ほこ》らしげに言った。

雑居ビルのワンフロアをそのまま使い、奥に折り畳みテーブルを一列に並べて「相談窓口」を作り、いかつい顔をした男や役人みたいな男が並んで、詰めかけた人たちの相談に乗っている。まるで確定申告の相談会のような光景だ。

元鳴龍会の構成員で佐脇が知った顔もけっこういて、相談する方とされる方に分かれてテーブルに向き合っているのが面白《おもしろ》い。

「相談を受けて答えているのはお前らの仲間だけじゃないよな？」

「もちろんです。お金関係に詳しい知り合いの税理士とか、刑務所で法律を勉強したヤツとかいろいろで、知識の無い昔の仲間に教えたりしてます」

「で、お前らは幾らくらいボッタクるんだ？」

佐脇は疑わしそうな目で大タコを見た。

「ボッタクリは、ナシです！　そんなことしたら警察が飛んで来るでしょ。暴対法や暴排条例には一切《いっさい》引っかからないように、細心の注意を払っておりますんで」

ふ～んと生返事をした佐脇は、相変わらず疑っているそぶりを隠そうともしない。

「ま、それだけ我々が役に立つ余地があるってもんで」

「そういう口の利き方。以前のオマエなら絶対、頭にも浮かばなかった言葉の数々」

佐脇は半分呆《あき》れて大タコを見た。

「なんか引っかかるんだよな……」

「だから、暴対法や暴排条例には……」

「そう言うことじゃなくて。お前らの知恵袋の存在が……」

「だから、それはおれたちがない知恵を持ち寄って……」

「しかし今のオマエは、大多さんと呼ぶべき存在になってるよな」

そう言いながらフロアを見渡す佐脇の目に、信じ難《がた》いものが映った。

ここにいるべきではない、いや絶対にいてはならない男が、逃げも隠れもせずに、堂々と大勢の人の前に立っているのだ。

黒縁眼鏡《くろぶちめがね》をかけて髭を生やしている程度の「変装」をしているが、佐脇にはお見通しだ。

「おい。あれはどういうことだ？　正面切って宣戦布告《せんせんふこく》する気なのか？」

「え？　何言ってるかちょっと判らないンですが？」

大タコはごまかそうとしたが、佐脇はつかつかとフロアを突っ切って、奥のテーブルに向かった。そこにはガタイのいい、長身の渋い男が立っていた。

「よお、伊草。久しぶりじゃねえか」

伊草と呼ばれた男は苦笑し、黙って少し頭を下げた。

「このビルのオーナーが、我々の活動に理解を示してくれましてね。空いていたこのフロアを貸してくれたんですよ」

午後五時を過ぎて相談者が帰ったあと、伊草はインスタントコーヒーを口にしながら穏やかに話し始めた。

「鳴龍会時代のフロント企業とは違いますからね。先に言っておきますが」

佐脇と相対《あいたい》する伊草は、それなりに歳を取っている。しかし、筋肉質の長身と、端整《たんせい》な顔立ちは変わらない。顔に刻まれた皺も年輪を感じさせ、渋い男の魅力がいっそう増したようだ。

「ヤクザや元ヤクザの境遇に同情してくれる人は案外多いんですよ。もちろん昔と同じ、阿漕《あこぎ》なことをしている連中は論外ですが、真面目《まじめ》にやってるヤツから生きる手段を奪うのは、死ねってことですからね。現に生きてるヤツに死ねって言うのは酷《ひど》いでしょう？」

その話を聞く佐脇には、異論はない。伊草の言うとおりだ。

「だいたい生活保護を受けるのは恥と思って我慢する人がいまだに多いんですが、日本で一番、その手の申請に詳しいのは誰だか知ってますか？　おれたちヤクザですよ。だから知っていることを教えて申請の手伝いをする。簡単なことならタダでやってあげるけど、時間がかかったり面倒な事には多少のお金を戴く。これなら何の問題もないでしょう?」

伊草が言う「新規事業」には、生活保護や老人福祉関連以外にも、さまざまな内容があった。

フリーの風俗嬢が仕事に行く時の運転手兼用心棒を引き受ける。それだけなら売春組織を運営して管理売春をしているわけでもないし、美人局《つつもたせ》をしてもいない。シングルマザーの子どもがいじめられれば、学校への相談に同席する。やりとりのすべてを録音・録画して証拠にするから、脅迫や恐喝は絶対していない。最初から最後まで現場で音楽を再生して流すなどして、ノーカット、編集なしである証拠を盛り込む工夫もしている、と。

スタッフの一人としてコーヒーのお代わりを持ってきたシングルマザーが、そうなんですよ、と話に入ってきた。

「本当に困っていたんです。私ひとりだと所詮《しょせん》女だと軽く見られて、学校の先生からも、いじめっ子の親からも、全然まともに相手をしてもらえませんでした。いつの間にか言いくるめられて、こっちが悪いんだと思わされそうになったり。だけど、同席する男の人がいると全然違うんです。しかもそれが座っているだけで迫力のある」

要するに「その筋」に見える人がいるだけで対応が劇的に変わった、と彼女は言った。

「それはもう、腹の立つほどに。ホント、まるっきり違うんです！　まず、敬語になるし、頭を下げてくれるし」

その女性は、大きく頷いた。

「この、私学校の皆さんには、本当に感謝しています」

「私学校！　えらく大きく出たな！」

驚きのあまり大声が出てしまう。

「伊草、お前は西郷隆盛《さいごうたかもり》が好きだったのか？」

いやいやと伊草は手を横に振った。

「おれじゃなくて、おれたちをバックアップしてくれている社長が大ファンなんですよ」

「その社長が、このビルのオーナーなのか？」

「ええ、このビルも持ってるし、あちこちでガソリンスタンドとか飲食店とかタクシー会社とか運送会社とか、いろいろ手広くやってる『鳴海興産《こうさん》』の、上原《うえはら》社長です」

「上原……」

その名前には、佐脇も聞き覚えがあった。たしかに旧鳴龍会のフロント企業ではないが、ヤクザに隣接した業務だから、伊草たちとも付き合いがあったはずだ……と思い出したところで、数日前の光景と結びついた。

「上原って、見てくれは普通のカタギ風で、綺麗に髭も剃り髪も整えて、ダークスーツにネクタイが似合う、大企業の部長か支店長という感じのヤツか？」

「ええ、そうです。上原社長」

「その男なら、この前、二条町の飲み屋で元鳴龍会のスジが悪そうな連中と飲んでたが」

「それは、この場所を立ち上げる決起集会というかキックオフというか、そういう飲み会だったんでしょう。さすがにおれは顔を出しませんでしたけどね。でも、上原社長のおかげで、順調な滑《すべ》り出しですよ」

伊草は嬉《うれ》しそうだ。

「明治維新《いしん》で職を失った武士たちの不平不満を吸収して、手に職を与え、一定の方向を示して指導統御《とうぎょ》するために、西郷隆盛が音頭《おんど》をとって設立した学校、それが私学校ですよね。おれたちのやっていることはそれと同じなんだから、名前も私学校でいいじゃないかと、上原社長が言うんです。おれも、鳴龍会の名前がつくとヤバいと思っていたので、良い名前ではないかと思いました」

伊草は電子タバコを取り出した。

「あ、佐脇さんもどうぞ。ここは喫煙可です」

でね、と伊草は話を続けた。鳴海から去って以来、年月は経《た》ったが、往年の気力も活力も、いささかも衰《おとろ》えを見せてはいない。

「厳密に言えば、ここは学校ではないんですよ。相談所というか、仕事を請け負う窓口です。いわゆる職業訓練所は別にありましてね。おれが昔やっていた産廃処理場の事務所、あそこを再利用してます。半グレのピーチパイを辞めて、真面目になりたいってヤツも入れてます。鳴海の治安のためにも、これはいいことだ思いますよ」

伊草は力説した。

「ヤクザが足抜けして元ヤクザになっても、五年縛りがあるから普通の会社は雇えない。就職できないと職歴がつかないし定収も得られず生活が安定しません。だから、ウチが連中を雇って身分を保障して、銀行口座も作れるしアパートも借りられるし宅配便も出せるっていう、普通のことが出来るようにしてやりたいんです。そのあと、五年縛りが消えたら、めいめい独立していけばいい」

「そうだよなあ……今のご時世《じせい》、鳴龍会の再興《さいこう》は不可能だから、組の連中がなんとかシノギが出来るようにするには、この手しかないだろうなあとは思うが……採算は取れているのか？」

心配した佐脇が訊いたが、伊草は「そう来ると思ってました」と笑顔で答えた。

「おかげさまで、寄付もあるし、上原社長がここの家賃とか光熱費を被《かぶ》ってくれたりしてるんで、なんとかまあ。集まった連中には食っていける程度のカネは渡せてます。追々《おいおい》、利益も出せるようにして行きたいんですけどね」

それを聞いた佐脇はタバコの煙を吐き出しながら頷いた。

「……さすが伊草だな。お前じゃないと、これはやれないよ。鳴海には大きな工場もなくなったし、港に船も来なくなったし、もうガタガタだ。とは言え、人間が暮らしている以上、それなりの営《いとな》みはあるわけで、カネの動きもそれなりにあるのは当然だ……そいつを『ウラ経済』というなら、その規模は昔より大きくなってるだろうな。昔は無かった補助金とか、そういうものも増えている。だけどそういうカネは手続きしなきゃ受け取れない。福祉も教育も、昔よりずっと面倒でややこしい事になっている。そこに目をつけて、暴対法にも暴排条例にも抵触《ていしょく》しないように案配して組織化するってのは、大阪の西成《にしなり》とかならともかく、こんな田舎でやろうとしたヤツらはいなかった。思いついたのはお前ならではだし、実行してここまでにしたのは、お前がつくってきた実績あってのことだ。お前にしか出来ねえことだよな」

「それは、買いかぶりですよ」

伊草は笑って否定した。

「そこだよ。そういう如才《じょさい》ないところが、エラいって言ってるんだよ」

「まあ、私もね、潜伏先で鳴海の様子は聞いてたんで……昔の仲間が悲惨《ひさん》な生活をしているのを知って手をこまねいているわけにもいかないンで」

「それはそうなんだが」

佐脇は話題を変えるように声を強めた。

「なあ、おれは落ち着かねえんだよ。どうしてお前はそんなに落ち着き払って、冷静に話せるんだ?」

「……なんのことです?」

伊草は微笑みすら浮かべた。

「お前……お前は、殺人容疑で今でも警察庁から『指定被疑者特別指名手配』されてるんだぞ! おまけに国際指名手配までされてる。国際テロリスト並みの扱いだ。警察庁はメンツにかけて、お前の首を探し求めてるんだぞ。なのにお前は、変装もせず覆面も被らず、そのまんまで堂々と人前に出てる。どうかしてるんじゃないか? 逃亡生活の過度の緊張で、こっちの調子が狂っちまったか?」

佐脇は頭を指差した。

「お前がなーんにも考えてない分、おれはもう、ハラハラして生きた心地もしないんだよ! お前が鳴海にいるのが知れたら、どうして捕まえないんだと言うことになる。つーか、おれの目の前に座ってゆとりの笑みを浮かべてタバコまで吸ってるお前を、どうしておれが捕まえないのかって話だ!」

「捕まえますか?」

伊草はお縄を頂戴するように、両手を突き出した。

「お前、おれをバカにしてるのか?」

佐脇は、怒った。

「今、お前を捕まえたくねえんだ。お前だって、今、捕まるわけにはいかねえだろ！ なのに、警察に挑戦するような真似をしているのはどうしてだ？」

「佐脇さん、これはねえ、おれの性分《しょうぶん》なんでね。本当は逃げも隠れもしたくないんですよ」

「じゃあどうして逃亡して大阪で潜伏してたんだ？ それは本心じゃなかったのか？」

その問いに、伊草は珍しく歯切れが悪く、言い淀《よど》んだ。

「そうですね。佐脇さんからすれば、おれは、おれ一人の考えで勝手気儘《きまま》にやってるように見えるでしょうが、実際はそうとも言えないんで……」

「こうして表に出てるのも後援者の考えなのか？」

そういう佐脇に、伊草は「それもありますが……それだけでもないんで」と口を濁《にご》した。

「伊草。頼むから、おとなしくして、こんな具合に人前に出るな。な。お前の男の美学は、この際、我慢しろ。それがお前の計画のためでもあるし、みんなのためだ！ いいな！」

佐脇はフロアを見渡した。

他のテーブルでは、元ヤクザたちがノートパソコンを開いてデータを打ち込んだり、開いたノートに聴き取った内容を書き込んでいたり、受注票を整理したりと、まるで普通の会社の社員のように働いている。

「見て下さいよ、佐脇さん。元ヤクザだって立派に働けるんです。ヤクザだからと社会が弾いていたら、結局は連中を追い込むことになるんですよ。辛抱《しんぼう》する力が足りず、考える力も足りなくてヤクザになってしまったんだから、その欠点さえ直せば……」

「おれを誰だと思ってるんだ。そんな事はよく判ってる」

「ごもっとも。失礼しました」

伊草は一礼した。

「でもね、これは佐脇さんじゃなくて一般の人たち、それに佐脇さん以外の警察関係者に実は言いたいことなんですよ」

「判った。お前の言いたいことは良く判った。だから顔出しはするな。頼むから」

そう言った佐脇は、働いている面々をもう一度見て首を傾げた。

「……伊草よ。お前の手下に、誠三っていたろ？　鹿島誠三。あいつなら、お前が密《ひそ》かに鳴海に帰ってきたと知れば真っ先に馳《は》せ参じると思っていたんだが……いないな」

「アイツにはほとんど知らせてないんですよ。というか、あまり知らせるなとみんなにも言ってあるし」

伊草は飲み干したコーヒーの紙コップを握りつぶした。

「アイツは全部を清算してきっぱり足を洗いたいらしいと聞いてまして。なのにおれがここに誘うと、アイツの生活設計の足を引っ張ることになるんじゃないかって」

誠三は足を洗おうにも洗えずに困っているのだが、と佐脇は思ったが、それは口にしなかった。

「誠三のアニキ分、輝寿もいないみたいだな」

「元鳴龍会と言っても、一枚岩ではないですから。解散後に出来たシガラミもあるでしょう。おれを嫌ってた連中もいましたしね。輝寿はおれと張り合いたい感じがあった男です。いろいろ思うところもあるんでしょう」

そう言った伊草は、パイプ椅子から立ち上がった。

「ところで、久々に、ちょっとどうですか？　けっこう前に、大阪の福島《ふくしま》というか大淀《おおよど》の裏通りのバーで飲んだっきりですよね」

「それはいいが……いや、良くはない。絶対に駄目だ」

佐脇も立ち上がったが、首を横に振った。

「とにかく今日、おれはお前と会わなかったし、話もしなかった。お前が鳴海にいる事も知らない。いいな。そういうことにするからな。いいか、お前たちもそうだ。ここに居るのは伊草によく似た男だが、伊草じゃねえ。いいな！」

他の面々は「はい」と言って、佐脇に一斉《いっせい》に頭を下げた。

「伊草よ。お前、別の名前考えとけ。じゃあな！」

そう言った佐脇は、フロアを出て階段を駆け下りた。

＊

今日も三上未桜は学校を休んだ。

「近所なんだから、三上さんチにこれ、持っていって」

諒汰はまた担任から給食のパンと連絡プリントを渡されてしまった。

「たまには先生が持っていったらどうですか？」

諒汰は、無駄と知りつつ、言ってみた。こんなに何日も休んで、ことに今回は月曜からずっと、連続四日も休んでいる。先生は心配じゃないのか？

「先生は忙しいんだ。それに三上のお父さんからも、風邪《かぜ》を拗《こじ》らせてなかなか治らないと連絡が入っている。なにか言いたいのか、君は？」

不満そうな諒汰を見て、担任はムッとした表情になった。

「お父さんがきちんと連絡してくる以上、先生は何も言えない。先生でも他人の家のことにあれこれ言えないのは、君が大きくなれば判る」

だから、と担任はレジ袋を押しつけた。

「文句を言わずに持って行ってくれ。これが決まりなんだから」

諒汰は、三上のマンションには行きたくない。行けばまた、三上が父親にいじめられている状況を目《ま》の当《あ》たりにすることになるからだ。

ドアノブにレジ袋を下げて、走って逃げてくればいいのかもしれない。だけどそれも、三上を見殺しにしているようで辛い。

実際今まで何回も、三上を見殺しにしてきたと言っていい。そのたびに、これ以上はもうイヤだ、耐えられないと思うのだが、三上は学校に来ないし、担任は自分では動かない。

警察に言いつけてやろうと思う。しかし、自分は子どもだし、ヤクザの息子だし、貧乏だし、オマワリが相手にしてくれる筈《はず》もない。この前だって財布を拾って交番に届けたのに、盗んだんだろうとか中身を抜いたのでは、と疑われて、物凄く面倒なことになった。その時は運良く持ち主が現れてくれて全部濡《ぬ》れ衣《ぎぬ》だと判ったんだけど……それでもオマワリは疑わしそうな眼でずっと睨んでいたのだった……。

諒汰は、思い出したくないことまで思い出しながら、重い足取りで、三上のマンションに向かった。

そして……今日もまた、あの聞きたくない怒声と悲鳴が、廊下に響くのを耳にすることになった。

しかも、今日はなんだか、前よりも一段と切迫した感じがあって背筋が凍《こお》った。

諒汰は、いったん地上に戻り、廊下とは反対側の、ベランダのある側に回った。そこにはマンション専用の駐車場がある。

三上の部屋がある階を見上げると……。

レースのカーテン越しに、腕が振り上げられる様子が見えた。地上からだと遠いので音は聞こえないが、父親が腕を振り上げて、三上に暴力を振るっているのだ。グーで殴っているのかも知れない。

諒汰は、反射的に走り出し、階段を駆け上がって三上の部屋の前に戻った。

思わず玄関ドアのノブを回すと……驚いたことにあっさり開いた。施錠《せじょう》されていなかったのだ。

躊躇《ちゅうちょ》はなかった。ドアを開けて中に入ると、床に倒れている三上と、三上に馬乗りになった父親の姿が諒汰の目に飛び込んできた。鬼畜《きちく》な父親は何度も何度も、固めた拳《こぶし》を自分の娘に振り下ろしていた。

無惨に血が飛び散り、父親の顔には喜悦《きえつ》の表情が浮かんでいる。

「やめろ！」

諒汰は咄嗟《とっさ》に叫んだ。

「三上を殴るの、やめろ！」

義彦の腕がピタッと止まった。そうして、ゆっくりとこちらを見た。暴力に陶酔《とうすい》するその表情が、次第に怒りに変わってゆくのが判った。諒汰を睨むその眼はぎらぎらと光り、激しい憎しみを湛《たた》えている。

「貴様、また来たか。何のつもりだ？」

諒汰は、勇気を振《ふ》り絞《しぼ》った。

「おじさん、未桜を叩くのは止めてください」

未桜は口から血を流し、頬《ほお》や目の周《まわ》りは殴られて青痣が出来ている。

「何を言った？　お前がおれに、今、何を言った？」

「だ、だから、未桜を殴るのは止めてって」

義彦は引《ひ》き攣《つ》った顔で笑い始めた。

「バカ野郎。これは躾だ。未桜は親の言うことを聞かない悪い子なんだ。だから、親の私が躾けている。口で言っても判らないから、カラダで判らせる」

「だけど、血が出てる！」

諒汰は必死に未桜を指差した。

死んだような表情の未桜の瞳には、絶望の色しか浮かんでいない。

鬼畜父は虚勢《きょせい》を張るようにせせら笑った。

「ヤクザのせがれの分際で、なにをくそ生意気に」

「お……おれの父ちゃんは確かにヤクザだけど、アンタみたいに自分の子を叩いたりしない。おじさんは……いやアンタは、ヤクザ以下のクソ野郎じゃないか！」

「うるせえよ、この減らず口のクソガキが。だからお前は母親に捨てられたんだ！」

義彦は耳から耳まで口が裂《さ》けたような、あたかも悪魔のような薄気味悪い笑顔になった。

諒汰は怒りのあまり、カッと耳までが熱くなるのを感じた。

「かあちゃんが出て行ったのは、お、おれのせいじゃない。父ちゃんがヤクザだから出て行ったんだ。だけど母ちゃんも父ちゃんも、おれを一回も殴ったりしてないぞ！　アンタよりずっとマシだろ！」

このひと言が、鬼畜父の暴力のスイッチを入れてしまった。

「おい小僧、今何と言った？　もう一度言ってみろ！」

義彦は立ち上がると、いきなり諒汰に襲いかかってきた。あっというまに組み伏せられ、大人の全体重をかけて押さえつけられ……すぐに顔面に激しい痛みを感じた。大人の拳が、何度も何度も振り下ろされていた。

一発目で頭がクラクラし、二発目で口の中が苦くなり、歯が折れるのが判った。三発目で目から火花が飛び、四発目で目の前が回り始めた。

諒汰の視界の隅っこには、怯《おび》えきって座り込んでいる中年の女性が見えた。未桜の母親か？ 母親なのに、どうして止めないで隠れているだけなんだろう……？

諒汰の意識が飛び始めた。

ああ、このまま殺される……。

そう思ったところで、諒汰は急に息苦しくなった。

気がつくと馬乗りになっていた義彦が、諒汰の上半身に倒れ込み、不気味なうめき声を上げていた。全身を押さえつけられた形になった諒汰はうまく息ができない。

一体……どうしたんだ？

その時、顔に熱い液体が飛び散るのを感じた。

鉄の臭い……。

これは……自分の血ではない！

義彦の身体《からだ》からはさらに力が抜け、いっそう重たさが増した。まるで岩か鉛《なまり》のようだ。

諒汰は必死になって覆い被さった鬼畜父から這《は》い出した。そして、彼が見たものは
……。

フライパンの柄《え》を握りしめて、ぶるぶる震えている三上だった。

「お父さんを……殺しちゃった」

だが、鬼畜父はうめき声をあげて、ゆっくりと身体を動かした。

「未桜……よくもやったな。こんなことをしてお前、ただで済むと思うなよ」

その口からは、呪詛《じゅそ》のような、憎しみに満ちた言葉が漏《も》れた。

「許して！　ごめんなさい、お父さん」

恐怖のあまり未桜は泣き出した。

「絶対に……許さない……殺してやる」

気がつくと、諒汰は未桜からフライパンを奪い取っていた。

「お前なんか、死ね！　死ね！　死んでしまえ！」

諒汰は義彦の頭に、何度も何度もフライパンを振り下ろした。

渾身《こんしん》の力を込めて、鬼畜外道の頭を打ち据《うす》える。

義彦はそれでもよろよろと立ち上がり、こちらに向かってこようとする。ゾンビのようなその姿に恐怖し、反撃を阻むために、諒汰は無我夢中で打撃を加え続けた。

いくつかは鈍い音を立てて体幹《たいかん》に当たるだけだったが、その中の一撃が、手をついて起き上がろうとする義彦の、前のめりになった頭部にヒットした。厭《いや》な音が室内に響き、義彦は一瞬硬直し……次いでがくっと腕から力が抜け、その場に斃《たお》れ伏した。

顔面からも後頭部からも、義彦は激しく流血している。

それなのに最期《さいご》の力を振り絞るように、ゆっくりと顔を上げた。

血まみれになった義彦の形相《ぎょうそう》は物凄く、その眼は飛び出るほどに大きく見開かれている。

諒汰はさらに恐怖し、無我夢中でフライパンを打ち下ろし続けた。硬く握りしめた両手に、フライパンの柄が容赦《ようしゃ》なく食い込む。彼の耳には、いつか父から聞いた言葉が反響していた。

『たしかに父さんは服役した。だが、あの時は仕方がなかった。極道《ごくどう》の生き方は、やるかやられるかだ。ためらってはいけない時と、情けをかけてはいけない相手がいるんだ』

やるかやられるか……。

刑務所に行っていなければ、父さんは殺されていただろう、という父の言葉を諒汰は思い出していた。

一度起き上がりかけた義彦の上半身はふたたび、ゆっくりと崩れるように、床に倒れていった。

やがてその身体は、まったく動かなくなった。頭部からは夥《おびただ》しい血が流れ出している。

「……どうしよう」

未桜と諒汰は立《た》ち竦《すく》んだ。

物陰《ものかげ》に隠れている母親らしい女は、完全になすすべもなく、へたり込んだままだ。

「ママは……やっぱり駄目なのね」

縋《すが》るような視線で母親を見遣《みや》った未桜だが、すぐに諦め、突き放すように、言った。

「父ちゃんなら……父ちゃんなら、きっとなんとかしてくれる」

そんな未桜を力づけるように諒汰は言った。

でも、どうしよう……どうやって父ちゃんに連絡すれば……？

「ねえ鹿島くん。ケータイとか、持ってないの？」

未桜が言った。

「持ってないならウチの電話使って」

未桜は固定電話を指差した。

「……使い方が判らない」

固定電話を前にして途方に暮れる諒汰に代わって、未桜が電話番号を聞いてボタンを押した。

数分後。慌ただしくドアが開き、誠三が現れた。

倒れている義彦を見て、誠三は呆然《ぼうぜん》となった。

「これは……」

誠三は、唾《つば》を飲み込んだ。

「父ちゃん、ヤクザだけど、こういうのは初めてなんだよ……」

ここまで無惨な死体は見たことがない。

「刑務所行ったのもアニキの身代わりだったしな……」

誠三はしゃがみ込んで、息子に向き合った。

「お前がやったのか？」

「そうだよ」

と、諒汰が即答し、未桜が同時に「いえ、私です」と答えた。

「え……どっちなんだ？」

誠三は混乱した。

「だから、三上が殴られていたから夢中になって、おれが」

「違うの。諒汰は私を助けようとして逆にパパに殺されそうになったから、私が」

床には、凶器のフライパンが歪《いびつ》に変形した状態で転がっている。

「どれだけ力を入れたんだ……それだけ必死だったんだな」

そう言った誠三はここで物陰からこちらの様子を窺《うかが》う女に気がついた。

「ママのことは気にしないで。あのヒトは、何にもしてくれないから。パパの言いなりだから」

物陰に隠れた女は、そのまま動くことなく、誠三たちをじっと見つめている。

誠三はしばらく考え込んでいたが、息を大きく吸い込むと、決心したように、言った。

「判った。決めた。これは、おれがやったことにする。お前たちは何も言うな」

「駄目だよ、父ちゃん！」

諒汰が反対した。

「父ちゃんはヤクザだから、絶対、警察は悪者にするんだ。やっぱりおれが正直にオマワリに話すよ。おれならまだ小学生だから……」

「バカ野郎！」

誠三は、ぴしゃりと諒汰の頬を叩《たた》いた。

「エラそうなことを言うな。まだガキのくせに。お前は警察がどんなところか判ってない。ここはおれに任せろ！」

その時、未桜がわっと泣き出した。

「おじさん、ごめんなさい。みんな……みんな私が悪いんです。最初にやったのは私です」

「いや、アンタは悪くない。全然悪くない。だから、泣かないで。泣いちゃだめだよ」

遠くからパトカーのサイレンが近づいてきた。その音が下の駐車場でとまった。

すぐにバタバタと荒々しい足音が廊下に響く。

「ここよ！　ここでドタンバタンって」

「ええと、通報をくれたハシモトさん？」

「ええ、ハシモトは私。なにしろ悲鳴と呻《うめ》き声が凄くて！」

開けっ放しのドアから土足のまま部屋に上がってきた制服警官は、義彦の死体を見て絶句した。

「これは……どういうことだ？」

遺体の傍《そば》にいる誠三と諒汰、そして未桜を、警官は交互に見た。

諒汰と未桜は返り血を浴び、誠三は歪《ゆが》んだフライパンを手にしている。そして、全員が真《ま》っ青《さお》で、無言だった。

近所の女・ハシモトがここぞとばかり勢い込んで喋《しゃべ》り出す。

「ここはね、普段から殴ったり蹴ったり悲鳴が聞こえたり、もう、ひどかったんですよ！今日は特にひどかったんで、もう我慢できないと思って、ヒャクトオバンしたの！」

ハシモトの声は上ずり、その顔はワクワクした興奮を隠そうともしていなかった。

第三章　テレビ局の女

その日の夜。

三上未桜と鹿島諒汰の二人は怪我《けが》をしていたので、検査と治療のために国見《くにみ》総合病院に入院した。二人には鳴海署で生活安全課ひと筋の、篠井由美子《しのいゆみこ》巡査部長が付き添った。

一方鹿島誠三は、現行犯逮捕はせず、重要参考人として任意同行を求められた。

こちらの担当は佐脇になった。

「誠三。お前は変形したフライパンを持っていた。フライパンには被害者の三上義彦の血液や肉片が付着していて、変形した部分と三上義彦の頭部の損傷具合が一致している。凶器と断定していいよな？」

佐脇に訊《き》かれた誠三は無言のまま頷《うなず》いた。

「お前がやったのか？」

誠三の目が泳いだ。

どう答えようか、迷っているのだ。

「お、おれは……」

誠三は取調室の机に身を乗り出したが、顔を伏せてしまった。

「どうした？　お前の気持ちは判《わか》る。自分がやったと言えば、子どもたちは罪を負わない。大人として、あの子たちの罪にはしたくないだろう。しかし……自分が罪を被《かぶ》ると、やっぱりヤクザはすぐ人を殺す危ない連中だと言われる。暴力しか能が無い駄目な連中だと言われて、仲間の評判を落とすことにもなる。結果、息子が『人殺しのヤクザの子』と言われていっそう生きづらくなる……」

佐脇は、傷口に塩をすり込むような口調で誠三に言った。

「どうするべきなのか、お前は迷ってるんじゃないのか？」

全館禁煙の鳴海署の中で、佐脇はタバコに火をつけた。

「なあ誠三。おれはお前の味方だ。一緒に考えようじゃねえか。事実は事実として、どういうカタチにすれば一番いいか、おれも一緒に悩もう。だから、一緒に悩むためにも、おれに本当のことを教えろ。何があったのか、まず教えろ」

書記を務める「補助者」は和久井で、ノートパソコンの前に座って、二人のやりとりに耳を澄《す》ませている。

「判ってると思うが、おれは他の警官とは違う。ある意味、ヤクザは必要だと思ってる。必要悪という意味じゃねえ。ヤクザにも存在価値はある。ヤクザにはヤクザの役割があってこの世にいると思ってる。お前らの殴ったり蹴ったりカツアゲしたりって事は、警察的には駄目だが、それ以外の……売春の斡旋《あっせん》とか賭博《とばく》行為とかギャンブルのノミ行為だとか借金の取り立てとか用心棒とか、まあそういうことはアリなんじゃねえかって思ってる」

必ず被害者がいると決まったもんでもないしな、という佐脇に和久井が驚いたように言った。

「佐脇さん……それ、警察官として言っていいんですか？」

キーを打つ手を止めた和久井に佐脇は答えた。

「だから世の中すべて、光があれば闇もある。闇が深くておれたちの手が届かないところには、その方面の専門家がいてもいいんじゃねえか？　海の底にも深海魚がいて、餌《えさ》を待ち構えているようなもんだ」

「それを言っちゃおしまいですよ。海の底だからって警察が仕事を放棄《ほうき》するわけには……」

「なあ和久井。お前はそう言うが、一昔前は、警察とヤクザは持ちつ持たれつだったたんだぜ。おれらの手が回らない治安関係を組の地回り連中が代わりにやってくれて、暴れる酔っぱらいや無銭飲食をきっちりメ《しめ》てた。その分、ショバ代ってモノが発生したけどまあ、それは町内会費みたいなモンで」

「佐脇さん。ちょっとそれは、さすがに問題発言でしょう」

「まあ、おれ自身鳴龍会から小遣《こづか》いをせしめてたから、贔屓目《ひいきめ》になってるかもしれねえが……しかし警察は法律の枠の中でしか動けないが、ヤクザはそれに縛られねえ分、スッキリした解決をしてくれたりしたもんだ。カネが絡《から》んだトラブルなんかは、民事不介入の警察じゃ何の役にも立たねえしな」

「だから、佐脇さん……」

和久井は怯《おび》えたような顔になって、マジックミラーが塡《は》まった窓を見た。あの向こうには鳴海署や県警のお偉方《えらがた》がいて、この取り調べを見ているかもしれない、そんな表情だ。

「……まあ、だから、誠三。悪いようにはしねえってことだ。おれを信じて、何があったのか、まず教えてくれ。それからいろいろ考えよう」

誠三は俯《うつむ》いて、じっと考え込んでいる。

「下手《へた》な考え、休むに似たりと言うぞ」

「信じろって言うけど……佐脇のダンナ。あの約束はどうなったんです？」

誠三は上目遣《うわめづか》いに佐脇を見た。

「あの約束って、なんだ？」

「ほら忘れてる！　だから、信じろって言われても無理なんですよね」

「そんな判じ物みたいな言い方するなよ。おれがなんの約束をしたって……」

やり取りを聞いていた和久井が口を挟《はさ》んだ。

「自分もよく判らないんですけど……佐脇さん、この事件が起きる前に、鹿島さんに会いに行きましたよね。一人で行かれた、あの時ですけど」

「お前、何が言いたい？　たしかにおれは誠三に会いに行って、他人のことを心配するより自分のケツを拭《ふ》けと言ったが、そんなことはお前が気に掛けることでは……」

と、そこまで言って、「あっ！」と叫んだ佐脇は思わず立ち上がった。

「おれが、三上の件は生活安全課《せいあん》に連絡してきちんと対処すると……」

そこまで言った佐脇は、崩れるように椅子《いす》に座り込んだ。

「すまん……生活安全課に連絡するのを忘れていた……。あれからいろいろあってな……」

誠三は、黙って佐脇を見ている。

「おれがきちんと連絡をしていたら……この事件は……」

佐脇はイヤイヤと首を振った。

「生活安全課も児相も忙しいんですぐには動けなかったかもしれないし……いやいや、それは卑怯《ひきょう》な言い訳になるし……」

「あのですね」

和久井が割り込んだ。

「この件は、誰がやったにしろ、計画性のない突発的な犯行ですよね？　仮に佐脇さんが連絡していたとしても、生活安全課も児相にも事の切迫性なんてすぐには判断できないですよ。いずれにせよ防げなかったのではないかと」

「いや、それはそうかもしれないが……」

「自分は、そうだと思います。これはけっして佐脇さんを庇《かば》って言っているのではなく」

和久井の言葉の途中で誠三がふと顔を上げ、真顔で訊いた。

「佐脇のダンナ……取り調べって、ダンナとおれの秘密には出来ないんですよね」

誠三はマジックミラーのウィンドウに一瞬視線を送り、続けて言った。

「あの窓の向こうには他の刑事とかもいて、盗み聞きしてるんですよね」

「盗み聞きたぁ、人聞きの悪い。モニターしてるし、おれが違法な取り調べをしてないかチェックしているということもある」

「少年法ってありますよね」

和久井が横から口を挟んだ。

「鹿島諒太君と三上未桜さんは小学五年生。罪を認めても前科はつかないですよね。状況が状況だから、家庭裁判所もかなりの情状酌量《じょうじょうしゃくりょう》をしてくれるはず……」

「そういうことを言うな！　酔っぱらい運転をして白バイに追いかけられて、シラフの奥さんが運転していたことにするってのと話が違うんだぞ！　人間の名誉がかかってるんだ。どっちがトクか、みたいな話をするんじゃねえ！」

佐脇が怒鳴った。

「だけど……佐脇さんだって、ついさっき、『どっちにすればいいか、迷ってるんじゃないのか？』って言ったじゃないですか」

そう言われた佐脇は、言い返せない。

「鹿島さんは、自分が罪を認めたら、周囲に迷惑が掛かってしまうことを恐れてるんじゃないんですか？」

佐脇は、そう言った和久井を本気で怒鳴りつけた。

「だからって、可愛《かわい》い我が子に罪をなすりつけるクソ野郎じゃねえんだよ、この誠三は」

「いや、自分は、本当はその逆なんじゃないかと……子どもの罪を被ったらどうなのかって鹿島さんが考えているとしたらって……」

「あー」

誠三が声を上げた。

「あー、済みません。自分がやりました。自分、鹿島誠三が、あの野郎を……三上義彦を殴り殺しました。凶器は、自分が手に持っていた、あのフライパンで間違いありません！」

そこから誠三は、型どおりの供述《きょうじゅつ》を始めた。

「動機は、あの男・三上義彦が、あの男の娘である三上未桜や自分の息子に暴力を振るい、それが我慢の限度を超えたからです」

調書に書きやすいように喋《しゃべ》ることができるのは、取り調べを受けるのに慣れているからだ。

「……まあ、物証もあるし、筋道は通ってるな」

佐脇はそう言って、誠三をじっと見た。

「お前はそれでいいんだな？　それで行くんだな？」

誠三は、ヘイと答えて頷いた。

その時、和久井のデスクの内線電話が鳴った。

「佐脇さん、生活安全課の篠井さんからです」

おお、と答えて、佐脇は受話器を受け取った。

「……そうか。判った。そう言うことだろうと思った」

短く答えて、佐脇は電話を切り、和久井に「ちょっと」と声をかけて取調室を出た。

外には、光田や鳴海署署長の皆川《みながわ》もいて、佐脇を中心に輪ができた。

「しかし……参ったな」

佐脇は自分を責めた。

「おれが悪い。おれのせいだ。おれがきちんと連絡していれば、こんなことには」

「連絡ミスは……仕方がなかったとまでは言わないが、お前が生活安全《せいあん》課に知らせていても、やはりこの事件は防げなかったとおれも思うぜ。児相にしても権限がなさすぎるからな」

光田が言った。

「国見病院にいる篠井由美子から電話があった。病院にいる子どもたちの証言を取ったと言うんだが……鹿島諒汰も、三上未桜も、自分がやったと言って泣きじゃくっているらしい」

「じゃあやっぱり、鹿島誠三は子どもを庇ってウソをついていると」

そう言った和久井を佐脇がじろっと見た。

「逆に、子どもたちが誠三を庇っているのかもしれんぞ」

「庇う理由があるでしょうか？」

「何を言っているんだ、和久井。そりゃ子どもなりに、親を庇うだろ。それに、穿《うが》ったことを言えば、子どもなりに少年法を知っているという可能性だってある」

佐脇は和久井に言った。

「おい、和久井くん。ヒネた人間じゃないと刑事は勤まらんぞ。いつまでもそんな純情クンで、どうやってホシを挙げるつもりだ？」

「まあ、それはそれとして……」

光田が苦い顔をした。

「マスコミに情報が漏《も》れている」

「何が？　また県警の汚職か？」

「茶化《ちゃか》すな。三上義彦殺害に関する情報が、だよ。まだ警察発表もしていないのに」

「いつものことだろ！　あの連中は警察無線から消防無線から、全部聴いてるんだから」

「そうなんですか？」

　和久井が素直に驚いた。

「デジタル化されて傍受《ぼうじゅ》不可能になったのでは？」

「蛇《じゃ》の道は蛇《へび》って言うだろう？」

　細かいところについてはごまかした。

「とにかく、ウチの秘密なんてザルだ。いつだって漏れてる。今回にしても、廊下で記者が立ち聞きしてたかもしれんのだし」

「しかしだ、ネットニュースでは元鳴龍会組員の鹿島誠三が、少女の父親を殴り殺したことになってるぞ」

　光田はスマホの画面を佐脇に見せた。

「地元のうず潮《しお》新聞やうず潮テレビは？」

「あっちはまだ報じていない。県警と関係を悪くしたくないから、警察発表まで待つんだろう」

「あ、東京の通信社が、そのネットニュース『聞き耳速報』を引用する形で報じましたよ」

同じくスマホを見ていた和久井が告げた。

「それも……ただ報じてるんじゃないです。『元ヤクザが一般人を殺害！　元ヤクザを野放しにするな』って、思いっきり煽《あお》ってますが」

「マズいな……これ、またワイドショーが尾鰭《おひれ》背《せ》びれをつけて話を盛って、面白《おもしろ》おかしく取り上げるぞ」

光田が苦い顔をした。

「とは言え、自分がやったと子どもたちが言っていることはまだ伏せておくべきでしょう」

皆川署長が言った。

「そうでしょうな。子どもがやったという線も、広まったら厄介《やっかい》だ」

「佐脇さんの連絡ミスの件も」

「それこそが、広まったら警察にとっては一番厄介だ」

光田は本音を言った。

佐脇たちは、取調室のガラスの向こうでうなだれている誠三を見た。

「……いろいろと、面倒な事件だ……」

「今日はもう遅いし……だからと言ってこのまま帰すわけにはいかないし……逮捕と言うことでいいですかね？」

光田が皆川署長に許可を求めた。

「一応、犯行を認める供述もしましたし」

「しかし、逮捕したら、鹿島誠三が容疑者だと警察が認めたことになりますよね？」

和久井が今更《いまさら》なことを口にした。

「そうだが、仕方がない。推定無罪の原則なんざ、日本にはないからな。まあ、おれたちはその恩恵も受けてきたわけであってだな」

佐脇はタバコを取り出すと歩き始めた。

「勾留《こうりゆう》するしかねえんなら、つまり誠三がやったと決めたなら、逮捕するしかねえだろ。知ってのとおり、おれの身分じゃ逮捕状取れないから、光田、取ってくれよ。で、今日はもう遅いから人権ってやつに配慮して、取り調べは明朝《みようちよう》から。おれはメシ食ってくる」

佐脇は勝手にダンドリを決めて「ヨロシクね！」と光田に背を向けながら手を振った。

「佐脇さん。外にはマスコミが居るから、対応は慎重にお願いしますよ！」

その背中に皆川署長が声をかけ、刑事課長で佐脇の上司である光田は、黙って佐脇を見送っている和久井の背中をどやしつけた。

「あいつを一人にするな！　ああ見えて案外気に病《や》む男だから……お前、一緒にメシ食ってこい！」

鳴海署を一歩出ると、そこにはマスコミの取材班が詰めかけていて、佐脇を一斉《いっせい》に取り囲んだ。

「一般人をヤクザが殴り殺した件ですが」

「ヤクザが、息子の同級生の父親を脅《おど》していたという情報がありますが」

「ヤクザの息子が被害者の娘さんと同級生で、娘さんをいじめていたという話もありますが」

取材陣はマイクとカメラを佐脇に突き出して、行く手を塞《ふさ》いだ。

「被疑者を任意で署に同行したが、もっと詳しく話を聞くために、便宜上《べんぎじょう》、逮捕状を請求することにした」

仕方なく立ち止まった佐脇は、そう答えた。

「実際に犯行に及んだかどうかについては、今後、慎重に捜査を進める」

「通報した近所の人の話によると、現場には子どももいたそうですね」

野次馬《やじうま》が、余計なことをぺらぺらと喋りやがって、と佐脇は業腹《ごうはら》だったが、感情を抑《おさ》えて答えた。

「その件も捜査中」

どうせ通報するのなら事件になる前にすればよかったのだ。父親が小学生の娘を虐待《ぎやくたい》する物音は廊下にまで聞こえていたそうじゃないか……と言いたいのは我慢する。

質問を遮《さえぎ》るように手をあげて歩き去ろうとしたところ、「鹿島誠三が殺したのでなければ、子どもがやったと言うんですか?」と、キンキンした不快な女の声とともに、佐脇の顔を殴りつけそうな勢いでマイクが突き出された。

ここできちんと否定しないと、子どもが大人を殺したように報じられてしまう。しかし今、佐脇にそれを否定する材料はない。

「ヤクザの子どもが、いじめていた女の子の親までも殺したんですか?」

重ねて訊いてきた女リポーターのキンキン声に、聞き覚えがあった。

「おい、あんた? どこでどうやるとそういう話になるんだ? そういうクソ話をでっち上げて、お前ら楽しいのか?」

立ち止まった佐脇は、その女性リポーターを睨《にら》みつけた。

「おれたちの捜査では、今のところそういう事実は出てきてない」

「それじゃ鹿島誠三というヤクザが、女の子の父親を殺したんですね? 何を脅していたんですか?」

「だから、そういう事実も出てきてない! 先走りするんじゃねえ!」

「でも、元鳴龍会の組員が再び集まっているそうですよね? これは鳴龍会の再結成なんですか？　それに今回の事件が関係してるんじゃないですか？」

「どうして関係すると思うんだ？」

「それは……再結成のための資金の調達とか」

その答えに、佐脇は大笑いした。

「バカかお前は！　ガイシャはただの一般人だ。そんなカネなんかねえよ」

笑われてムッとしたのか、その女リポーターはさらに攻撃的になった。

「ところで佐脇さん。佐脇さんは警察官でありながら一貫して反社会勢力と親しくて、かつて鳴龍会が存続していた頃から、暴力団が存在する意義を熱心に説《と》いていましたよね？　暴力団がなければ困る部分もあるとか。その考えは今も変わっていないようですが、それは、今でも反社会勢力から何らかの便宜を受けているからではないのですか？　つまり裏金とか」

そのリポーターの顔をまじまじと眺《なが》めた佐脇は、ああ、と思い出した。ちょっと見は美人でスタイルもいいが、声と喋ることが最悪なクソ女……。

「あんた、前にも会ったよな？　お台場《だいば》か赤坂《あかさか》か六本木《ろっぽんぎ》の、誰も見てない朝の番組のリポーターだろ。その気色の悪いキンキン声で思い出したぜ。たしか、追《お》い剝《は》ぎとかオハギとか……」

「萩前《はぎまえ》、萩前千明《ちあき》です。赤坂テレビ『朝ドキ！』の」

「まだ打ち切られてなかったのか！　あのクソ番組」

佐脇が失笑すると、現場にも微妙な空気が流れた。

「……こちらではネットされてないから見られないはずでは？」

萩前千明が言い返すと、佐脇はまた笑い飛ばした。

「ケーブルテレビで見られるんだよ！　たまにお前さんのバカなリポートを見て、腹抱《かか》えて笑ってるんだ」

いち刑事がマスコミの人間をあからさまに嘲笑《ちようしよう》するのを、和久井はハラハラして見ている。止めに入るべきなのだろうが、そのタイミングを計りかねている。

「とにかく！　この件の捜査は始まったばかりだ。いろいろ複雑な事情が絡んでるから、慎重にやる。以上！」

佐脇はここで囲み取材を打ち切ろうとしたが、萩前千明はなおも突っ込んできた。

「佐脇刑事。あなたが暴力団に甘いという件はどうなんです？　警察官がそんな姿勢では、捜査の公正さの妨《さまた》げになるのでは？」

「ははあ。お前さんは、ヤクザなんて人間じゃねえから叩《たた》き潰《つぶ》せばいいって考えだな？」

「でも警察庁の方針はそうですよね？　足を洗ってカタギになって人生をやり直せって」

「あんたは何も判っていない。現実問題として、カタギになってもヤクザ扱《あつか》いされてマトモな生活が出来ないってことを、あんた知ってるか？　そこまで知恵は回ってないか？

そういう勉強するには脳の容量が足りねえか？」

　佐脇は、萩前千明の頭をツンツンと指で突《つつ》いた。

「しっ失礼な！　それくらい知ってます！」

　萩前千明は色をなして反論した。

「それに、こういうことされるの、侮辱《ぶじょく》です！　パワハラです！」

「だけど、おれはアンタの上司じゃないぜ？」

「そういう姿勢が、アナタがヤクザに同情的だ、ヤクザを庇っている、ヤクザの側についているという評判になってるんじゃないんですか？」

　萩前千明は佐脇を指差していっそうキャンキャンとがなり立てた。

「うるせえなあ。ただでさえお前の声はキンキンして聞くに堪《た》えねえってのに」

　佐脇は耳の穴に指を差し込んで「アーアー聞こえねえ聞こえねえ」と言いながら報道陣による包囲網を無理矢理抜け出した。

「ちょっと……あんなこと言っちゃって、大丈夫なんですか佐脇さん」

　追いかけてきた和久井が心配そうに訊いた。

「マスコミ対応は慎重にと、さっきも皆川署長が」

「あのバカどもには、カマしてやらなきゃ判らねえんだよ。どうせこっちが手柄を立てると、揉《も》み手《で》でスリ寄ってくるんだしな」

佐脇は、鳴海署に近い居酒屋の暖簾《のれん》をくぐった。

「しかもあいつらは衆を恃《たの》むだけで度胸《どきょう》がねえ。誰一人としてついて来ねえだろ」

そう言いながら一番奥のテーブル席に座ると「レモンサワー！」と怒鳴った。

「お前も飲むか？　自腹で」

佐脇はそう言うと一人で笑った。

「和久井。そう心配するな。今集まってるのは雑魚《ざこ》だ。雑魚が扱っているうちは、ありふれた事件ネタだ。田舎《いなか》で殺人事件が起きてヤクザが絡んでいるらしい、程度なら、そんな事件はゴマンとあるから特に記憶には残らない。しかし、磯部《いそべ》ひかるが出て来るとちょっと違ってくる。夜のニュースの特集が組まれて事件の核心に迫ったりする。そういう取材になったらキチッと対応しないとな」

レモンサワーとともに運ばれてきたお通しの煮物を一口で食べてしまった佐脇は、焼き鳥盛り合わせ、手羽先餃子《てばさきぎょうざ》、メンチカツ、キムチ、ホルモン炒《いた》めを頼んだ。

「お前も食え。アテは奢《おご》ってやる」

佐脇がレモンサワーを水のように飲み干してお代わりを頼み、キムチやメンチカツをガツガツ頬張《ほおば》っていると、スマホが鳴った。

『佐脇くん。久しぶりだね』

電話の声には聞き覚えがある。しかし佐脇の記憶にある口調とは少し違っている。

『私だよ佐脇くん。初対面だった鳴海署時代に、君と命の遣《や》り取《と》りをした入江だよ』

「おお、あの入江さんですか。もしかして、またエラくなったことを自慢する電話ですかな？」

　佐脇がそう言うと、相手は少し黙った。

『今度の人事で、警察庁官房政策立案総括審議官を拝命することが決まってね』

「ほほう。たしかそのポストは警視監じゃないとなれないんでしたな。まあ、おれからすれば警視正も警視監も、はるか雲の上のご身分ですがね」

　なるほど、それで口調がいっそう偉そうになっているのか、と佐脇は納得した。

「となると、次は官房長ですな。もうすぐそこに、次長の座が見えてきましたな」

『そういう嫌味を言うんじゃないよ』

「それで、なんの御用です？　おれは今、楽しい憩《いこ》いの一時を過ごしてるんですが、それを邪魔する価値のあるお電話ですかな？」

『政策立案総括審議官となると、日本の警察行政全般を見ることになる。そして、私が推進している反社会勢力撲滅《ぼくめつ》を、いっそう推《お》し進めよとの長官からの下命もあった』

「はあ……それが何だって言うんです？」

　佐脇はレモンサワーをゴクゴクと飲みながら、訊いた。

「日本の警察を支配するお偉いさんが、田舎警察の巡査長で万年ヒラ刑事でしかない本官に、一体なんの御用でありますか?」

『そう斜《はす》に構えずに聞いて欲しい』

入江は威圧的に言った。

『元鳴龍会幹部の伊草智洋《ともひろ》。大阪方面に潜伏中だったその伊草が、密《ひそ》かに鳴海に移動して、元鳴龍会の構成員を糾合《きゅうごう》しているとの有力な情報を得ている。まさかとは思うが、佐脇くんは、昔の腐《くさ》れ縁《えん》で伊草と会ったりはしていないだろうね? 会ったら当然、報告を上げるだろうね?』

「そういう情報は初耳ですな。さすがは警察庁。日本国民全員を監視しているのですかな?」

佐脇は空《そら》とぼけた。

『だから、そう斜に構えなさんな。野党議員じゃあるまいし』

「入江サンはますます与党議員みたいな口ぶりになってきましたな。ひょっとして役人を辞めて選挙に出るんですかな?」

『佐脇くん、いい加減にしたまえ。私も暇を持て余しているわけではない。君とのじゃれあいをしている時間はないんだよ。繰り返して訊く。君は伊草智洋とは会っていないね?』

「会ってませんよ」

佐脇はサラッとウソをついた。

『そうか。しかし君なら、今後、絶対に彼に会う機会があるはずだ。そんな君に言っておきたいことがある。伊草の動きに警戒を怠《おこた》るな。そして、機会を見て、潰《つぶ》せ』

「潰せって、伊草をですか？　伊草を消せという意味ですか？　伊草が関わっていることを取り潰せということですか？」

『私の口からはこれ以上は言わない。君が考えて判断したまえ。ではまた』

言うだけ言うと、入江は通話を切った。

「どうしたんですか？　顔が強《こわ》ばってますけど……サッチョウの上のほうの、噂《うわさ》のエライ人からの電話なんでしょう？」

心配顔で和久井が訊いた。

「こっちは昔馴染《なじ》みの腐れ縁だと思ってんだが、どうやら、そうじゃなくなったみたいだ。ま、人間、変わるもんだけどな。変わらねえのはこうやって安酒場で燻《くすぶ》ってるバカだけだ」

佐脇はそう言ってレモンサワーを一気飲みすると、両手に焼き鳥を持ってガツガツと食った。

「チビ太がおでんを両手に持って食うのを、昔からやってみたくてな……あ、お前、『おそ松《まつ》くん』を知らねえか」

「『おそ松さん』なら知ってますが……」

バカヤロと言ったきり、佐脇は黙って酒を飲み続けた。

＊

老人は広げていた新聞を畳み、テレビに目をやった。

ニュースは鳴海市で起きた殺人事件を報道している。逮捕された容疑者の名前は、老人が良く知る人物のものだった。

『なお、容疑者、鹿島誠三は、解散した地元の暴力団、鳴龍会の元構成員だったとのことです』

リモコンでテレビを切った老人は思わず呟《つぶや》いた。

「あの誠三が……一体どういうことなんだ？」

深い皺《しわ》の刻まれた顔は浅黒く、眼光は鋭《するど》い。和服の袖《そで》から覗《のぞ》く腕だけを見ると逞《たくま》しく、年齢を感じさせない。

老人が座るソファの傍《かたわ》らには、お付きの若い衆が控えている。

「大木《おおき》。お前、鹿島誠三は知っているよな？」

へい、と大木と呼ばれた若い衆は頭を下げた。大柄で運動選手のような、引き締まった肉体の精悍《せいかん》な青年だ。今は野暮《やぼ》ったいスウェットの上下を着ているが、スーツを着せれば要人のSPにしか見えないだろう。

「誠三にはまだ小学生の息子が居たはずだ。こんなことをする筈《はず》がない。事情が知りたい」

「ちょっとそれは。ヤツは警察の中なので」

「腕のいい弁護士を手配してやれ」

そう言ってすぐ、老人は前言を翻《ひるがえ》した。

「いや……止めておこう。アイツが却《かえ》って迷惑に思うだろう」

へい、と頭を下げた大木だが、少し首を傾《かし》げた。

「ご隠居。伺《うかが》っていいものかどうか判らんのですが」

「言ってみな」

「へい。ご隠居と鹿島って、どういう因縁《いんねん》がおありなんですか」

そうさな、と老人はごま塩の、短く刈った頭をあげ、遠くを見る目つきになった。

「あいつは大阪の割烹《かっぽう》で板前をしていてな。なかなかいい腕だったんで、贔屓にしてやっていた。そのころから旦那旦那といろいろ頼ってくれてな。人間、頼られて鬱陶《うっとう》しいヤツと、頼られると嬉《うれ》しいヤツがいるだろう？　誠三は嬉しい方でな。でまあ、店でちょっとしたことがあってアイツは板前を辞めることになって、じゃあお前も食《く》い扶持《ぶち》に困るだろうと言うことでウチに誘ったんだ」

「その『ちょっとしたこと』ってのは……？」

「太い客との女の取り合いだぁな。その女というのが今は逃げちまったかみさんなんだけどな。恋仇の客と張り合って、引くに引けなくなって。アイツはそういう筋を通したがるところがあった。それを見込んで、ウチで渡世《とせい》の修行をさせていたんだが」

老人がいる部屋は豪勢な和洋折衷《わようせっちゅう》で、壁には鹿の首の剝製《はくせい》が飾られているが床は畳敷きだ。そこに分厚い絨毯《じゅうたん》が敷かれてドリュクセルのソファが置かれている。大型テレビに大型コンポーネント・ステレオも並び、障子《しょうじ》の向こうには和風の庭園が見える。

「わしもまだまだ血気《けっき》盛《さか》んな時分でな、時代もまだ斬ったはったが当たり前の頃で……そこに組同士の揉め事があった。わしは金で手打ちにするという当時の若頭《わかがしら》のやり方にどうしても承服出来なくて、筋を通すために誠三に頼み事をしたんだが……断られてしまってな」

「それは……若頭をトルっちゅう」

「そういうことだ。しかし誠三はかみさんの腹に子どもが宿ったばかりで、人を殺《あや》めることは出来ませんと断ってきた。わしも若かったんで、それが許せなかった。こういう頼み事は、心底見込んで信用した人間にしかできないと思っていただけに、つい腹を立てて」

「破門にしたんでっか？」

「いや、正式な回状は出さなかった。だが誠三はわしに顔向けできないと思ったようで、大阪から出ていった。それからかみさんを連れて流れ流れて鳴海に行って、顔だけは知っていた鳴龍会の伊草の世話になったわけだ」

「伊草っちゅうと、今、鳴海で」

大木は、話の意外な展開に眼を丸くした。

「そうや。伊草は鳴海でドエラい事件を起こしよって、裏切者はふっ飛んだが、鳴龍会ごと吹き飛ばしてしもうた。警察が面子《メンツ》を賭け伊草を必死で追ってる時、わしはやつの逃亡の手助けをした。伊草とはそんなに深い仲ではなかったが、あの男の、筋の通し方に惚《ほ》れたんでな。誠三が世話になっている事もあったし」

「しかし、鳴龍会はもうないですが」

「そうだ。それで鳴龍会の組員だった連中は、今、困っとる。テレビでやってるとおりだ」

老人は新聞を広げて見せた。

「ここにも載っとる。警察はヤクザを一掃《いっそう》したいんで、現役や元ヤクザの別なく、兵糧《ひょうろう》攻《ぜ》めをやっとる。就職でけん、銀行口座を作れん、市営住宅に入れん、子どもも学校に行けん、何か事業を興《おこ》しても暴排条例で取引相手ごとアウトや。それでヤケになって悪事に手を出したら逮捕。人間扱いされとらんわな。ゴキブリ扱いか」

「へい。わしらは、ご隠居の力と須磨《すま》組の力で、不自由のうやっとれますけど、それは有り難いことやと思うとります」

大木はご隠居と呼んだ老人に頭を下げた。

「そういうのはエエ。いちいちせんでエエ。まあ、とにかくな、鳴海で起こっとるイザコザは、わしらの問題でもある。絶対に看過《かんか》でけんことや。わしらヤクザの今後に関わる、大事な事が鳴海で起こっとる。それに……誠三のことも同じだ。筋を通すあいつのことだから、三上たら言うクソ親を殺してしもうたのかもしれんし、子どもが殺めたのを庇うとるのかもしれん。どっちにしても、わしは、誠三を助けてやりたい。大木」

老人は向き直り、炯々《けいけい》たる眼光で若い衆を見据えた。

「お前、なんか名案はないか?」

*

翌日。

鹿島誠三は依然《いぜん》として具体的な供述をせず、なにやら思案し続けるばかりで一人でブツブツ言っているだけだ。

「なあ、鹿島よ。お前、おれと根比《こんくら》べでもしてるつもりか? 本当の事を喋れよ。そうすればおれだって、ない知恵を絞って良い方向に持っていけるように考えるぜ？　お前のアニキの輝寿は連絡も寄越《よこ》さないどころか、逃げちまったらしいぞ。だがおれはお前の力になるぞ。今までだって、おれはヤクザだからって、一方的にワルだとは決めつけてこなかったはずだ。それに……あの件の罪滅《つみほろ》ぼしって事もある」

ワイシャツに腕まくり姿の佐脇はそう言うのだが、誠三は頷くだけで具体的な事は一切《いっさい》話そうとしない。

「処置なしだな」

取調室から出た佐脇はぼやいた。

「国見病院に行って、子どもたちの話を聞いてくるかな」

「それは止《よ》したほうがいいのでは」

和久井が止めた。

「子どもたちは軽傷とは言え怪我をしていますし、何よりも目の前で殺人が行われたわけですから……ここは篠井さんに任せておく方が」

「おれが行くと刺激が強すぎるってか？」

まあそうかもな、と佐脇が自分で納得していると、「佐脇さん、電話！」と声がかかった。

「山城町《やましろちょう》の交番からなんですが、どうも半グレの連中が老人に押し買いを仕掛けて」

「どうしておれなんだ？　半グレは二係だろ」

「しかし、押し買いですんで、これは強行犯として一係の、特に佐脇さんのニンではないかと」

電話を受けた刑事課の内勤庶務《しょむ》係が妙な理屈を言う。

仕方ねえなと佐脇は電話に出た。

「押し買いって？　お前止めろよ。え？　老夫婦の家に押しかけた連中が、金目のモノを根こそぎ持ち出そうとしてる？　え？　無理だ？　じゃあおれならやれるって？」

またしても「仕方ねえなあ」と呟きながら電話を切った佐脇は、上着に袖を通した。

「え？　今出るんですか？　取り調べは？」

戸惑う和久井に佐脇は不機嫌《ふきげん》そうに言った。

「ヒマな光田にでもやらせろ。おれはコキ使われてるんだ！」

いやいや自分も行きますよ、と和久井も付いてきた。


山城町は鳴海市の中でもそこそこ裕福な人たちが住んでいる地域だ。と言っても、鳴海市自体、所得は低いので、「そこそこ裕福」と言ってもたかが知れている。

その一角に、これも敷地が「そこそこ」広いとは言える、二階建ての建物があった。土地持ちの元農家というところか。

その家の前にはパネルトラックが止まっていて、引っ越し屋のような若者たちがせっせと家財道具を運び出している。

玄関先には既《すで》にタンスやソファ、ベッドにテレビ、ステレオなどが家の中から運び出されていて、若者がそれをトラックに積み込んでいる。どれも高級品と言えるレベルだ。

その脇で、そこそこ整った身なりの老夫婦が呆然《ぼうぜん》と立ち尽くしている。

捜査車両から降りた佐脇は、運んでいる若者たちを怒鳴りつけた。

「通報を受けてきた。どういうことだ？　お前ら、これは泥棒だぜ」

荷物を運んでいる若い男は三人。だがその三人全員が佐脇を無視して、作業を中止しようとはしない。

「こら。聞こえてねえのか！　おれは鳴海署刑事課の佐脇ってもんだ！　今すぐ止めろ！」

「はぁ？」

三人のリーダーっぽい目付きの悪い若者が、チラッと佐脇を見て、小馬鹿にしたような口調で言った。

「おれたちは依頼を受けてやってるだけなんで。サツに文句つけられる理由はないっす」

老夫婦の亭主のほうが慌《あわ》てて抗議した。

「違います違います！　依頼はしてないし、そんな事言うてない言うてない！」

老夫婦は二人とも、完全にパニックになっている。

「いきなり電話が来て、引き取ってほしい不要品はあるか、運ぶのは大変だろうから無料で運んであげましょうと言うんで、ここの住所を教えたら……いきなりドヤドヤとやってきて、こんなことに」

「そうそう。不要品を物置から出して運んで貰《もら》おうと思うてたら、家の中に上がり込んで勝手にどんどん運び出して」

老夫婦は口々に佐脇に訴えた。

「これはね、典型的な押し買いです。いや、特に悪質だな」

佐脇は老夫婦にそう言うと、声を張り上げて若者とトラックの間に割って入った。それを見た和久井も佐脇に倣《なら》った。

「とにかく、即刻、運び出すのを止めろ！　これは命令だ！」

「命令って、警察にそんな権利あんのかよ？」

リーダー格の若者は段ボールを抱えて佐脇を押しのけた。

「あるに決まってるだろう？　おい、てめえ、止めろって言ってんのが判らねえのか！」

佐脇は若者の首根っこを摑《つか》んだ。

「思い出した。お前は半グレの半端《はんぱ》野郎が集まった『ピーチパイ』とかいうクソ組織の、丸山《まるやま》だな！　お前の口臭がクソみたいな臭《にお》いなんで思い出したぜ！」

そう叫ぶと同時に半グレの腕を取り、背負い投げを食らわせた。

「こっちには幾《いく》らでも手はあるんだぞ！　逆らったら公務執行妨害《こうむしっこうぼうがい》で現行犯逮捕してやる！　お前は丸山の仲間の足立《あだち》か！」

佐脇は残る二人も次々に投げ飛ばしたが、不貞腐《ふてくさ》れて座り込んだままの丸山と足立を尻目に、若い男が一人、こそこそと逃げ出そうとしていた。

佐脇はその男に追いつくと、素早く足をひっかけて倒して馬乗りになった。

「おい、お前。見たところ、お前が一番下っ端だよな？　このじいさんばあさんは、喜んで何もかも持ってってくれ、とお前らに頼んだのか？」

「あ〜ええと、いや、そういうことじゃなくてぇ」

この男は一見して鈍《にぶ》そうで、眼がトロンとしていて、口が重い。坊主頭なのが余計にトロさを強調している。丸山の目がよく動いて眼光鋭く、早口な狡猾《こうかつ》さを見せているのとは好対照だ。

「あ〜、そー言われたわけではなくてぇ……自分はただその、先輩が電話してた横にいて、『話が付いたから行こう』って言われたので、そのまま付いてきて、言われたとおりに荷物を運んでただけでぇ」

「おいおい、何言ってるんだよこの馬鹿！」

丸山が声を上げて、この若者の発言を阻《はば》もうとした。

「てめえ何ウソついてんだよ？　何でも持っていっていいって、このババアが言ったんじゃねえかよ！　ああっ？　そうだろ」

明らかに脅されて「証言の変更」を強要された若者は、目を泳がせて顔を歪《ゆが》めた。

「いや、あの、え〜。いや、そ、そうじゃなかったんじゃないかって」

「テメエ！　余計なこと言うんじゃねえぞコラ！」

そう言った丸山のところに、佐脇は飛んでいって、顔の真ん中に一発お見舞いした。

「このバカ野郎。もうネタは挙がってるんだよ！　ピーチパイのクソども、いい加減に観念しやがれ！」

佐脇は鼻血を出してひっくり返った丸山の腹を蹴った。

「詐欺《さぎ》、強盗の現行犯で逮捕してやろうか？　ついでにあることないこと言い立てて、裁判で懲役《ちょうえき》十年くらいにしてやろうか？　検察も裁判所も警察の言いなりだからな、それくらいのことは出来るンだぞ！」

佐脇の悪態に、和久井は「真昼の暗黒、か」……と呟いた。

「なんだ和久井。洒落《しゃれ》たこと言うじゃねえか」

「この前、間違えてレンタルして、見てしまったので……」

それを無視して、佐脇はなおも丸山と足立の腹を蹴り続けた。

「それでもいいのか、おらおら！」

「ちょ、ちょっと待ってください……」

「大昔にそういう歌があったな」

佐脇はそう言うと、歌いながら相手の腹を蹴った。

「や、止めて……止めろ。止めてくれ！」

「じゃあ、おれの言うことを聞け。お前らが運び出した家具、今すぐ全部戻せ！」

佐脇はテレビドラマのセリフを真似《まね》て「GO！」と叫んだ。

若者たちはノロノロと起き上がって、パネルトラックに積み込んだ家具や電化製品を庭に下ろし始めた。

それを見ていた老婆《ろうば》は、「記念硬貨も返しておくれ！」と叫んだ。

丸山は手を止めて首を傾《かし》げた。

「はぁ？　何の話すか？　そんなもんは買い取ってねえよ」

すると、一番トロそうな若者が「あれでしょ」と言い始めた。

「五百円玉とか百円玉とかのことでしょ？　先輩が、これはもう通用しないからとか言って一枚十円で買い取った……」

「ば、馬鹿野郎！　てめえ、余計なことを言うんじゃねえ！」

丸山は色をなして怒ったが、佐脇が男の胸ぐらを掴んで締め上げると、「判りましたよ」と不貞腐れつつポケットからファスナー付きのビニール袋を取りだした。

その中には、硬貨が山ほど詰まっている。

「前の東京オリンピック、前の大阪万博《ばんぱく》、札幌《さっぽろ》オリンピック、沖縄海洋博、天皇在位五十周年、科学博、内閣制度百年、天皇在位六十周年、青函《せいかん》トンネル開通、瀬戸大橋《せとおおはし》開通、花博、裁判所制度百年、議会開設百年……おばあさん、よく集めたね！」

佐脇はそう言いながら、硬貨が詰まった袋を老婆に渡した。

「このクソ野郎がナニを言ったのか知らないが、硬貨は大昔のものも額面通り通用するし、古銭ショップに持っていけば、額面以上の結構な値段で買い取ってくれる。五百円が十円になることは、絶対にありえない！」

佐脇はそう言って丸山の頬をぴたぴたと叩いた。

「ボロ儲《もう》けしようとしやがって、このクソ野郎が！　これだけだな？　他にもあるんじゃねえのか、ああっ？」

佐脇が往復ビンタを浴びせると、丸山は別のポケットから別の袋を取りだした。

「なるほどな。じゃあお前、ジャンプしてみろ」

まるで学生をカツアゲするチンピラのように佐脇が命じ、丸山が跳ねると、穿《は》いているジーンズからさらに小銭がこぼれ落ちた。

「これはおれンだ！　おれのカネだ！」

「さあな。名前書いてないからお前のモノだと証明できねえな！　これも本件の証拠物件として押収《おうしゅう》する」

佐脇は身ぐるみ剝《は》ぐように、丸山と足立からすべてのカネを奪い取った。

「あ、ありがとうございます刑事さん」

老婆と、そして亭主の老人は両手を合わせて、佐脇を拝《おが》むように感謝した。

「すまんですな。ワシらが不用心だったせいで」

「いいんですよ。こうして悪党どもをとっちめるのが警察の仕事ですから」

そう言った佐脇は、腕組みをしつつ半グレたちの動きを見守った。

広い庭先に家具や段ボールが積み上げられていく。

「お前ら、これを全部元あった場所に戻せ……いや、やっぱりそれはいい」

出した指示を取りやめた。

「お前ら、とっとと失《う》せろ！　お前らみたいな連中がこれ以上ここにいると、ロクなことにならねえ」

佐脇は、老夫婦に向かって同意を求めた。

「そうですよね？　こいつらをもう一度家に入れるのは嫌でしょう？」

「ああ、それは刑事さんの言うとおりだ。だけど……」

佐脇は老人を手で制すると、半グレたちを追い立てた。

「お前ら、さっさと消えろ！　消え失せろ！」

丸山と足立は慌ててパネルトラックに飛び乗ったが、乗り遅れたトロそうな若者の首根っこを佐脇は摑んだ。

「お前は残れ」

半グレ二人は、その若者を見殺しにすると決めたようで、トラックのエンジンをかけ、雲をカスミと逃げて行った。

「お前にはまだやる事がある」

庭に山と積まれた家具を見て呆然としている老夫婦に、佐脇は声をかけた。

「大丈夫です、ご心配なく。これだけの家具を元に戻すのはこの馬鹿一人じゃ無理ですから、助《すけ》っ人《と》を頼みます」

スマホを取り出した佐脇は、トロそうな若者に名前を訊いた。

「えーっと、並木《なみき》……並木忠之助《ただのすけ》と」

「ナミキタダノスケ？　妙に偉そうな名前だな。その忠之助が詐欺とカッパライのお先棒か」

並木忠之助はボンヤリした目で佐脇を見た。

「まあいい。助っ人が来るまで、一人で家具を戻せ。お前がやったことの後始末をしろ」

黙々と働き始めた並木忠之助を見ながら、佐脇はスマホで電話をかけた。

「おう、島津か。お前んとこのナンデモ口入れ屋で、信用のできるヤツを二、三人頼みたいんだが。山城町の住宅街だ。仕事は、引っ越しみたいなもんだ。払い？　支払いは、とりあえずおれが持つ。後からピーチパイに請求するがな。イヤそれはこっちのハナシ」

佐脇は並木忠之助を目で追った。

「それとな、呑《の》み込みは悪いが真面目《まじめ》なヤツが一人いるんだが……お前ンとこで面倒見てやってくれねえか。半グレから抜けさせたいんだ」

忠之助は足を止めて、相変わらずボンヤリとした視線で佐脇を見つめた。

＊

鹿島誠三の取り調べは、思うように進まない。誠三は「自分がやりました」と言い、台所にあったフライパンで殴り続けたら死んでしまった、と今日も供述するのだが、それは初日に口にしたことから一歩も進んでいない。

さらに具体的な状況を問い質《ただ》すと、言葉を濁《にご》して黙ってしまう。

「これじゃあしょうがねえな」

佐脇は外に出て、国見病院の様子を篠井由美子巡査部長に訊いた。

「子どもたちはショックを受けていて、今日もやっぱりほとんど食事も喉《のど》を通らないみたいで……諒汰くんは父親を心配しているし、未桜ちゃんも、諒汰くんのお父さんを心配しています」

「おれが話を聞けないかな？」

電話の向こうの篠井由美子巡査部長は少し沈黙してから、答えた。

「……もうちょっと時間をください。子どもたちはまだ落ち着いていないんです。やっぱり、目の前で人が一人、死んでしまったんですから」

判ったと答えて、佐脇は電話を切った。

「まあ、おれが行ったら、やっぱり、子どもは引くんだろうなあ……」

「仕方ないッスね」

和久井はさらりと言った。

「コワモテ刑事の宿命ではないかと……」

佐脇は無言で和久井の脳天をはたくと、外に出ていこうとした。

「ちょっと佐脇さん！　また鹿島誠三の取り調べをサボるんですか？」

「時間の無駄だ。ほとんど黙秘状態なんだから、付き合っても意味がない。おれもそんなにヒマじゃない！」

半グレから引き抜いて伊草のグループに任せた並木忠之助のことが気になっているのだ。

「ちょっと外の空気を吸ってくるだけだ。和久井、お前はヒマな光田と取り調べを続けろ」

佐脇はそう言って出て行ってしまった。

「佐脇さん、もしかして鹿島さんに対して疚《やま》しいところがあるから、逃げてるんですか？　そうなんでしょう？」

和久井は挑発するように言ったが、佐脇は無視した。


町外れの市営住宅では、伊草の「私学校」に入った並木忠之助が、真面目に老人の面倒を見ていた。

大タコ、こと大多小五郎が、この市営住宅での老人介護・支援事業のリーダーらしく、彼の指示の下《もと》、他のヤクザや並木忠之助が小マメに動いている。

放っておくとゴミは溜《た》まるし洗濯物も溜まる。そういう家事を一手に引き受ける一方で、今日の大タコはテーブルを置いて「手続き一切なんでも相談所」を開いている。

「あー、それはこの書類に書き込んで申請すれば補助金が下りるよ。ほんのスズメの涙だが、たとえ僅《わず》かな金でも貰った方がいいでしょ？」

と、大タコは書類の書き方を伝授している。

「熱心じゃねえか。よもや補助金とか掠《かす》め取ったりしてねえだろうな？」

ゆっくりと近づいた佐脇は、いきなり大タコをどやしつけた。

「とんでもない。おれたちは、どこから突っ込まれてもボロが出ないように、完璧《かんぺき》に合法的にやってますって」

「ボロが出ないようにって言ったな？　それだけ悪知恵を巡らせて、悪事が露見《ろけん》しないようにシコシコやってるって事じゃねえのか？」

「佐脇の旦那、止めてくださいよ。人聞きの悪い！」

大タコはそう言って苦笑した。

「ところで、新入りの並木はどうだい？　真面目にやってるか？」

「ああ、見ての通りですよ。な〜んにも知らないから一から教えてますけど、素直に言うこと聞いてやってます。笑顔を絶やすなって言ったら、ナニを言われてもニコニコしてるんで、頑固《がんこ》なクソジジイも根負けしてね」

「おいあんた、クソジジイは余計だろ！」

と大タコに指導されていた老人が文句を言って笑いが起きた。

そんな平和な空気が漂っているところに、バリバリと改造マフラーの爆音を響かせて、バイクが三台やってきた。

降り立ったのは、この前、佐脇がぶん殴った「押し買い」の丸山と足立、そして新顔の凶暴そうな男だ。

「おい、並木、迎えに来たぜ！　一緒に帰ろう！」

丸山はそう言って、並木忠之助の腕を摑んだ。

「おいこら、一緒に帰ろうとか、『ビルマの竪琴《たてごと》』やってんじゃねえぞ、お前ら！」

すかさず佐脇が割って入る。

「はあ？　ちょっとナニ言ってるのかさっぱり判んないんすけど」

唇を歪めて言い返す丸山に佐脇は躊躇《ちゅうちょ》せず、バチンと平手打ちを食らわせた。

「並木は、ここで仕事を覚えようとしてる。お前らみたいな半グレと悪事を重ねるのは、もうイヤなんだそうだ。実にマトモな青年じゃねえか！」

丸山は鼻血を噴き出しながら「勝手な事言うな！」と怒鳴った。

「お前が並木を無理矢理おれたちから引き離して、ヤクザに引き入れたんだろ！　ここにいるコイツらは鳴龍会の、正真正銘《しょうしんしょうめい》のヤクザじゃねえか！　おれたちとどっちが悪党なんだよ！」

「お前らに決まってるだろ、このバカが」

佐脇はなおも丸山の頬をぴたぴたと叩いた。猫パンチのような手つきだが、いつ本格的な平手打ちに変わってもおかしくない。

「だからね、鳴龍会はもう解散して、ないの。判った？　ボクちゃん」

この野郎、と足立が佐脇の背後から襲いかかろうとしたが、額《ひたい》の狭い、ズルそうな顔をした男にとめられた。誰だこいつは、と佐脇は思った。

「二人ともいい加減にしろ。こんなチンピラ刑事を相手にしても無駄だ」

丸山や足立より多少は年長だが、見た目はチンピラと変わらない男だ。

「おい……その猫みたいな額とズルそうなキツネ面《づら》をどこかで見たことあると思ったが……松居《まつい》か。お前も元は鳴龍会だったじゃねえか！」

佐脇が叫ぶと、当人はへへと下卑《げび》た笑みを浮かべた。

「だからよ。お前ら、所轄《しょかつ》のヒラ刑事なんか相手にするな！」

松居と呼ばれた男がそう言って丸山たちを抑えたところに、警察の捜査車両がやってきた。中から降り立《た》ったのは県警刑事部組織暴力対策課の唐古だ。その後ろにもパトカーが三台連なっている。

「またアンタか。佐脇、よっぽどヒマなんだな！」

「それはこっちのセリフだぜ。唐古、お前はこの半グレ連中から一体、幾ら貰ってるんだ？」

唐古は一瞬言葉に詰まったが、「お前こそ、この私学校とやらの落ち目のヤクザからワイロを取ってるんだろう！」と言い返した。

「下卑たお前らしい物言いだな！　おれはコイツらの理念と理想に共鳴したんで、カネなんかビタ一文《いちもん》、取ってねえよ！　お前は、自分がやってるから他人も一緒だと思うんだろうがな！」

佐脇に、唐古は口では勝てない。

パトカーからは制服警官がぞろぞろと降りてきた。

「多勢に無勢ってか？　お前ら制服はどこのもんだ？」

「彼らはお前の所轄の……鳴海署地域課だろ。佐脇、お前は鳴海署でも浮いてるからな！」

制服警官たちは、佐脇や唐古と距離を置いて、立った。

「何しに来たんだ、お前ら？」

佐脇の問いに、制服警官は「通報があったので」とだけ答えた。

「半グレとヤクザが争ってると」

「それにしては到着がやけに早いじゃねえか。揉め始めて五分と経《た》ってねえぞ！」

佐脇は、興味深そうに唐古を見た。

「察するところ、半グレの強～い味方であるところの唐古ちゃんが、この丸山とかに、『今からやるから』とか連絡を受けて、ウチの地域課に出動要請したって事なんだろ。相《そう》違《い》あるまい？　あ？」

一方、半グレの松居は、時計をチラ見しつつソワソワしている。

「なんだよ。まだ誰かが来るのか？」

「いや……そんなことは……」

と、松居が目を宙に泳がせているところに車が四台、やってきた。それぞれの車のボディには、大手新聞社や在阪テレビ局の支局の名前が書いてある。

車から降りたマスコミ各社の記者たちは、現場の一見静かな様子に戸惑っているようだ。

佐脇と唐古が対峙《たいじ》し、元鳴龍会の大タコたちとピーチパイの松居や丸山たちが対峙し、その間に並木忠之助がいて、彼らを遠巻きにして制服警官十人が立っているだけなのだ。

「どういうことですか？　聞いた話と違う……」

記者の一人が思わず呟いた。

「おい、お前ら。どうせお前らはヤクザと半グレが大乱闘してて、それを警察が必死に止めに入ってるって画《え》がほしくて来たんだろう？　教えてやるが、それはヤラセだ。その画を描こうとしたのがこのオッチャンだ！」

佐脇は唐古を指差した。

「しかし残念かな、思ったほど盛りあがらなかった……というか、このオッチャンの登場が早すぎた。もしくはおれがいたことで目算《もくさん》が狂ったんだろうな」

「ええと、あの……」

記者の一人がおずおずと質問をした。

「そこにいるのは、元鳴龍会構成員の方たちですよね？　で、こちらの若い方たちが、いわゆる半グレの……」

「半グレという呼び方は先入観を与えるので、止めて貰えますか」

松居がピシャリと言った。

「では、なんと？」

その問いに、松居は少し戸惑いながらも答えた。

「ツーリングクラブの仲間たちってことで」

「ええと、ピーチパイという名前のツーリングクラブなんですか？」

「暴走族だけどな」

記者に向かって、佐脇が口を出した。

「暴走族転じて、いろいろ悪さをする半グレになった。もしくは半グレが暴走族を名乗ってる。どっちにしてもロクなもんじゃねえ」

「ナニを言ってるんだ！　お前ら元ヤクザこそ無垢《むく》な若者を引き入れるつもりだろう？　旧鳴龍会が勢力拡大を図っているんだ。そうに決まっている！」

焦《あせ》ったように唐古が叫んだ。

「唐古さんよ、そういうあんたこそ半グレと組んで、元暴力団員を排除するつもりだろう？　ああ？　何をやらかそうって言うんだ？　そのココロはなんだ？」

佐脇は私学校を目のカタキにしている唐古を口撃しつつ、並木忠之助を呼んだ。

「おい。並木クン。お前の口から言ってやれ！　おれは半グレから抜けたい、ここで仕事を覚えたいんですってな！」

　そこで松居が並木の腕を反対側から摑んで言った。

「並木、騙《だま》されるな！　お前は無理矢理ヤクザに引き入れられたんだよな？　このヤクザみたいな刑事に脅されたんだよな？」

「バカ野郎！　お前はピーチパイの肩を持つのか？　コイツらは昨日、老夫婦の家に押しかけて押し買いをした悪党なんだ。昨日、現行犯逮捕しておけば良かったぜ！」

「ウソを言うな、ウソを！」

　松居が声を張り上げた。


『暴排条例で追い詰められた地元のヤクザが、将来ある若者を食い物にしています！』

　テレビでは、取材ビデオを紹介したあとで記者が報告している。

『……と、いう見方がある一方で、若者は地元の半グレ集団に属していて、その足抜けのために私設の職業訓練施設に入った、という意見も聞かれ、地元では判断が分かれているようです』

　ニュース番組を観ていた島津は、「なんだこりゃ」と呆《あき》れた。

「だろ。ひでえもんだ」

佐脇はハイボールを呷《あお》りながら愚痴《ぐち》った。

「どっちもどっちというか、両論併記な扱いにしておくのが無難っていうのがミエミエで、およそ意味がないですね」

島津も憤《いきどお》った。

夜、島津の店は通常営業をしていて、店にある大型テレビがニュースを流している。

「佐脇さん、バッチリ映っちゃってるじゃないですか。だから単独行動は止めて欲しいって……」

和久井が苦言を呈《てい》する。部下なのに、いつの間にか佐脇のお目付役みたいになっている。

「しかしねえ、この並木忠之助にも困ったもんですよ」

島津は口を尖《とが》らせた。

「こいつは以前に、ヤクザになりたいって鳴龍会の事務所を訪ねて来たんです。それも、いきなりですよ。普通はね、だれか若い衆とか、組員の友達とか、そういうのを介してくるもんですが、こいつの場合、いきなりダイレクトに組事務所に来たので、みんな驚いてしまって」

「チョクはダメっすか？　組員になるのに、入社試験とかあるんですか？」

和久井が大真面目に訊《たず》ねる。

「いや、そんなもんは無いですけどね。かと言って飛び込みで採用するわけでもない。入社試験っていうものはないけど……言うなれば縁故《えんこ》採用ですね。だって、いきなり、縁もゆかりもないヤツを組員にはしないでしょ、普通は」

「やっぱり、見習いから前座って感じで昇進していくんですか？」

マジで訊いてるのか？　という顔で島津は和久井を見た。

「一応、見習いの段階はあります。そのあと、組員とか構成員とかって話になると……儀式として杯《さかずき》を交わします。それをやって兄弟分になって、初めて正式な組員になれるんですよ」

「で？　並木の場合はどうだったんだ？」

「いきなり押しかけられて……しかし、追い返すわけにもいかず……せっかく訪ねて来てくれたんだから、これも縁だろうって。まあ任侠《にんきょう》は義理人情の世界ですんでね」

島津は組の基本を説明した。

「そのへんが、暴力団は疑似《ぎじ》家族って言われるユエンでしょうね。けっこう人情味がありますよ。で、伊草のアニキからは、しばらくおれが並木の面倒を見るように言われました。並木はもうね、使えないし気もきかないし……お前にヤクザは無理と何度も言ったんですが、どんなに殴られてもシメられても諦《あきら》めなくて」

島津は自分の店を見渡した。

「おれがヤクザ辞めてこういう商売をやろうと決めて、大阪に行く前にも、お前、ほんとうに足を洗ったほうがいい、鳴龍会、いやヤクザそのものに先がないから、将来性皆無《かいむ》だからと、並木には真剣に忠告したんですが」

「だけど、何故《なぜ》かピーチパイにいたんだよなあ」

佐脇はハイボールのお代わりを求めた。

「そういうことですね。たぶんおれが大阪に行って、鳴龍会も解散して、並木が行き場を失ったところで、勢力拡大を進めていたピーチパイに囲い込まれたってところじゃないですかね？　あの通り、トロいから、いつまでも下っ端《したっぱ》って形で。本人もそれで文句を言わなかったんだろうし」

店内のテレビは、既に違う話題を扱っていた。なんだか見覚えのあるオバサンがマイクを向けられている。

『ええ、ええ。三上さんはね、いい人でしたよ。腰が低くて、地域の集まりなんかも率先《そっせん》して参加してくれたりね、朝だって挨拶《あいさつ》してくれて、とっても折り目正しい紳士《しんし》でしたよ』

そう答えているのは、三上義彦殺害事件の第一通報者であるハシモトだ。

『だから、あのヒトが殺されたなんてとても信じられなくてね……でも、最近、ヤクザの子どもが三上さん家《ち》に出入りしてるから、私も気になっていたんですよ。何か悪いことが起きるんじゃないかって。ヤクザの子どもが三上さんとこの娘さんと仲よくしてたりしたのがねえ……』

「なんだ？　あのババア、まるで三上にヤクザが付きまとって殺した、みたいなこと言いやがって」

と憤慨《ふんがい》したのは島津ではなく、佐脇だった。

『……これはね、絶対、あのヤクザが殺したんですよ！　ヤクザですよ？　人間のクズですよ？　三上さんはいい会社の、部長サンかなんかだったんでしょ？　お金を狙われたんじゃないですか？　え？　三上さんの奥さん？　あ〜なんか、ご病気らしくてね、あんまり外には……旦那さんが怒鳴っている声とかはたまに聞こえてましたけど、他所様《よそさま》のことだし。あれでしょ、真面目なお父さんが、ちょっと教育熱心だっただけでしょ？　怒鳴り声ならけっこう夜中にも聞こえてましたけどねえ……えっ？　それ、通報しないといけないの？　いちいち通報するなんて、なんか、聞き耳立ててるみたいじゃないの。ウチだって子ども相手に怒ることぐらいありますよ。それに、三上さんとこの娘さんは賢《かしこ》そうっていうか、ちょっと生意気なところもあるから、どうせお父さんに口答えとか、したりしたんじゃないんですか？』

ハシモトという女はなおも、訊かれるままにぺらぺらと話し続けた。

「ナニ言ってやがる。ずっと無関心で知らん顔してたくせに。子どもがギャンギャン泣いていたら普通は心配して通報するだろ？　まともな神経してたらよ？　あのマンション、けっこう安普請《やすぶしん》で壁薄そうだったし」

佐脇は画面の中のハシモトさんに向かって毒づいた。

「だいたいてめえらがとっとと通報してりゃ、こんな最悪の事態にならなくて済んだんだよ！」

佐脇は腹を立てついでに「もっと美味《うま》いものを持ってこい！」と怒鳴った。

「ところで今回、磯部ひかるはまだ来ねえのか？　いつもなら、ちょっとキナ臭くなったかな？　ぐらいの段階で嗅《か》ぎつけてすっ飛んでくるのに、今回はイヤに遅いじゃねえか！」

と言っているところに、入口のドアが開いた。

「噂をすれば、ですかね？」

と言った和久井が入口を見て、あれ？　と首を傾げた。

店に入ってきたのは磯部ひかるではなく、同じテレビリポーターではあるが、佐脇の宿敵・バカ女リポーターの萩前千明だったからだ。

「なんだよお前かよ」

佐脇は萩前の顔を見るなり、毒づいた。

「だいたいお前は気にくわないんだ。そもそもおっぱいが小さいしな。おれは巨乳が好きなんだ」

「佐脇さん！　それ言ったらセクハラっすよ！」

和久井はうろたえている。

「しかも相手はマスコミだし！」

「あら。いいのよ、いいの。これくらいで怒ってたら仕事にならないから」

萩前はなぜかにこやかな笑顔だ。しかもいつものキンキン声が抑えられていて、落ち着いた口調で話すと、あの不快な感じはしない。むしろテレビに出ているだけあって、垢抜《あかぬ》けた美形ぶりが前面に出て来る。

「佐脇さんに、今回の事件について、じっくりお話を伺いたいんです」

萩前千明は、大きな、潤《うる》んだ瞳で佐脇を見つめた。

＊

ラブホの部屋に入るや否《いな》や、千明は特殊なプレイを要求した。

「私、手錠プレイが好きなの。刑事さんなら本物の手錠、持ってるでしょ？」

何を言いだしたのかと、佐脇はしばらく相手を見た。

「あんた、もしかして、刑事は手錠と拳銃を常に携行していると思ってるのか？」

「違うの？」

千明は真顔で訊き返した。

これでテレビのリポーターがよく勤まるものだ……と佐脇は呆れたが、一般人の認識なんて、そんなモノかもしれない。

「あのな、刑事ドラマと現実は違うんだ。制服警官と刑事は違う。刑事だからって、いつも町中を走り回ったり拳銃をぶっ放したりしてるわけじゃない。だいたいあんた、街中でそんなの見たことあるか？」

「なんだ……拳銃は無理としても、手錠も持ってないの？　現行犯逮捕なんか出来ないじゃない？」

「そういうときは押さえ込んだり組み伏せたりするし、必要なら手近なヒモとかロープで縛ったりするな」

千明は興味を失ったのか、もはや佐脇の話を聞いていない。はいはいと言うだけで、部屋の電話を取った。

「もしもしフロント？　おたくのサービスに手錠あるわよね。持ってきてくれます？」

千明はプレイ用の手錠をフロントに頼んでいる。

「私、手錠マニアなの」

「かけるのが好きなのか？　おれはマゾじゃないからそういうことなら帰るぞ」

以前の佐脇なら、ヤルことが第一目的なので、とりあえず裸になってしまうのだが、さすがにもう、そんな高校生みたいな「サカリがついたお年頃」ではない。

「違うの。私がマゾなの。仕事で強気に出てガンガンやるから、その反動なのかしらね～」

千明はそう言いながら、さっさと服を脱いでしまった。色気も何にも無い。

ただしその裸身はスレンダーで、アスリートのように引き締まっている。どちらかと言えば鞭《むち》とロウソクを持つのが似合いそうな風情《ふぜい》だ。

「あんた、ホントにマゾなのか？」

佐脇が疑わしそうにその裸身を見ていると、ドアがノックされた。

出てよと言うので佐脇がプレイ用の手錠を受け取ったが、持ってきたラブホの男は意味ありげな笑みを佐脇に向けた。

「おれはこの辺じゃあ有名人だからなあ……佐脇はやっぱりSなんだと思われたなあ。まあMと思われるよりマシか」

「何をブツブツ言ってるの？　始めましょう」

「おう。じゃ、やるか！」

佐脇は全裸の千明に手錠をかけたが、どうもいつもと勝手が違う。

「嫌がる女に無理矢理、手錠をかけるパターンでいくか？」

佐脇は彼女を床に俯《うつぶ》せに押し倒し、後ろ手に手錠をかけた。

「暴れる容疑者にワッパをハメるパターンだな」

「ああ、なんか、リアル……」

千明はすっかり「全裸のまま逮捕された犯人」の気分になって、とろんとした眼を佐脇に向けてきた。

「自分だけ気持ちよくなってどうするんだ！　はやくおれを悦《よろこ》ばせろ！」

尻たぶを平手でぱちんと叩いてやると、千明は、ああん、と言ってカラダをくねらせた。

なおも彼女の尻をバシバシ叩いて急《せ》き立て、立ったままの彼の股間《こかん》の前にひざまずかせ、フェラチオをさせた。

とろんとした目の千明は、従順に彼のモノを口に含んだ。

まるで赤ん坊が乳を吸うように、ペニスをちゅうちゅうと吸い立てる。大きくなってきたところで、亀頭《きとう》にぞろりと舌を這《は》わせ、包み込むように絡ませてくる。

「ウメエな……ひょっとして、こっちの方が本職なんじゃないか？」

「ちょっと。それってセクハラだから」

ペニスを抜いて、千明は文句を言った。

「そうなのか？　じゃあ、すまんすまん」

設定を忘れるなよと思ったが、ここでやめられてはかなわないので佐脇が謝ると、千明は再びフェラを再開した。

唇《くちびる》をすぼめてサオをしごきあげながら上目遣《うわめづか》いに見る千明の表情は、どう見てもこの方面のプロとしか思えない。官能に染め上げられた淫婦《いんぷ》そのものだ。これを入れてほしい一心でむしゃぶりついているのだ。

佐脇は、フェラチオされながら、千明の小ぶりな乳房を摑《つか》んだ。

「ふむむ」

ペニスを口に含んだままの千明は身をよじった。手の中で彼女の双丘はぐにゃりと歪《ゆが》み、小さいながらハリのある肉は意外にも揉みがいがある。

後ろ手に手錠をかけられているので、自然と胸は突き出されて、顔を動かすたびに肩も揺れて、双丘がプリプリと震える。

千明は、男のものが好きなようだ。口で奉仕しているうちにいっそう目がとろんとして、興奮しているのが判る。

そんな千明を、佐脇はなおも責めたくなった。このままだと暴発してしまいそうでもあった。

全身を紅潮《こうちょう》させた女性リポーターをバスルームに連行する。手錠のかかった手首をカランに引っかけると、千明は簡単に固定されてしまう。

突き出した状態のバストに、しっとりと濡《ぬ》れ始めた恥毛。

佐脇がその部分に指を伸ばすと、花弁は燃えるように熱くなっていた。

「あっ、ああっ……もっと触って。もっと奥を……」

佐脇が、充血して膨らんだ秘唇《ひしん》を摘《つま》んで擦《こす》りあげると、それだけで今にもイッてしまいそうに悶《もだ》える。すでに秘腔《ひこう》からは淫液《いんえき》がとろとろと、溢《あふ》れるほどに湧き出していた。

クリトリスもぷっくりとふくらみ、首をもたげている。彼女のは小ぶりだが硬くなるのだ。それを指先で転がしてやると、切なそうに求めてくる。

「ね……いいでしょう。お願い……欲しいの……」

指を奥まで挿《さ》し入れると、千明の媚肉《びにく》はぎゅうと締めつけてくる。こりこりと掻《くじ》いてやると、腰をグラインドさせて、どうにも我慢の限界のようだ。

「お前……こんなにスケベなくせに、マイク持ってカメラの前に立った途端、正義を背負った真面目なファイターになるんだから驚きだな」

「それを言ったら……佐脇さんだって、スケベなくせに刑事やってるじゃない……」

「スケベな刑事はこの世にゴマンといるぜ。しかし淫乱なニュース・リポーターってのはそうそういない。いや、いるんだろうけど、世間は知らない」

「いいじゃない……知らなくても」

彼女の手錠をカランから外して尻を突き出させると、佐脇はバックから挿入した。

そそり立ったペニスが入っていくと、千明はぶるぶるとカラダを震わせた。女芯《めしん》も、ペニスをしゃぶりつくそうとする勢いでぐいぐい締めつけてくる。ぬるぬるのアソコがぴったりと食いついて、飲み込もうとするかのように脈打っている。両手を固定され、下半身は佐脇ががっしり摑んでハメているから、彼女が自由に動かせるのは腰しかない。

佐脇が抽送《ちゆうそう》するたびに、肉棒を味わってうっとりするかのように尻が振られる。

「気持ちよくなってるんじゃない！　この容疑者が！」

手を伸ばして肉芽を摘み、潰すように力を入れる。千明はぎゃあ、と声をあげる。佐脇の手を振り解《ほど》こうと狂ったように振り始める尻に、悪漢刑事《わるデカ》は何度もスパンキングを加える。

「ああ、あはあ……」

尻たぶが赤くなればなるほど彼女は昂《たかま》っていく。Mっ気の強い女だ。

バックもいいが、これではせっかくのオッパイが拝めない……。

佐脇はここで行為を中断するとベッドに戻り、浴衣のヒモを二本使って彼女の乳房を上下に挟むように縛り上げようとした。

「嫌よ。これやめてよ！　跡が付いちゃう」

「跡が付いちゃうって、お前はヌードの仕事もするのか？　それとも誰かに枕営業か？」

「それはないけど……私の美意識的に……」

佐脇は無視して千明の乳房を思いきり縛り上げた。

上下のヒモに挟まれて、彼女の小ぶりな乳房はボリュームを増した。

「じゃ、騎乗位でやってくれ」

佐脇はそう言って仰向《あおむ》けに寝て、千明を迎え入れた。

ゆっくり腰を下ろしていく彼女の秘腔からは淫液が染みだして、すでに内腿《うちもも》をぐっしょり濡らしていた。

ふたたび佐脇のペニスが入っていくと、彼女は背中をのけ反《ぞ》らせた。

「感じてるんだろ？　このスキモノめ」

さっき、イキかけようとしていた彼女には、すでにスイッチが入っている。

自分で腰を上下させて抽送しているうちに、ぐんぐん昂っていく。

佐脇は、下から腰を回して、女芯の中をぐるぐると掻き回すようにグラインドさせた。

それにシンクロするように女の腰がゆらゆらと一緒に動く。悩ましい眺めだ。

淫乱な女が嫌いという男もいるみたいだが、佐脇にしてみれば気が知れない。お互い貪《どん》欲《よく》にやるほうがスッキリするし、どうせ快楽を味わいに来てるんだから、欲望に正直なほうがいいじゃないか。

千明の声が変わった。甘い、ねっとりした喘《あえ》ぎだったのが、苦しげなものになってきたのだ。

「あぁっ、い、イク！　イッちゃうっ！」

「イクならイケよ。思いっきりイキな！」

千明は、はぁはぁと荒い息をして苦悶《くもん》の表情さえ浮かべつつ、ほどなくアクメに達した。

そのイキ方は派手だ。大きな声を上げ、全身を激しく痙攣《けいれん》させる。

「どうせなら、トコトン感じまくった方がいいだろ？　そうだろ？」

佐脇はそう言いながら、騎乗位のままの千明の秘部に指を挿し入れてクリットを摘まみあげると、するりと包皮を剥《む》いた。そこをくじってやりつつ、下から激しく突き上げてピストンさせると……。

すぐに彼女を二度目の絶頂が襲った。

佐脇はまだ達していない。そのまま動き続けると……。

「うぐっ。あああっ……ま、またイッちゃう……」

間を置かず三度目のオーガズムに達した千明の秘腔がきゅううと締めつけ、佐脇にも熱いものが込み上げてきて、堪《たま》らずに、達した。

その奔流《ほんりゅう》を受け止めた千明の全身から力が抜けて、ぐったりとベッドに転がるように倒れ込んだが、後ろ手にしたままの手錠が邪魔だ。

佐脇は手錠を外してやった。

「……ねえ」

佐脇と並んで横たわった千明は、おもむろに用件を切り出した。

「これだけサービスしたんだからさあ、ネタを頂戴よ」

「……やっぱりな」

佐脇は床に脱ぎ散らかした服を探ってタバコを取り出すと、火をつけた。

「曲者《くせもの》のお前が、ただ単に、おれとヤリたいだけだとは思わなかったが」

「そもそも、じっくりお話を伺いたい、と最初に言ったはずよ」

「ナニが訊きたい？」

面倒になった佐脇は、相手に取材させた。

「結局、三上義彦を殺したのは誰なの？　ヤクザの鹿島誠三なの？　それとも子どものどっちかが、もしくは子ども二人が協力して殺したの？」

千明の目は、リポーターのそれになっていた。

「誰が犯人でも、お前らにはセンセーショナルなネタになるよな。ヤクザが殺したんなら、その理由を問わず、反社会勢力撲滅！　のテーマに沿えるし、子どもが犯人だと、また違ったセンセーショナルな切り口になるし、そこにいじめとか虐待が絡んでくれば、お前らにすれば実に美味《おい》しいネタだよな」

「そうよ。だから知りたいの。だけど鳴海署も県警も、何も教えてくれないし」

「県警なんか、この件に触るのが怖くて捜査本部《チョウバ》も立てていねえ」

「だから、佐脇さんの胸三寸《むねさんずん》なんでしょ？　ねえ、教えてよ」

千明は手を伸ばして佐脇のペニスをしごき始めた。

「教えてやりたいのはヤマヤマだけど……教えられることがねえんだ。残念ながら」

「どういうことよ？　自供は始めてるそうじゃないの」

「ゲロってはいるが、それが出任せかどうか、ウラ取りしなきゃいけねえ。この件はデリケートな問題を含んでるから、誰かがゲロりました、はいそうですかと簡単に警察発表できねえんだよ」

「そうなの。これでも？」

千明は佐脇のペニスを口に含んだが、先ほどのパワーはどこへやら、そのイチモツは再び首をもたげることはない。

「本日は営業終了だ。もう勃《た》たねえよ」

「そんな……それじゃ私は全く収穫無しってこと？」

「そうだな。名器の使い損ってやつか？　だけどあんた、イキまくってたじゃねえか」

千明はムッとして顔を上げた。

その表情は完全に強ばっている。

「私を娼婦《しょうふ》みたいに言わないで」

「いや、誰もそんなことは言ってない。カラダを使って取材をするんだなとは思うが」

「ねえ。もう一度訊くけど、誰が犯人なのか、教えてくれないの？」

「だから教えるもなにも、まだその段階じゃねえんだ」

「ちょっといい？」

千明はベッドの上に座り直した。

「私がアナタに無理矢理された、レイプされた、強姦《ごうかん》されたと言えば、そういうことになるんだからね？　手錠をされて変態プレイを強要されたって！」

「けどそれは、お前がしてくれっていいだしたんじゃないか」

佐脇は呆れたが、こういう場合、女の言い分がだいたい通ってしまう。警察は「弱者」に寄り添うのが基本だからだ。とは言え、この場合は明らかに違う。

「それに、最近の裁判官は、強姦事件に無罪を連発してるぞ」

「そんなことは関係ないの。逮捕されて無罪判決が出るまで、アナタは強姦犯になるんだからね。日本に推定無罪なんて、ないんだから」

そこまで来て、佐脇は悟《さと》った。

「もしかして、お前、脅してるのか？」

「そうよ」

千明は立ち上がって、自分の服のポケットから小型レコーダーを取りだした。

「全部録《と》ってある。ヤバいところを抜けば、アンタが私にネタを教えるからと誘ってここに連れ込んで、手錠をかけて無理矢理レイプしたことに出来るンだからね！」

千明は、水戸黄門《みとこうもん》の印籠《いんろう》のように、誇らしげにＩＣレコーダーを高々と掲《かか》げた。

「この中に立派な証拠が入ってるのよ！」

ハメられた。

窮地《きゅうち》に陥《おちい》った佐脇は、服を着て部屋を出ていく萩前千明を、黙って見送るしかなかった。

第四章　黒シャツ軍団

『私は、刑事にパワハラされセクハラされ、おまけにレイプまでされました！』

テレビ画面の中で、萩前千明が怒りの声を上げた。マイクを持つ手が震えている。

『私は鳴海署の刑事に取材を申し入れましたが、静かな場所で話そうと言われ、ラブホテルを指定されました。これはトラブルになるかもしれないとは危惧《きぐ》しましたが、報道に携《たずさ》わるものとして、たとえ危険を伴《ともな》っても取材する方が大事だ、優先すべき事だと判断した結果……信じられないことに、現職の刑事にレイプされたのです！　手錠をかけられて、無理矢理に行為を強要されたのです』

彼女の背景には鳴海署が映っている。

鳴海署刑事課の窓から見下ろすと、鳴海署の前には中継車がとまり、カメラが署の門前に立つ萩前千明を捉《とら》えているのが見えた。

「おい佐脇！　これはお前のことだろ！」

刑事課でテレビを観ていた光田が怒鳴った。

「いやはや……こんなこと、朝のワイドショーで話すことかねえ」

佐脇は悪びれず、タバコを吸いながらテレビを眺《なが》めている。

「自分が姦《や》られたってこんな風に発表するか？　朝っぱらから」

ようやるもんだと苦笑する佐脇に、光田は声を荒らげた。

「いやいや、佐脇！　これは本当の事か？　現職の刑事が強姦《ごうかん》って。しかも東京のテレビの女を。これが本当の事ならお前、県警本部長の首が飛んでも収まらんぞ！」

「いや～、やったのは事実なんですがね」

「やったのか！」

さらりと告白した佐脇に、光田は頭を抱え万事休《ばんじきゅう》すと天を仰《あお》いだ。

「やったのかぁ～お前、ほんとに……」

「イヤイヤ、だけど、あの女が言うようなことじゃないです。おれたちはあくまで合意の上で、大人の関係を」

「しかし……向こうはレイプされたと言ってるぞ」

テレビ画面の中で萩前千明はＩＣレコーダーを振りかざして吠《ほ》えている。

『こういう事は、言った言わないニュアンスが違うということで揉《も》めますが、今回は違います！　ハッキリした証拠がここにあります！　このレコーダーにその時の音声がすべて入っているのです！　すぐにお聞かせ出来ます！　私は、これを持って、出るところに出ようと思います』

「出るところって、もう出てるじゃねえか」

「お前なあ、今自分がどんな立場に居るのか判《わか》ってるのか？」

光田の額《ひたい》にはすでに脂汗《あぶらあせ》が滲《にじ》んでいる。

「こういう事は、被害者の、女の言うことが通るんだ。男が冤罪《えんざい》だと訴えれば訴えるほど、被害者の女の言い分が通るんだよ！　そんなこと、お前にだって判ってるだろが！」

内心、佐脇もさすがにヤバいと思っている。あのプレイの様子を録音されているならば、動かぬ証拠になってしまう……。手錠をかけて言葉責めをして、やることはきっちりやったんだから……。

そこに、不在だった和久井が飛び込んできた。

「佐脇さん！　外は大騒ぎですよ！　これは一体……」

「だからお前のボスが東京のテレビ局の姉ちゃんをレイプして、今から訴えられるんだよ！」

光田が身も蓋《ふた》もない表現をした。

『こちらは、今回の件でお願いした弁護士の得司《とくじ》さんです。素人《しろうと》の私だけだとテキトーな扱《あつか》いを受けるかもしれませんので、急遽《きゅうきょ》お願いしました』

テレビのフレームの中にまだ若い三十代くらいの男が入ってきた。

『大阪弁護士会所属の弁護士、得司一行《かずゆき》と申します。今回の萩前千明さん強制性交事件の被害者側弁護を担当することになりました。本件は刑事事件ではありますが、容疑者は現職の警察官ですので、萩前さんをしっかりサポートしたいと思います』

「大阪の弁ちゃんか。どうりで顔を知らないと思った」

「地元の弁護士は、佐脇さんが怖くて引き受け手がなかったんでしょうかね？」

和久井がうっかりと本音を口にしてしまったが、当の萩前千明と弁護士は鳴海署に足を向け、歩き始めた。

「出るところって、ウチかい！」

光田をはじめとした刑事課の面々が騒ぎはじめた。

「しかし……佐脇さんが鳴海署の刑事だって知ってて鳴海署に告発するって、度胸あるねえ」

「そう言うことじゃないだろ！」

光田が刑事課長として不謹慎《ふきんしん》な発言を抑《おさ》え込んだところに、制服警官が走ってきた。

「かか課長！　萩前千明さんが告訴状を持ってきましたが……」

受付当番の制服警官は、うわずった声で報告した。

「なにを慌《あわ》てているんだ。粛々《しゆくしゆく》と受理すればいいだろ」

「ちょっと待ちなさい」

光田の言葉を遮《さえぎ》ったのは皆川署長だった。

「こういう事は署長である私にまず報告しなさい」

まだ若いが、階級は警視である署長は威厳《いげん》を保《たも》った声で言った。

「こういうことは順序を踏んだ方がいいです。告訴状ではなく、被害届として受理しなさい」

「しかし先方は被害届では、受理されても放置されて有耶無耶《うやむや》になってしまうのを警戒しているようで……是非《ぜひ》、佐脇刑事を処罰して欲しいとして告訴を希望しているのですが」

「既《すで》にここまで騒ぎになって周知されてしまったのです。被害届を握《にぎ》り潰《つぶ》せるわけがないでしょう」

「しかしながら、萩前さんと弁護士は、証拠としてICレコーダーの音声記録を提出すると言っていますが」

「だから、被害届を受理して、こちらで自発捜査の形で証拠物件を吟味し、佐脇巡査長を取り調べればいいわけでしょう?」

「同じようなことを申したのですが、萩前さんと弁護士は、告訴状を受理しろとの一点張りで」

「告訴・告発等により公訴の提起があった事件について、被告人が無罪又は免訴《めんそ》の裁判を受けた場合において、告訴や告発をした側に故意又は重過失があったときは、その者が訴《そ》訟《しょう》費用を負担することがある。刑事訴訟法第百八十三条。また刑法第百七十二条における虚偽《きょぎ》告訴罪及び軽犯罪法第一条十六号の構成要件を充足した場合は、刑事責任を問われる可能性もある。これを言ってみたら？」

「イヤイヤ署長、こうなったら受けて立ちましょう」

佐脇はそう言って歩き出した。

「どこに行くんです？」

皆川署長は、佐脇を凝視《ぎょうし》した。

「せっかくだから、告訴状を受理するのを見届けにね」

「この件、どうなの？　佐脇巡査長、あなた、申し開き出来るの？　萩前さんの言うことを否定出来るの？」

「あー、それは出来ませんけど、少なくともおれの認識では、暴力を使って無理矢理性交を求めた、いわゆる強制性交ではないです。コトに至る前に、両者の了解があったという認識です」

「それ、強姦犯がいつも言うセリフよね」

皆川署長は女性だからか、萩前千明の側に立つような言い方をした。

「いいわ。被害届にはこだわりません。この上意味のない疑惑を抱かせて警察批判をさせるより、すんなりと告訴状を受理しなさい」

萩前千明と弁護士は告訴状を提出して受理され、証拠物件として行為を録音したICレコーダーを置いていき、その足で鳴海グランドホテルで記者会見を行った。

『たった今、T県警鳴海署に、告訴を申し立て、受理されました』

その模様は、ワイドショーが完全生中継して『前代未聞《ぜんだいみもん》！　現役刑事がテレビリポーターをレイプ！』というタイトルも毒々しい、書き殴ったような書体のテロップで、画面一杯に映し出された。

「なんだこれは？　『仁義《じんぎ》なき戦い』でも始まるのか？」

生中継を見て呆《あき》れる佐脇に、「あながちウソでもないだろ？」と光田が言った。

「これから仁義なき戦いが始まるんだよ。おれたちを巻き込んでな」

「違うだろ！　これはあの女の作戦だぜ！　自分が訊《き》きたいことを色仕掛けで聞き出そうとして失敗した、ただの腹いせじゃねえか！」

そんな抗弁《こうべん》をする佐脇に、他の刑事がキレた。

「そんな罠《わな》にホイホイ塡《は》まったお前がバカなんだろ！」

「馬鹿野郎！　据《す》え膳《ぜん》食わぬは男の恥。これがおれのポリシーだ」

「そんなくっだらねえことで、おれたちを巻き込むんじゃねえよ！」

「おい、お前ら。おれみたいにモテねえからってそんなに妬《や》くな」

「いい加減にお前の制御不能なその下半身をなんとかしろ！」

佐脇と佐脇以外の刑事が声高《こわだか》に言い争っている脇のテレビでは、萩前千明が『では証拠の音声をお聞かせします』と言ってICレコーダーのスイッチを入れた。すぐに佐脇の声が聞こえてきた。

『自分だけ気持ちよくなってどうするんだ！　はやくおれを悦《よろこ》ばせろ！』

躰《からだ》を叩《たた》くぱちんという音がしたと思ったら、そのパシパシと平手打ちするような音が連続して聞こえてくる。

「迫力あるなあ！　モロにレイプじゃないか！」

同僚刑事は本気半分、茶化し半分で言った。

「バカ。これはプレイの一部だ。ケツを軽く叩いてるだけなんだよ！」

ICレコーダーからは続いて、ぺちゃぺちゃという舐《な》める音がしてきた。

『これは刑事に私が無理矢理、その、性器を愛撫《あいぶ》させられている音です』

萩前千明は目を伏せて恥ずかしそうに言った。

「違う違う！　あいつは嬉《うれ》しそうにフェラしてきたんだよ！　自分からチュウチュウと」

『ウメエな……ひょっとして、こっちの方が本職なんじゃないか？』

とまた佐脇の声が再生された。

『これは完全に私を娼婦《しょうふ》扱いしています！　言葉でも私を汚して蔑《さげす》んだんです！　女性

に対する侮辱《ぶじょく》です！　セクハラ・モラハラ・パワハラのすべてが揃《そろ》っています！』

刑事課の全員が、一斉《いっせい》に佐脇を見た。

「バカ！　だから、これはプレイなんだよ！　ＳＭプレイ。諸君はそういうプレイをしたことはないのか？」

「ないね」

光田が冷たく言った。

「佐脇、お前、日本中の女を敵に回したぞ。これはもう、監察の対象だ。懲罰《ちょうばつ》にかかるのは仕方ないだろ」

「だから、これ、全部あの女に都合がいいように編集されてんだって！」

と佐脇が必死になって弁明していると、電話が鳴った。

和久井が取って、「えーっ！」と驚きの声を上げたので、刑事たちは一気に黙った。

「例の『私学校』に暴徒が襲いかかっていると……今、乱闘状態だそうです」

よし、行くぞ、と佐脇は刑事課から出ていこうとした。

「あ、ちょ、待てよ……」

光田が止めかけた。

「佐脇、お前はひとまず、謹慎《きんしん》処分に……」

「そんなこと言ってる場合か！『私学校』の件は地雷だぞ！　ややこしくなる前になん

とかしなきゃ……おい和久井！　行くぞ！」

「お前、逃げる気か！」

「バカ言うな！　緊急事態発生だろ！」

「だったらお前ら二人だけじゃ足りないだろ！」

刑事課に居た一係二係の刑事たちも言い争いを止めて、佐脇と一緒に現場に向かった。


まだ鳴龍会があった時に伊草が経営していた産廃処理場は、しばらくの間無人で荒れ果てていた。伊草が逃亡しても権利関係は変更されなかったので、誰も手をつけられないまま放置されていたのだ。

佐脇たちがパトカーのサイレンも高らかに山間部の産廃処理場跡に駆けつけると、プレハブ事務所の前にある駐車場で、大勢が入り乱れて乱闘を繰り広げていた。パトカーのサイレンなど完全に無視して暴力行為を続けている。

揉《も》み合いを続けている集団は、妙に黒っぽい。

「止《や》めろ！　おい、止めろ！」

鳴海署の刑事と制服警官が一気に割って入り、とりあえず殴り合っている連中を引き剝《ひは》がそうとした。

「バカ、お前ら、止めろ！」

と言いながら佐脇は、気づいた。「私学校」の連中はてんでバラバラの服装だが、彼らに摑《つか》みかかって殴る蹴るの暴行を働いている側は、黒いシャツに黒いナイロンの戦闘ズボン、編み上げの黒い靴、スキンヘッドのような坊主頭に、警備会社がよく使う警棒を振り回している。

その中で、黒ずくめの男たち数名にさんざんやられているのは、並木忠之助だった。

「この外国人！　反日クソ野郎が！」

「日本から出て行け！」

「ヤクザ崩れの××人野郎！」

などと差別的なことを言われつつ、サンドバッグ状態になっている。

「おいキミ！　大丈夫か！」

佐脇は他の連中を押しのけ突き飛ばして、並木忠之助を助けに行った。

ボコボコにされた並木の顔は腫《は》れ上がり、身動きもできない状態になっていた。

「お前ら、こいつを殺す気か！」

佐脇は和久井に向かって「救急車を呼べ！」と怒鳴った。

「並木忠之助は日本人だ！　いや、日本人じゃなくても、暴力はイカン！」

「なにクセぇ事言ってんだよオッサン」

絡《から》んで来た与太者《よたもの》の顔の真ん中に、佐脇は容赦《ようしゃ》なく拳《こぶし》をお見舞いした。

その男は鼻血を噴き出しながら仰向《あおむ》けに倒れ、ゆで卵が割れるような音をさせて頭を打った。

「救急車追加！」

佐脇は叫ぶと、並木忠之助に暴行を働いていた他の男たちにも襲いかかった。顔を殴っては振り返りざま、足で別の男の後頭部を蹴り上げる。

「あ、コイツ、アレじゃん！　エロ刑事！　刑事のくせにレイプした……」

ぐしゃ、という音とともに佐脇は自分を揶揄《やゆ》した男の顔面に拳をめり込ませた。

「レイプ刑事の佐脇だ！」

そう叫んだ男も横《よこ》っ面《つら》を蹴られて顔が歪《ゆが》み、数メートル吹っ飛んだ。

「みなさーん！　レイプ刑事が暴行を働いてますよ！」

「うるせえ！　このクソ小賢《こざか》しい反吐《へど》野郎が！」

佐脇はその男にも、目にも留《と》まらぬ超高速連発パンチを浴びせて、鼻血で顔を真っ赤にさせてぶっ倒した。

あっという間に三人を片づけた佐脇は、四人目に詰め寄った。その若者は「こっち来んな！　レイプ刑事」などと叫びながら、手にしたバールを振り回している。

「来るな！　殺すぞ！　この下半身デカ！」

「やってみろよ、このクソガキ」

佐脇は構わずズンズン近寄った。

パニックになったこの男は佐脇の顔目がけてバールを叩きつけようとした。最初の一振りは顔を仰《の》け反《ぞ》らせてやり過ごしたが、その「返り」があるとは思っていなかった。

その逆側の顔面に、バールが激突した。

しかし……佐脇はニヤリとしただけで腕を伸ばして男の襟首《えりくび》を摑むと、柔道の背負い投げを食らわせた。加減など全くしないで思いきり道路に叩きつけたので、相手はそのまま意識を失ってしまった。

「救急車、追加！」

佐脇はそう言って二、三歩歩くと、そこでがくりと膝《ひざ》を折った。

「佐脇さん！」

和久井が駆けつけると、「いかん。頭がクラクラする」と佐脇は手を突いたまま呻《うめ》いた。

「バールの一撃が、意外に効いた」

そう言って佐脇は道路に座り込んだ。

一方、私学校対黒服の乱闘は、双方が引き離され、ひどく暴れていた黒シャツ隊のメンバーには手錠がかけられている。

「もうじき護送のバスが来ます」

「両方のリーダーを呼んでこい」

佐脇は和久井に命令した。

私学校の真のリーダー・伊草が出て来るはずはない。たぶん、大タコあたりが出て来る
……と思っていたら、島津が「ども」とやってきた。

「あの黒服の連中はなんなんだ？　正体は？」

「あいつらは警備会社ですよ。ナショナル警備保障とか言う」

「それがどういう経緯《いきさつ》でこうなったんだ？」

「おれが聞いた話では、私学校の面々が事務所で職業訓練をしていたら、連中が喚《わめ》きなが
ら乱入してきたんで、なんとか外に追い出して、駐車場で揉み合いになったと。おれは店
に居て、連絡を受けて駆けつけたときにはもう、どうしようもなくて。事務所の中の書類
やカネを守ったりするので精一杯で」

島津から話を聞いていると、和久井が黒服の男を連れてきた。手錠が塡まっている。

「オッサン、おれと手錠プレイするか？　え？　レイプ野郎」

シシシ、とまだ二十代くらいのスポーツ刈りの精悍《せいかん》な男は笑った。

「ナショナル警備保障鳴海支店の、内川《うちかわ》ってもんだ」

佐脇はその顔に見覚えがあった。

「お前……どこかで見た顔だな。たしか、機動隊の」

「ああそうだよ。こっちの方が給料倍だから、警察辞めてこっちに来たんだ」

「それで警備じゃなくて、弱小な元ヤクザを襲ってるのか？」

佐脇はそう言って、内川を睨《にら》み付けた。

「元警官の風上《かざかみ》にも置けんな」

「うるせえよ」

内川は与太者のように口答えした。

「だいたいお前らはどういう理由で殴り込みをかけた？」

「それは……」

内川は言葉を探して眼を泳がした。

「なんだよ。ハッキリした理由があるからここに殴り込みをかけたんだろ？　それともあれか？　太陽が眩《まぶ》しかったからってか？　ただなんとなくとか言うなよ」

佐脇は内川の頰《ほお》をぺちぺちと叩いた。

「バールまで振り回したんだからな。凶器準備集合罪も適用出来る重大事件だぞこれは。キッチリした動機があるんだろが、え？」

しかし内川は目をキョドキョドさせているばかりだ。

「ちょっと待った。佐脇！」

聞き覚えのある声がしたと思ったら、県警本部の唐古がゆっくりと歩いてきた。

「彼らはね、正義感に溢《あふ》れてるんだよ。レイプ野郎のお前には判らんだろうが」

そう言った唐古は、ニヤリとした。

「昨日だったか、私は内川くんとプライベートで話をしてね、この鳴海に鳴龍会が蘇《よみがえ》りつつあるという話題になって、二人して憤《いきどお》ってね。あんなに苦労して壊滅《かいめつ》させた暴力団を、絶対に復活させてはならないって、意気投合して盛りあがったんだ。それがあったから、この純粋な内川くんは、会社の同僚を率《ひき》いてここに乗り込んだんじゃないかな？　ん？」と確認するように唐古に見られた内川は、「そ……そうだ。そういうことだよ」と答えた。

「今、唐古さんが言ったとおりですよ。純粋に、憤りを感じて」

「だからって、元機動隊員で今は警備会社の社員が、殴り込みみたいな事をするか？　これは立派な暴力行為で逮捕、起訴されるの判ってることだろ」

「いやあそれは」

内川はニヤッと笑って唐古をチラリと見た。

「それは佐脇、若さの暴走と言うか若さゆえの純粋というか、要するに思い込んだら突っ走ってしまっただけなんじゃないか？　な、そうだろ？」

唐古も内川を見て、小さく頷《うなず》いた。

この二人は内通している。警察と警備会社が内通して、暴力事件を起こしているのだ。

これは、伊草たち「私学校」への制裁に他ならない。

エンジン音が近づいて、護送用のバスがやってきた。その後ろについてきているワゴン車の窓からは、取材用ビデオカメラのレンズが突き出されている。

「やっと来たか……」

佐脇が呟《つぶや》くウチに護送バスが駐《と》まって、私学校の面々とナショナル警備保障の連中が次々に乗せられていく。

その模様をビデオカメラが撮る横を、磯部ひかるがマイクを持ってこちらに走ってきた。

自慢の巨乳がプリプリと揺れている。

「遅いぞ！　いつもはもっと早く来るだろ！」

「こっちもいろいろあるのよ。上に取材を認めて貰《もら》わないといけないし、東京から出向いて取材する価値があるかどうか、とか」

「価値があるのに決まってるだろう！」

大声を出した佐脇だが、一転、ひかるの耳に顔を近づけてヒソヒソ声になった。

「あとから説明するが、こっちはいろいろ面白《おもしろ》いことになってるぜ」

取材カメラを見た唐古は、急いで乗って来た車に走り寄ったが、ひかるも追いかけた。

「県警の唐古さんですよね？　どうしてここに？」

マイクを突きつけられた唐古は観念して、立ち止まって姿勢を正し、インタビューを受ける態勢になった。

「どうして？　それはもちろん、大規模な暴力的な衝突《しょうとつ》があったからです。市民の安全を守るために出動したんです」

「しかしこれは県警本部ではなく、所轄《しょかつ》の鳴海署の仕事では？　鳴海署の人たちも大勢居ますよね？」

彼らの背後では、鳴海署の刑事や制服警官が、暴力事件を起こした双方をバスに乗せ、待つ間にも起きている小競《こぜ》り合《あ》いを収め、放り出されたバールなどの凶器を鑑識が写真に収めている。

「こういう大規模な騒乱になると、治安の問題にもなるので、県警としては看過《かんか》出来ないのです」

「しかし県警本部のあるT市からここまで駆けつけるには三十分はかかりますよね？　騒動があることを事前に察知していたんですか？」

「もちろん、独自の情報源はありますから、いろんな動きがあることは予想していました。市民の安全を守る警察として、当然でしょう？　それに、現在、社会的に深刻な問題を起こしている刑事に現場を任せておけませんからね！」

そう言って唐古は佐脇に視線を向け、公然と罵った。

「手持ちの事件もあるのに、あちこちに首突っ込むなよ、佐脇！　例の三上さん殺しの件、放り出したままじゃないのか？　しかも容疑者と交わした大事な約束をド忘れしやがって！　お前がきちんと約束を守ってたら、あの事件は起きなかったんじゃないのか？　そんな重大なミスをしでかしておいて、東京のテレビ記者をレイプしてりゃ世話ないな！」

言うだけ言って、ではでは、とにこやかな表情を見せた唐古は、捜査車両に乗り込むとさっさと車を出してしまった。

護送の状況を含めて、その様子をひかるのクルーは淡々《たんたん》とビデオに収めた。

＊

「これが、ナショナル警備保障の内部資料よ」

ひかるは複数のコピーをテーブルに広げた。

逮捕を免《まぬが》れた島津の店は、ひかるの取材本部のようになっている。機材を置いた撮影スタッフが休息して食事をする横で、ひかるをはじめ佐脇や和久井、そして珍しいことに光田までがテーブルを囲んでいる。

「新入社員に渡される小冊子を借りてコピーしたんだけど……読んだら驚くわよ」

刑事三人は同時にコピーを覗《のぞ》き込み、おお、と声を上げた。

「社会の平穏《へいおん》を維持するために微力ながら貢献《こうけん》したいっていう建前も書いてあるけど、社《しゃ》是《ぜ》のところに本音が書いてある。国家のために忠誠《ちゅうせい》を尽くす、日本の国家および社会をゆるがす反日分子を徹底的に排除する、って言う、ほら、ここのところ。この警備会社は副業として社員研修もやってるんだけど、これがまた昭和の時代に流行《はや》った、『地獄の特訓』そのまんまの洗脳セミナーなのよ」

ひかるはノートパソコンを広げて、セミナーの広告サイトを見せながら、言った。

「これは危険な会社よ」

「在籍社員リストを見ると……鳴海支店配属の中に、知った名前がけっこうあるな」

光田がコピーを指で追いながら言った。

「塚本《つかもと》、稲葉《いなば》、三好《みよし》、田久保《たくぼ》、安西《あんざい》……みんなウチの人間だった」

「機動隊だったヤツが多いな。松山《まつやま》とか中嶋《なかじま》とか寺島《てらしま》もそうだ」

佐脇が頷きながら応じた。

「ナショナル警備保障は、警察官を多数引き抜いてます。給料が倍になるし……。警察では地方採用のノンキャリの場合、どう頑張《がんば》っても昇進はせいぜい警視止まりでしょう?」

ひかるにあけすけに言われて、光田はムッとした表情を見せた。

「でも本当の事ですからね」

ひかりは淡々と話を続けた。

「この人たちは……ほぼ全員がギャンブルや女性関係などで素行《そこう》が悪く、監察の対象になりかねない一方で、やはり全員が若くて、柔道剣道の有段者で逮捕術に長《た》けている……」

「一攫千金《いっかくせんきん》系というか……カネだな、やっぱり」

佐脇はそう言って腕を組み、光田も頭を捻《ひね》った。

「監察からこの会社に情報が流れているのかもしれないな」

「でもって、カネに困ってそうな、腕《うで》っ節《ぷし》の強そうなバカをスカウトするんだな」

「佐脇、お前もスカウトされる要件を完全に満たしているけどな」

なんせ不祥事デカなんだから、と光田は佐脇を嗤《わら》った。

「佐脇さん。あの件はホントなの？　まあ、アナタならやりかねないけど。手錠プレイとか、ハマりすぎよね！」

ひかるも光田に乗った。

「やらねえよ！　いや、あの女とはやったけど、レイプはしてねえ。だいたいあの女は無理矢理やりたくなるほどのタマじゃねえもん。それに、あの女の方から誘ってきたんだぜ」

「だけど、あの萩前は、音声の一部を公開したわよ」

「だからあんなもん、放送禁止だろ！」

「レイプしてなきゃ問題ないんじゃないの？」

ら」
「バカかお前は。ナニをやってる最中の声とか音が入ってるんだぜ。ナニはやったんだか

ひかるは溜息《ためいき》をつき、光田は和久井と目を合わせてイヤイヤと首を振った。

「佐脇……お前もナショナル警備保障に行くか？」

「おれはバカじゃねえ。警察に居座ってる方が勝ちなんだよ。こんな会社、いつ潰れるか判ったもんじゃねえぜ」

「しかし、この会社もそんなにヤワじゃない感じですよ。ナショナル警備保障の主たる裏の業務として、国内の暴動鎮圧《ちんあつ》、労働組合のストライキの妨害《ぼうがい》並びにスト破りの支援、デモの妨害なども扱っていると、こっちの内部資料に」

ひかるは極秘のスタンプが押されたコピーを滑《すべ》らせた。

「これってあれだな。昔は警察がヤクザにやらせていたことだよな」

「おい、滅多《めった》な事言うな！」

佐脇が気楽な口調で言うのに、光田が血相を変えた。

「ビビるなよ。どうせ昔の話だからいいだろ。今でこそ暴動はなくなったし、デモだって整然とやるけど、昔はなかなか凄《すご》かった。だから警察が表立ってやれないアレコレの下請《したう》けをヤクザに出してたんだよ。まあそのうち、機動隊が学生運動や過激派を鎮圧したり捕まえるようになったとは言え、だ」

「おれたちが警官になる前の話だね」

光田は関係ないという口ぶりになった。

「それでこの警備会社は、最近の関西での企業側と労組の紛争にも介入して、自分たちも逮捕者を出しながら組合側を挑発して、警察に逮捕させて、労働争議を会社側有利に展開させたりしているわけ」

「それって、今日起きたことのマンマじゃねえか！」

佐脇が声を上げたが、ひかるは話を続けた。

「そういうことをしてるから、需要《じゅよう》は多いはず。自分の側から逮捕者を出しても平気だし、社員が刑務所に入っても、出てきたら優遇したりしてるし」

「おい、そりゃ、ヤクザの遣《や》り口《くち》と同じじゃねえか！」

またも佐脇が吠えた。

「出所したらお勤めご苦労さんですって組持たせるとか、幹部に取り立てるっていう」

「だから、仕事は多いはずなので、潰れることはないでしょ。だって、そういうウラ仕事・汚れ仕事は誰かがやらないとマズいんでしょう？　暴対法で暴力団がそう言う仕事を請け負うと双方一発アウトだから、こういう警備会社が必要になるのよね？　いやむしろ、最初からその目的で作られた会社じゃないかと。会社の正当性をアピールするために元警官を大量採用してるんじゃないかと」

「そう考えれば、いろいろ合点《がてん》がいくわな」

「あの黒シャツって、あれか？　ほら、イタリアの独裁者の……」

光田が思いついたように言ったのをひかるがすぐに引き取った。

「ムッソリーニ？　ファシスト党の黒シャツ隊？」

「あいつらにそんなセンスねえだろ。バーゲンで安いから黒シャツを買い漁《あさ》ったんじゃねえのか？」

と言った佐脇は、そこでハッとした。

「おい島津！　店に来てやったのに、何にも出て来ねえじゃねえか！　肉は無理でも酒くらい出せ！」

佐脇の脅迫《きょうはく》に、島津が店の事務所から顔を出して言った。

「見て判るでしょ。今日はお休みっつーか、臨時休業したんです。飲みたかったらまあ、ビールくらいは出しますけど」

「じゃ、出して。食い物は出前取ってくれ。ウーバーイーツとか使えばステーキでも、うな重でも取れるだろ！」

「おや。シャレたこと知ってるんですね。だけどあれ、有料なんですよ。ちゃんと支払ってくれるんでしょうね」

「もちろんんだ。この美人でおっぱいが大きくて、なんでも知ってるジャーナリストのお姉

「それはないでしょう。何故《なぜ》なら、入江は自分が作った暴対法や暴排条例のおかげで、暴力団を利用出来なくなってしまったからですよ。自分で自分を縛ってしまったんですよ。須磨組とかを陰《かげ》で操ることは可能でしょうが、連中も今の暴対法や暴排条例には、完全にアタマに来てますからね。万一、入江と裏で繫がっていたりしたら、いつか絶好のタイミングで暴露《ばくろ》して、入江を追い落とそうとするでしょう。あのアタマのいい入江さんが、そんなリスクは冒《おか》しませんよ」

「そうだな。おれも最初は、ナショナル警備保障ってのは須磨組あたりの仮の姿で、鳴龍会亡きあと、空白地帯になったままの鳴海に手を伸ばして、ここに確固とした拠点を作ろうとしてると思ったんだが……。前にお前とおれとで連中を追い出した、そのリベンジってなことで。そのバックに居て糸を引いてるのは入江だと思ったんだが……さすがにそれはないか」

その時、店の方から「ビールまだ〜?」という光田の声がした。

「おっといけねえ。伊草、お前はずっとここに居るのか?」

佐脇は腰を浮かした。

「伊草。お前はくれぐれも見つからないようにしろ。今、お前が居なくなると困るんだ」

店に戻ったが、佐脇は当然、和久井にも伊草のことは、ひとことも話していない。

ひかるたちは、ナショナル警備保障がいかにひどい暴力集団かという事をサカナに飲み始め、出前で取った中華や焼肉、お好み焼きなどの、ごちゃ混ぜなメニューに舌鼓《したつづみ》を打っている。

その中で一人、佐脇は酒を呷《あお》るでもなく食べ物を食い散らかすでもなく、珍しく沈思黙考《ちんしもっこう》状態だ。

「佐脇さん？　また体調が悪いんですか？　胆嚢《たんのう》が痛いとか？」

心配した和久井が訊いた。

「バカかお前。胆嚢はもう取ってしまって、ねえんだよ！」

そう言うと、また黙ってしまう。

「あれか？　佐脇」

光田が面白そうに佐脇を煽《あお》るように言った。

「入江さんが気になるんだろ？　あの人の意向次第で、事態は大きく変わるからな」

「まあ、そうだな」

佐脇は浮かぬ顔でタバコを吹かした。

いずれまた話さなければならない。それは電話では事足りないだろう。しかし東京まで出かけて話すのは……それだけの時間を掛けても、成果は上がらないだろう。

しかし、このままでは……。

そう思案しているところに、店のドアが開いた。

「あの、すみません。今日はやってないんですが」

と、和久井が店番のように謝ったが、入ってきた男を見て言葉が止まった。

「やあ、佐脇さん。ご無沙汰《ぶさた》」

入ってきたのは、入江だった。仕立てのいい濃紺《のうこん》のダブルのスーツが決まっている。

「これはこれは、警察庁官房政策立案総括審議官の入江警視監！」

佐脇はわざとらしく立ち上がって最敬礼をした。

「お前ら、警視監なんて見た事がないだろ！　警視総監の一つ下だぞ！　ウチの本部長より偉《えら》いんだ」

「そう茶化すものじゃない、佐脇君」

以前より貫禄《かんろく》を増して白髪が増えた入江は、悠然と佐脇を押し止める仕草をした。

「ちょっと野暮《やぼ》用でこっちに来たものでね……君ならここにいるだろうと、こちらの方に教えてもらった」

入江が立ち位置をずらして後ろに控えている人物を紹介すると、それは御堂瑠美だった。

「大センセイ……これはまたお節介《せっかい》なことを」

佐脇は店の奥に向かって大声を出した。

「おい島津！　入江警視監ドノがお見えだぞ！　拝謁《はいえつ》しに来い！」

「相変わらず、そういうベタな皮肉がお好きですな、佐脇君」

佐脇は、いつものように傍若無人《ぼうじゃくぶじん》に振る舞った。

「これはこれは入江閣下、お噂《うわさ》はかねがね」

揉み手をしながら島津が低姿勢で現れた。しかしその姿勢には、店の奥には行かせないぞという意志が表れていることを、佐脇は見て取った。

佐脇も、店の奥は見ないようにした。視線の動きで察知される危険がある。

「私は閣下ではない。警視監は認証官ではないから」

「まあまあそういうのはいいじゃないですか、閣下」

島津はあくまでも愛想《あいそ》良く、入江に酒を勧《すす》めようとした。

「ええと閣下はブランデーで宜《よろ》しかったでしょうか？」

「閣下はシングルモルトのスコッチがお好みだ。グレンなんとかってヤツ」

佐脇が横から口を出し、入江は「ああ、ビールでもチューハイでも結構！」と応じた。

「で？　入江閣下はすっかり御堂瑠美センセイを愛人にしてしまったのですかな？　お手の早いことで」

「佐脇君、いい加減にせんか」

入江はさすがにムッとした。

「それは御堂先生に失礼だぞ。セクハラもいいところだ」

「それは大変失礼。発言を撤回《てっかい》して謝罪致します」

　佐脇は胸に手を当てて芝居がかったポーズで一礼した。シルクハットを被《かぶ》っていたら縁に手をかけて脱ぎそうな勢いだ。

「で、入江閣下はどんな御用向きで？　なにかワタクシにご下命でも？　ああ、あの例の不祥事について叱責《しっせき》なさりに来たとか？　しかしアレは本当にあの女のウソですから。入江さんもワタクシがレイプなんかしないと判ってるでしょうに」

　佐脇のイジリで、入江は完全に気分を害している。

「せっかくですから、こちらの方からも少々……ハッキリ伺《うかが》いますが、警察庁は、暴力団もどきの警備会社を利用して、元暴力団関係者を挑発するんですか？　なんのために？　犯罪を防止すべき警察が、いかがわしい警備会社と連携して騒動を起こすのは、本末転倒ではないのですか？」

「……何のことか判らないね、佐脇君。私は久しく会っていない君と旧交を温めようと、わざわざやってきたというのに、こういう風に扱うのは失敬じゃないのか？」

「しかも巡査長如《ごと》きが、警視監に対して、ですか？」

「せっかく来たのだが、帰ることにする」

　入江は結局椅子に座らないまま、回れ右をしてドアに向かった。しかし、それでは口惜《くや》しいのか、ドアの前で振り返った。

「一つ言っておく。私の、暴力団壊滅の意志は絶対に変わらないぞ。反社会勢力は日本から駆逐《くちく》する。その代わりのものが出て来れば、それも叩く。イタチごっこと言われようが、叩く。叩いて叩いて叩きまくって、日本から反社会的で暴力的な集団を完全に一掃《いっそう》する。この考えに、些《いささ》かの変化もないよ」

「暴力団が受け皿になっていた、行き場のない人間をどうするんですか？」

「半端者《はんぱもの》はいつの時代にだって存在する。それを受け入れるのがヤクザだけというのは幻想だよ。きちんと職業訓練などをして社会が受け入れればいいだけのことだ」

それに言っておくが、と入江は佐脇を睨んだ。

「君の持論のようだが、ヤクザにもヤクザなりの社会的機能がある、という主張にも異論がある。交渉が決裂したり、不調に終わりそうになったら暴力をちらつかせて解決するなど、愚《ぐ》の骨頂《こっちょう》だ。前近代的社会そのものではないかね？　ヤクザに頼むくらいなら弁護士を立てれば済む話じゃないか。ヤクザは拳や凶器を使うが、弁護士が使うのは言葉だけだよ」

少しだけ言っておく感じだったのが、入江の弁舌は止まらなくなった。

「今、連中の食《く》い扶持《ぶち》はなんだ？　覚醒剤《かくせいざい》や麻薬の密売だろ？　どこまでいっても非合法な事をするしか能が無い連中の存在を、なぜ許しておけるんだ？　ヤクザを辞めても、締め付けが苦しくて生活出来ないとかいう件もそうだ。クスリの禁断症状を堪《こら》えて、やっと依存や常習から脱する事が出来るのと同じではないか？　楽して儲《もう》けて面白おかしく暮らせていた者は、毎日厳しく汗水垂らして労働する苦しみを会得《えとく》して初めて、真っ当な人間になったと言えるんじゃないのかね？　連中を甘えさせると、ロクな事にならんよ。売春していた女が生活に困ると安易《あんい》に元の道に戻ってしまうのと同じなんだよ。退路を断って覚悟をキメさせるには、ある程度の苦難を越えさせる必要があるんだ！」

「つまり、入江さんは銀行口座も作れない、市営住宅にも入居出来ない、就職もできない、子どもも学校で差別されるっていう、そんな基本的な暮らしも出来なくしておいて、真っ当に暮らす忍耐を養う訓練をしろって言うんですか？」

佐脇は正面切って、言い返した。

「だったら、お前がやれ！　お前がやってみろ！」

「なんだと？　佐脇、貴様、もう一度言ってみろ」

入江も紳士《しんし》の姿をかなぐり捨てて声を荒らげた。

「ああ何度でも言ってやるよ。現に、おれが担当してる事件で、仕事もなくて貧しい、元鳴龍会の組員が絡んだ殺人があるんだよ。世間は、どうせヤクザだからコイツが犯人だろうと決めてかかってる。元組員だから殺したんだろうと偏見《へんけん》が凄い。その息子までが疑われている。こんなこと、文明国家で許せるのか？　え？」

「それは……そういうことが一つ二つあっても、仕方ないだろうね」

そう言うだろうと思ったぜ、と佐脇は吐《は》き棄《す》てた。

「その上、入江さんよ、あんたは連中が真剣に更生しようとして頑張《がんば》っているところを妨害して挑発して罪人に仕立てあげようっていうんだよな。それが警察のすることか？　戦前の占領地で現地人を挑発して反抗させて、処刑する日本軍みたいなことするなっつってんだよ！」

佐脇のその言葉に、入江は目を剝《む》いて顔を紅潮《こうちよう》させた。

「そこまで言うか。佐脇、お前はいろいろと問題の多い警察官だ。今だって県警でも警察庁でも、お前の懲罰《ちようばつ》や処分を検討している。しかも今回のレイプ刑事という汚名は、全国二十九万余の警察官の恥だ。その上、お前が今言った事件だって、お前がきちんと関係部署に連絡を取っていれば未然に防げた可能性だってあったというじゃないか！　辞表を書いて沙汰《さた》を待っていろ！」

入江はそう言い捨てると踵《きびす》を返し、荒々しくドアを閉めた。

がーんというドアの閉じた音がいつまでも店内に響く中、御堂瑠美がおずおずと言った。

「いいんですか？　今や警察庁ナンバー2の入江さんをあんなに怒らせて……」

「御堂センセイ。あんたはいつも間違えるが、警察庁のナンバー2は『次長』で、あの男は複数いるナンバー3のひとりでしかないんだ」

「私は、事実上の、ということを言いたいんです」

御堂瑠美はむくれた。

佐脇も興奮していて、島津に「酒だ酒だ！　酒持ってこい！」と喚《わめ》いた。


その夜。

ベロンベロンに酔った佐脇は、千紗と一緒に住んでいる二条町の居酒屋の二階に帰る気になれず、島津の店からほど近い、ラブホのようなビジネスホテルのような、実際はその両方に使われているホテルに泊まった。正確に言えば、歩けなくなるほど泥酔《でいすい》したので、島津や和久井に抱えられてこのホテルに放り込まれたのだ。

ベッドにひっくり返っていた佐脇は、やがて我に返った。

しばらく唸《うな》っていたが、思い出したようにスマホを取り出して、電話をかけた。

呼び出したのは、警察庁刑事局組織犯罪対策部組織犯罪対策企画課犯罪収益移転防止対策室室長の弦巻《つるまき》だった。

「よ。遅くまでご苦労さん」

『どうして私が今も仕事していると？　ああ、これはオフィスの電話にかかってるんですね』

オタク気質の弦巻は、出世にはあまり関心も無く、ネットを使った国際犯罪の解明にゲーム感覚で熱中している。だから時間を忘れて深夜まで仕事をしてしまうのだ。

佐脇が時計を見ると、すでに午前三時を指していた。

『ご心配なく。そろそろ帰って休みを取ります』

「別にアナタのことは心配してないんだけどね……別件で、おれが心配してることがあって……オタクのお偉いさんの入江のことだ」

佐脇は、さきほど入江と切り結んだあれこれを話し、その背景にある「私学校」設立の経緯までをかいつまんで話した。

「とにかくアナタも知っていると思うけど、入江は暴力団壊滅がライフワークで、閻魔《えんま》さんにこれが自分の仕事だとドヤ顔で報告したいらしいんだ。だけど、そんな個人的な欲のために多くの元ヤクザや現役のヤクザが困っていて、更生の道を阻《はば》まれている」

『鳴海の件は知ってますよ。入江審議官の事も判っています。佐脇さん、今回の件は、ズバリ、駄目です。今回ばかりは勝ち目はありません。諦《あきら》めたほうがいいです』

弦巻は持ち前の慇懃《いんぎん》無礼《ぶれい》な口調でアドバイスしてきた。

「どうしてだ？　入江の個人的な出世欲のために、ひいては日本の治安というか、安全というか、平穏な生活が乱されようとしてるんだぞ」

『だって……考えてみてくださいよ、佐脇さん』

弦巻は嚙《か》んで含めるような口調になった。

『暴力団壊滅は既に入江さん個人の主張やスローガンではなくて、日本の警察や行政が、一丸となって推進していることですよ。その流れに棹《さお》さすことは誰にも出来ません。仮に入江さんが考えを変えたとしても、です』

「やっぱり……そういうことなんだな」

佐脇の声に力が無くなった。

「おれはいつも風向きや潮目《しおめ》を読んで勝ち馬に乗ってきた。しかし、今回ばかりは、そうはいかねえ。判ってるんだ。どっちに勝ち目があるかって事は。しかしだ、勝ち馬に乗ろうとして伊草……いや、おれの知り合いのヤクザ連中を見捨てるような真似は出来ねえんだ。そんなことしたら……連中を見殺しにしたら、おれは死ぬまで美味《うま》い酒が飲めなくなる」

スマホの向こうの弦巻は、黙ってしまった。

『あの……この件で、私がお力になれることはないです。今のところは』

「冷たいな、あんた」

佐脇はそう言って通話を切り、スマホをベッドに放り投げた。

「あ〜。そうは言っても、入江に喧嘩《けんか》売っちまったしなあ……」

強気と弱気、侠気《おとこぎ》と常識が交錯して、佐脇は部屋の冷蔵庫を開けて、洋酒のミニチュアボトルを出すと全部の封を切り、鷲摑《わしづか》みにしてゴクゴクと一気飲みした。ウィスキーとブランデーとジンとラム酒が、そのまま佐脇の喉《のど》を通ってゆく。

しかし……酔えない。

悶々《もんもん》としているところに、ドアがノックされた。

おずおずと控えめなノック。

佐脇は咄嗟《とっさ》に身構えた。入江の手先が襲いに来た可能性もある。

ゆっくりと立ち上がって、ドアスコープを覗くと、ドア外には女が一人立っていた。

「私です……もうお忘れかしら……いずみ、館林《たてばやし》いずみです」

館林いずみと言えば、伊草の愛人だ。以前、事件の捜査で大阪に潜伏中の伊草と会わなければならなくなったとき、いずみの仲介《ちゅうかい》で面会が実現した。

「一人です。私一人で来ました」

ドア越しに聞こえる声も、間違いなくいずみの声だ。コロコロと鈴が鳴るような、愛らしい声を忘れることはない。

「どうしてこんな時間に？　どうしておれがここにいると判った？」

「島津さんに聞いたんです」

「島津って……あの店の奥には、その」

「あの人には黙って来ました」

スコープ越しに何度も確認したが、確かにいずみの言うとおり、他に誰も居ないようだ。隠れられるような物陰《ものかげ》もない。

佐脇はドアを開けた。

「入れよ」

滑り込むように入ってきたのは、いずみに間違いなかった。

びっくりしたように見開かれた大きな瞳、小柄で華奢《きゃしゃ》な身体《からだ》つき、小づくりな顔や、薄い胸や細い腰、そして可愛《かわい》い声。

初めて会ったときから随分《ずいぶん》、時間が経《た》ってしまった。可愛い童顔にも年相応の円熟はある。だがそれはかえって、この女を魅力的にしている。

清楚《せいそ》な彼女には似合わない、躰《からだ》の線をハッキリ見せるワンピースを着ている。それはそれで、スレンダーな彼女の色香を際立たせているが……。

ドアを閉めた途端《とたん》、いずみは佐脇の胸の中に飛び込んできた。

「おいおい、ちょっと」

さすがの佐脇も、彼女の意外な行動に驚いた。

「お願いがあって来たんです」

いずみの顔には、決意があった。

「お願いを聞いて欲しくて……」

そう言いながら、いずみは服を脱ぎ始めた。

「待った！　ちょっと待った！」

佐脇はそれを止めた。

「あんたはおれを勘違いしてる。そりゃ世間ではレイプ刑事だとか下半身暴走刑事だとか、いろいろ言ってるだろうし、以前からおれはそのへんは自由にやってきた。しかし人《ひと》身御供《みごくう》の女を抱いてどうのという、時代劇に出てくる悪代官みたいな真似は、したことがないぞ」

佐脇はそう言って冷蔵庫からミネラルウォーターを出すといずみに押しつけた。

「まずは落ち着いてくれ」

だがいずみは、ボトルを胸に抱いたまま呆然《ぼうぜん》としているので、佐脇が取り上げて封を切り、口まで持っていってやった。

「お願いってのは……なんだ？　もしかして、おれが、自分の保身のために伊草を売ろうと考えているかもしれないので、それを止めに来たとか？」

佐脇はそう言って、いずみを見つめた。

「まあ、おれはダメな男だし、品性下劣《げれつ》だし悪逆無道と言われても仕方がないから、信用されないんだろう。人望ないしな」

最近のホテルは全館禁煙だが、佐脇は構わずタバコに火をつけて、吸った。

「だが伊草のことは、絶対にチクったり、おれの都合で上に報告したりはしない。あいつとの約束だけは、守る。これは、おれの人間としての根幹だ。だから、そういう心配があってここに来たんなら、帰るんだ。帰って、ゆっくり寝ろ」

佐脇はいずみの肩を摑んで回れ右をさせて、ドアに向けた。

「もっとハッキリ言えば、これ以上、この狭い部屋にアンタと一緒にいると、おれは歩く性欲だから、ついムラムラしてきて、伊草のことを忘れてアンタを抱いてしまうかもしれない。アンタは魅力的だよ。だけどまあ、それをやっちゃあ、人間としてオシマイだ」

佐脇はそう言ってベッドに座り込んだ。

「私には、なんにも言わせてくれないんですか?」

いずみは振り返って、言った。

「言わなくても判っている。あんたがおれに頼みに来る事は、伊草のこと以外にはありえない」

「……判った。判りました。私、佐脇さんの人間性を軽く見ていたみたいで、申し訳ありませんでした。でもうれしいです。伊草さんの……伊草のことを真剣に考えてくれていると判ったので」

そう言ってドアノブに手を置いたいずみに、佐脇はふと思いつき、声をかけた。

「おい……もし、あんたに、こうして身を捨ててまで伊草を守るという決意があるならだ、おれなんかより、もっと効き目のある相手が居るはずだぜ」

いずみは立ち止まり、黙ったまま聞いている。

「まずは……入江だな。ハニートラップを仕掛ける値打ちはある。なんせ、警察庁の大幹部だぜ。しかも暴力団取り締まりの急先鋒《きゅうせんぽう》だ」

だけどなあ、と佐脇はすぐに否定した。

「あのオッサンは権力に目が眩《くら》んでる。目が眩んでるから、警戒心が強い。損得勘定にも長《た》けている。いくらアンタが魅力的でも、手を出すかどうか……。アンタの魂胆《こんたん》はまる判りなんだから。いや、逆にあんたを逮捕して伊草のことを吐かせようとするかもしれない」

佐脇は立ち上がって狭い部屋の中をウロウロし始めた。

「いや、正確には警察庁の人間には逮捕権はないから、誰かに逮捕させる……それには、ウチで入江の息のかかったヤツと言えば……唐古か」

「唐古……」

いずみは名前を反芻《はんすう》した。

「いやいや、唐古にハニートラップをかけろとそそのかしてるんじゃないからな！　あいつらは悪知恵が働くから、ヤリ損になることもあるし……あんたがそんなことする必要はまったくないんだ！　いくら伊草のためとは言え」

そう言われたいずみは、ちょっと笑顔になった。

「判りました。アドバイスをありがとう。佐脇さんにこうして会えて、あの人のことを本当に考えてくれていると判っただけでも良かったです」

おやすみなさいと言って、いずみは部屋を出て、ドアを閉めた。

佐脇はベッドの上にひっくり返って、「彼女とやっちまったら、伊草に合わす顔がなくなるもんなあ……」と溜息をついた。

それに……と佐脇はあれこれと考えた。

この部屋が盗撮されていたらどうなるんだよ。仮に盗撮のカメラを仕掛けたのが唐古か、入江サイドの人間だとすれば、おれが伊草と繋《つな》がっていることや、それを利用して女を自由にする、クソ野郎な証拠が増えていただろう。それでも……。

男の意地を貫《つらぬ》いていずみを追い返してしまったのは、やせ我慢だったかもしれない。

実のところは、抱きたかった。なんせ、いずみに好感以上のものを抱いていたし、今だって女としての魅力を感じているんだから……。

だけど、抱くわけにはイカンだろう……。

そんな事をあれこれ考えながらウトウトしていると、天井の防火装置のスプリンクラーが盗撮カメラに見えてきた。

天井にカメラがあったら全部映っちまうんだよな……。

しかし、あの萩前って女も大したタマだ。テメエから誘っておきながら、おれにレイプされたって……しかもそれを録音してやがったとは……どうせその録音は、テメエにマズいところはカットして、都合よく編集してやがるんだろうな……。

そこまで考えたところで、佐脇は「あっ！」と叫んだ。

「おれとしたことが……大事なことをすっかり忘れてた……！」

そう叫んだ佐脇は、部屋を飛び出した。


向かったのは、この前、萩前千明と入ったラブホテルだった。

「おう、支配人いるか？」

ずかずかとホテルのエントランスに入った佐脇は、フロントに座っている、居眠り寸前で目を開けているのもやっと、という様子の初老の男に声をかけた。

「なんですか……こんな時間に。まだ朝の五時じゃないですか！」

「五時なら客も来ねえだろ。眠いなら寝たらどうだ？」

「そうはいきません。チェックアウトするお客さんがいるし、あさイチでくるお客さんもいるんです。こっちは人手不足でもう二日寝てないんですけどね」

人手不足で寝るヒマもないのはコンビニのオーナーだけではない。

「それで何の御用です？」

「この前おれが使った部屋の件だ。思い出したんだが、あの部屋、アレだろ？　そうだよな？」

佐脇は凄い目つきで支配人に迫った。

「何のことでしょう？」

「とぼけるな。あの部屋に入ったカップルのナニしてる動画がネットに流れたこと、あったろ？　あの時おれは、警告で止《と》めといてやったんだよな。あの動画はカップルの顔が判らなかったから許してやるが、これ以上やったら捕まえるぞって」

「あ、ああ。はい」

支配人は思い出して、頷いた。

「あのときは、つい、イイネが欲しくて流してしまいました」

「あれからはどうしてる？　個人的にだけ楽しんでるのか？」

「滅相《めっそう》もない！」

支配人はそう言いながら微妙に身体をずらした。その背後には、客室にビデオ配信する機械がある。

「悪いがちょっと見せてもらう」

佐脇は支配人の肩を掴んで椅子から引き擦り出した。

寝不足でフラフラになっている支配人は、堪《たま》らず前のめりになって、そのまま事務所の床に倒れ込んだ。

支配人の背中で隠れていた部分には、小さなモニターとスイッチがあった。そのモニターにはベッドが映っていて、カップルらしき二人が布団《ふとん》を被って寝ているように見える。

「これ、あの部屋の、それもリアルタイム映像だよな？」

「はい……」

「つまりあんたは、盗撮の機械を撤去《てっきょ》せずに、そのまま使い続けてるんだな？」

這《は》いつくばっていた支配人は、そのまま土下座して額を床に擦《こす》りつけた。

「もっ申し訳ございません！」

「いや、いいんだ」

佐脇は、簡単に許した。

「いいのいいの。あれから外には流してないんだよね？」

「ええ。それは……ホテルが営業出来なくなるのは困るので……」

その答えを聞いた佐脇は、ニヤリとした。

「ところで、今、話題になってる件は知ってるよね？　おれが東京のテレビ局のおねえちゃんをレイプしたって疑惑」

「はい……」

「あれ、この部屋でやったんだよな。当然、撮ってあるんだろ？」

佐脇は、支配人を助け起こし、その肩に腕を回した。

「部屋に入ったのはおれだし、何かあったら使ってやろうと、撮って、残してるんじゃないの？　しかも相手は、ほぼ無名とは言え、一応テレビに出ているおねえちゃんだし」

支配人は固まった。しかし、佐脇に顔を覗き込まれ頬をペタペタ叩かれると、凝固《ぎょうこ》は解けた。

「は、はい……」

「じゃあ出して」

支配人は命じられるまま、業務用ファイルの一冊を広げた。そこには、日付を書いたＤＶＤがきちんと整理されてホールドされている。

「あれは……六月九日だったかなあ？」

「ですね」

と支配人は反射的に答えてしまい、佐脇に頭をパシンと叩かれた。

「何回見たんだ？」

「三回は……手錠プレイとか、なかなか濃厚《のうこう》で」

「これ、ノーカットだよな？　妙な編集とかしてないね？」

「し、してません！」

その答えを聞いた佐脇は満面に笑みを浮かべて「よくやった！」と支配人を褒《ほ》めた。

翌朝。

鳴海署大講堂で記者会見が開かれた。

会見する側は、皆川署長に光田刑事課長。記者席には大勢の記者が集まり、ビデオカメラも林立している。

記者席の最前列には、萩前千明や磯部ひかるも居る。

「皆様、急なご連絡でお集まりくださり、有り難うございます。先般から世間を騒がせておりますところの、当署の巡査長が、東京のテレビ局の報道関係者に対して強制的な性行為を働いたとされる件についてですが」

「佐脇巡査長は懲戒免職《ちょうかいめんしょく》になるんですか？」

記者席からいきなり声が飛んだ。

「結論から申します。県警察本部とも協議致しましたが、佐脇巡査長に対する処分は一《いっ》切《さい》、行いません」

記者席はザワついた。

「レイプを否定するんですか？」

「あの音声記録は認めないんですか？」

「声紋鑑定をしたところ、佐脇刑事の声であることは明らかなんですが！」

怒号のような声が飛び交って、記者会見の席は荒れた。

「それについて、ご説明致します。被害を受けた女性記者の方……あえて名前は伏せますが……記者の方から提出を受けたICレコーダーに収録されていた音声を調べた結果、全録音時間四十分中、数ヵ所に編集した箇所があった事が判明しました。編集で欠落した部分が十五分三十秒あり、その欠落を修復したところ、まったく別の流れであったことが明確に判りました。つまり、問題の関係は佐脇巡査長と女性記者との間の、完全な合意に基《もと》づく個人的なものであって、脅迫や強制性交と言った、犯罪に結びつく要素は全くなかったのであります」

「ちょっと！　いい加減なことを言わないで！　なんでそんなことが判るのよ？」

顔色を変えた萩前千明が立ち上がった。まさか自ら名乗り出るとは思っていなかった周りの記者たちも驚き、一斉に千明にカメラを向けた。

「私が提出した音声が、私に都合良く編集されてる？　そう言うからには、立証出来る材料があるんでしょうね！」

「ございます」

光田は慇懃に一礼して手で合図すると、和久井が大型モニターを運んで来た。

「これから再生しますのは、問題の部屋を連続して撮影していたビデオです。あの部屋には、偶然ですが、前の泊まり客が置いていったビデオ装置が残っていて、佐脇と女性との行為も記録されており、それが消されずに残っていたのです。一台のカメラで据《す》え置《お》きで撮られているので、編集されていればすぐに判りますが、こちらでチェックしたところ、全く編集されていないことが既に判明しております。この映像をノーカットのオリジナルとして、被害を主張する女性が提出した音声データを同期して再生すれば、どこをカットして落としているかが、明白になります。これ、成人男女の生々しい性行為を撮影したものですから、テレビで放送するのは憚《はばか》られると思いますが……」

最初のうち、萩前千明はビデオの再生に激しく抵抗した。

「やめてください！　公序良俗《こうじょりょうぞく》に反します。個人のプライバシー侵害です。公然猥褻《こうぜんわいせつ》です。こういう形で再生するのは私への侮辱《ぶじょく》です！」

「そう言われると思いました。では、こちらで作成した対照表をお見せします」

大型モニターには、時系列でビデオに記録された会話と、千明のICレコーダーの音声を文字に書き起こしたものが対照されて映し出された。

それを見ると一目瞭然《いちもくりょうぜん》、萩前千明が色仕掛けで佐脇に迫り、手錠プレイも自《みずか》らリクエストしてセックスを愉《たの》しみ、その後で佐脇からネタを引き出すべく脅迫した展開が、ハッキリ判った。しかも、萩前千明が、自分に不利になる部分をまるまるカットしていることも、図解からは明らかだった。

「ちなみに、ICレコーダーに記録された音声データも今、この場で再生することができますが、どうしましょう？」

萩前千明は途中で席を立ち、逃亡した。

「いやもう、朝の六時前に叩き起こされて、エロビデオ見せられて、何を喋《しゃべ》ってるのか全部拾って文字にしろって……何の拷問《ごうもん》かと思いましたよ」

和久井は寝不足の眼を擦りながらボヤいた。息は酒臭い。

「しかしまあ、この盗撮ビデオがあって命拾いしたな、佐脇！」

職員食堂で、うどんを食べながら、関係者はお疲れ会を開いた。そこには鑑識係の他に、皆川署長と、そして磯部ひかるもいた。しかし、光田は居ない。

「萩前さんが提出した音声データが編集されている事はすぐ判ったんです。最低三ヵ所で無音になったり音が飛んでるんで。それはオシロスコープで見ればハッキリします。ただ、カットされた内容が判らなかったので」

鑑識係はうどんをお代わりした。

「あの解説ビデオを作ってくれた磯部さんに感謝しなさいね」

皆川署長に促《うなが》されて、佐脇はひかるに頭を下げた。

「その結果、萩前さんを事実上の業界追放に追い込むことにもなってしまったけど」

「ライバルが一人減ったか。まあ、取材のためにあそこまでやるのは凄いとも言えるが」

呆れる佐脇にひかるはきっぱりと言った。

「駄目よ。枕営業は」

「おまえはやらない？」

「やりません」

ひかるはキッパリと答えた。

「枕営業も枕取材も、長い目で見るとワリに合いません。男と同じ土俵で戦えなくなる」

「男の記者だって、相手がゲイなら」

「ストップ！　そういうことは冗談でも喋らない方がいい」

「しかし署長。おれはホントに大丈夫なんですか？」

「悪名がますます高まったのは事実ね。今回はたまたま助かったけど、次はないと思って。だから、くれぐれも言動には注意してください」

「はい。もう、ああいう誘いには乗りません……」

そんなことを話しているところに、光田が暗い顔でやってきて、佐脇に手招きした。

「なんだよ。お前も祝杯あげようぜ！　つまみはうどんしかないが」

「そんな場合じゃないんだ。鑑識部屋に来てくれ」

光田に言われるままに佐脇が鑑識の部屋に行くと、ノートパソコンの周りにＤＶＤが何枚も散らかっている。

「あのラブホ、一応、オメコボシはする前提で家宅捜索したんだ。で、例の盗撮ビデオも全部押収《おうしゅう》して鑑識に頼んで確認をしてもらってたんだが……ちょうど昨日撮られた分に」

光田がマウスを操作して、ＤＶＤを再生させた。画面には、あの部屋の、あの光景が現れた。

ベッドに男女が座っている。照明の具合で顔はよく見えないが、音のボリュームを上げると、二人の会話はハッキリと判る。

『入江さんに会いたいんだろ？』

『ええ……』

『そうか。私なら入江さんと昵懇《じっこん》の仲だ。佐脇なんかより、今は私が一番近い。私は東京での研修の時、入江さんに色々引き立てていただいてね。今の本部長はボンクラだが、君は見込みがあると言われてね』

だから、と男は女の肩を抱き、そのままベッドに押し倒し、唇《くちびる》を重ねた。

『会えるよう、段取りを組んであげよう。約束する。だから……いいだろ？　もうここまで来たんだし』

声から判断すると、男は、唐古。女は……もしかして……。

「伊草の特殊関係人、館林いずみは知ってるよな？　伊草が失踪《しっそう》した直後から、この女も住所不定になってしまったんだが……今も伊草との関係は続いているようだ」

佐脇の耳には、光田の話も入ってこない。呆然としてパソコンの画面を凝視している。

『あの……やっぱり私帰ります。警察の方にこういうふうにお願いすると、後が色々面倒な事になるでしょう？　それを考えると私』

いずみは立ち上がって部屋から出ようとしたが、その腕を唐古が摑んで引き留めた。

『そんな……ここまで来て殺生《せっしょう》じゃないか。あんただって、その気でこの部屋に入ったんだろう？　コドモじゃあるまいし、いいじゃないか。悪いようにはしないよ』

『いえ、ホントに、私』

『だから悪いようにはしないと言ってるじゃないか！　入江には話を繋いであげる。伊草の件を何とか穏便《おんびん》に計らって貰うよう、口添えしてあげる。だから……』

『唐古さん、あなたにそこまでの力はないと思うんです。入江さんって、警察のトップに近いヒトなんでしょう？　だったら、もっと偉い政治家さんでもなければ、聞く耳持たないんじゃないんですか？』

『言ってくれるね、おいあんた』

ウソをついて自分を大きく見せようとしたのを見破られたからか、唐古は怒った。

『あんたもイイトシしたおばさんじゃねえか。ウブなネンネみたいなこと言うなよ。大人の関係でいこうじゃないのよ』

二人は揉み合いになり、『やめてください』と振り上げたいずみの手が、唐古の頰を打った。

それがスイッチになって、唐古はよつんばいになって逃げようとしたいずみの下半身に襲いかかり、スカートを捲《まく》りあげて下着に手を掛け、剝《は》ぎ取《と》ってしまった。

『や、やめて……』

『いいじゃないか。あんたトシの割りには少女みたいな感じだな。泣き顔がソソるぜ！』

そう言うと、唐古はいずみの剝き出しの下半身を両手で支えて引っ張り上げ、ヒップの谷間に顔を埋《うず》めて、舌で愛撫を始めた。

「これが続いて、最後には唐古は彼女に挿入する。おれは、強制性交等罪が成立すると思う」

光田は苦渋《くじゅう》に満ちた表情で言った。

「その上、公務員職権濫用《らんよう》罪、あっせん収賄《しゅうわい》、恐喝《きょうかつ》にも問える。これは一発アウトだろ」

佐脇も怒りを隠せない。

「唐古の野郎、許せねえ」

「お前の件が片付いてホヤホヤだ。すぐに処分の発表をすると恥の上塗りだから、県警本部の監察とも話したんだが、処分は内々でやって、館林さんには県警から見舞金を渡して示談《じだん》と言うことにするしかないだろう」

「彼女が訴えると言いだしたらどうする？」

「その時はその時だな。刑事告訴されても、その時唐古は民間人だからこっちは淡々と処理するだけだし、民事で訴えられてもウチは関係ない」

佐脇は、ノートパソコンに表示され続けている、唐古がいずみを犯す動画に目をやった。

「懲戒免職か？」

「まあ、いいところ自主退職だろうな。それは県警本部の判断だ」

佐脇は、いずみの心情を慮《おもんぱか》った。

唐古とこういう事があった後、おれのところに来たわけか……。入江に意見具申《ぐしん》出来る力も無い、卑劣《ひれつ》な唐古に頼みに行って、結局こういう事になってしまった。だったら、同じことが二度あっても、もはや失うものはないと、覚悟を決めたいずみは、おれのところにも来たわけか……。

いや、いきなりおれというのも、伊草の盟友だけに抵抗があったんだろう。だから、あえて唐古のところに……。

佐脇は、気がつくとノートパソコンの蓋《ふた》を思い切り閉じていた。

「オイ光田！　絶対に唐古をクビにしろ。懲戒免職以外、ありえない。辞表なんか出させるな！　警察から追い出せ！　判ったな！」

午前三時から寝ていない佐脇は、目を血走らせたまま、鑑識の部屋を出ていった。

捜査車両のハンドルを握った佐脇は、あてもなく車を走らせたが……いつしかその行き先は、鳴海市郊外の「私学校」の事務所に向いていた。

整理出来ないモヤモヤが車を走らせるうちに沈静化して、次第に考えがまとまってきた。

いずみに会おう。会って、詳しく話を聞こう。そして、唐古を告訴して貰おう。

この件はどう考えても、いずみの告訴があったほうがスムーズに動くはずだ。

山間部に向けて走っていると、突然、うしろからサイレンを鳴らす消防車が何台も迫ってきた。

どうしたんだ？　この先には山しかないじゃねえか……。

慌てて道を譲った佐脇は驚き、すぐにハッと気がついた。

いや。そんな事はない。現に、自分が向かっているのは……。

佐脇もアクセルを踏み込み、サイレンを鳴らして走り始めた。

危惧《きぐ》したとおり、ほどなく黒煙が視界に現れ、焦《こ》げ臭《くさ》い臭《にお》いも車内に入ってきた。

伊草の「私学校」に近づくにつれ、その臭いは強くなり、追い抜いていく消防車の数も増えた。ほどなく、旧産廃処理場に続く道の分岐点《ぶんきてん》に、立ち入り禁止の黄色い非常線が張られているのが見えた。

手前で車をとめた佐脇は非常線をくぐって走った。

臭いと熱気、バチバチという木が燃える音。消防士の怒号と放水の音も聞こえる。

さらに近づくと目の前には、ごうごうと燃え上がる激しい炎が見えた。

産廃の事務所はすべて燃え上がり、周辺の付属施設のプレハブからも出火している。すでに燃え尽きて灰になってしまった小屋もある。

業火《ごうか》は延焼して、ここが産廃だったころから放置されたままの、プラスティック廃棄物にも燃え移っている。凄い臭いだ。

「プラスチックや電気製品も燃えている！　毒ガスが出るから、下がって！」

銀色の耐熱服を着た消防士が怒鳴り、居合わせた面々を後方に押し下げている。

その中には、大タコや島津など、「私学校」の幹部の顔が見えた。

「佐脇さん！」

佐脇の存在に気づいた島津が走り寄ってきた。

「これは、どういうことなんだ？」

「放火ですよ！　決まってるでしょう！」

島津が吐き棄てた。

「火事には物凄く気をつけてたんです。元が産廃ですからね、火が出たらヤバいと……。出火したのはついさっきです。バイクが走り去る音がしたそうです」

「聞きましたよ！　バイクが走っていく音」

大タコも言った。

「その直後に、外で、ボンという音がして火柱が上がったんです。放火ですよ、絶対！」

島津が悔しそうに叫んだ。

「きっと、この前の連中ですよ！　ナショナル警備保障とかいう、あの黒ずくめのヤッら。あの連中の誰かがやったんだ！」

消防車が何台も集まって、延焼を防ぐためにも必死の消火活動をしているが、事務所は完全に燃え尽き、産廃に燃え移った火の勢いは衰《おとろ》えない。

「ナショナル警備保障って、民間を名乗ってますけど、あれ、警察の傀儡《かいらい》ですよね」

島津は怒りで顔色がどす黒い。

「こうなったら、やってやるしかないんじゃないですか！」

そう言って島津は煤《すす》のついた鉄の棒を手に持った。

「本気かお前。警察が相手じゃ勝ち目はないぞ」

判ってるだろう！　と佐脇が声を上げると、島津は苦笑いを浮かべた。

「判ってますよ……おれたちだけじゃあ、なんにも出来ません。須磨組とか、関西の巨大組織とでも手を結ばないと、警察には対抗出来ません。それはよく判ってます」

「須磨組と手を結ぶだ？　それは出来ない。絶対に無理だ。だって、いぐ……」

伊草の名前を口にしかけた大タコが慌てて言い直す。

「あの人が、絶対、反対する」

その場に居た私学校の面々も口々に反対する。

「それをやったらおしまいだ！」

「そうだ！　それこそ、警察の描いた画《え》の通りになってしまう！」

「警察は、なんとかして、おれたちや須磨組を潰したいんだから！」

「いやいや、須磨組はそうそう簡単に潰せないけどな……」

事ここに及んでは須磨組と組むしかないという意見、それは出来ないという意見。

それぞれに一理ある。

「おい、それはここでデカい声で話すようなことじゃないだろ！　消防も警察とツルんでるんだぜ！　気をつけろ」

佐脇はそう言うのが精一杯だ。

「とか言うまえに、佐脇さんは刑事なんだけどな」

大タコがすかさず突っ込む。

「おれだって、いぐ……いや、あいつのことを思って、どうすればいいのか考えてるんだ」

佐脇は、火事の熱気で額に滲《にじ》んだ汗を拭《ぬぐ》った。

「とにかく、そういうことを軽々しく言うな。お前らが足りない頭であれこれ考えてもダメだ。ここは……やっぱり」

佐脇にも、伊草の名前を出すことはできない。

「あいつの判断を仰げ。夜にまた集まれ。どうせもう、場所は島津の店しかないだろ。おれも行くから」

「しかし、おれの店はマークされているんじゃないかと」

島津が心配そうに言った。

「たぶんな。だけど、入江の手足になるはずだった唐古は、ついさっき、アウトになった。詳しい事情は追って判るだろうが、あいつの警察官人生はもう終わりだ」

正式な処分は先になるだろうが、と佐脇は面々に告げた。

「つまり、さしあたり今の鳴海から、入江の意のままに動くヤツが消えたってことだ。警察庁の人間は役人であって、司法警察官じゃねえ」

その意味判るか？　と振られた島津は「もちろん、判りますとも」と応じた。

「現行犯以外では逮捕が出来ない。手錠も使えない、銃も撃てない」

「よく出来た。入江は悪知恵は廻《まわ》るが、その意味では、ただの役人でしかない。頭脳があっても手足がなくちゃ、どうにもならんだろうが？」

面々は、へい、と佐脇に頭を下げた。

「そういう態度をとるな！　おれはお前らのアニキ分じゃねえんだぞ！」

　佐脇はそう言い捨てて、火事の現場から去るべく車に向かった。

　そのあと佐脇は鳴海のあちこちで時間を潰しつつ、折々に和久井に連絡を入れて、火事の捜査の進捗《しんちょく》状況を訊いた。

『原因は放火のようです。ガソリンを撒《ま》いた跡があったそうですが……しかし消防と警察の上の方では、放火ではなく失火、つまり事務所の漏電《ろうでん》とか、産廃の自然発火とか、そういう線でまとめたいようです』

「やっぱりな……。思った通りだ。おれはしばらく署に顔を出さねえし、連絡もつかないことにしとけ。おれまで丸め込まれそうだからな」

　了解しました、と和久井は答えた。

　島津の店は臨時休業の札を出して閉めていた。

　佐脇は遠くから、店の周囲を注意深くうかがった。

　案の定、県警の四課と公安の連中が張っている。しかしこれは張っているだけで、万が一にも伊草が出入りしたときのための布陣だろう。私学校の他の連中を逮捕したり、店を家宅捜索するに足る容疑はない。

「いや……それは甘いな」

一瞬安心した自分を佐脇は戒《いまし》めた。

公安は、火のないところに煙を立てる名人だ。適当な容疑でもなんでもでっち上げて、家宅捜索ぐらいは平気でやるだろう。それに抵抗すれば島津も大タコも、みんな公務執行妨害で捕まえる気でマンマンのはずだ。

おれもうっかり店には入れないか……。

そう思ったときに、佐脇のスマホが振動した。

「おれだ」

『佐脇さん。店はヤバいと判断したので、ちょっと遠出をしています』

島津の声だった。

『船に乗ってます。鳴海港の外れに漁港があるでしょ？　今すぐ来てください。尾行されないように気をつけて』

「何？　船まるごと一網打尽《いちもうだじん》にされてアウトじゃないのか？」

『一網打尽にされなきゃいいんでしょ？　まあ、佐脇さんが警察を撒くのに失敗したら、その時はその時ですけどね』

佐脇は、意地でも尾行を撒かなければならなくなった。

三十分後、佐脇が鳴海漁港の片隅に停泊していた老朽《ろうきゅう》漁船に乗り込むと、船はすぐに出港した。

魚臭い船室には、伊草やいずみ、そして島津や大タコたちが乗り組んでいる。海峡の荒波で、小さな漁船はかなり揺れた。全員が青ざめている中で、伊草だけは動じる気配もない。この胆力《たんりょく》があるから、みんなこの男についていくのだろう。

「じっくり考えたんだが」

伊草は乗船しているメンバー全員に向かって、ゆっくりと話し始めた。

「ここは、苦しいところではあるけれど、須磨組と手を結ぼうと思う。向こうが乗ってくれば、の話だが」

「しかし」

大タコが異議を唱えたが、伊草の意向を理解した島津が説得にかかった。

「それしか手はないだろう！　警察は、おれたちを潰そうとしてるんだぞ。それがハッキリした以上、おれたちだけじゃあ警察とは戦えない。後ろ盾《うしだて》が必要だ。それに、政治力も」

「そうだ」

伊草も苦渋の表情で言った。

「須磨組は、有力政治家や財界人と繋がりがある。表向きこそ完全に手を切ったように見せているが、これまでのしがらみを一気に切れるわけがないんだ。須磨組の実績と政治力。そこには警察も容易に手が出せない」

「しかし……関西の連中には、おれたち、さんざん泣かされてきたじゃないですか……」

大タコは、ほとんど涙声で言った。

「それはよく判ってる。助けを求める以上、一時的に須磨組の傘下《さんか》に入ることにもなるだろう」

しかし、と伊草は声を張った。

「まずは生き延びるしかない。後のことはそれからだ」

依然《いぜん》として割り切れない表情の大タコたちに向かって伊草は続けた。

「これは、大阪に着いてから話そうと思っていたことだが、須磨組の成沢《なるさわ》の叔父《おじ》貴《き》、今はご隠居と言われている組長付の相談役だが、そのご隠居が向こうから連絡をくれた。鹿島誠三の件を心配しておられた。元鳴龍会の事も気に掛けてくれている。自分に出来ることがあったら力を貸したいと」

「鹿島誠三ねえ……。あいつと、あいつの兄貴分の輝寿とはおれたち、徹底してソリが合わなくて」

大タコは不満そうだ。

「しかし、元の仲間があああいう形で苦しんでるのを放っておけるのか？　おれは誠三を何度か私学校に誘った。そして今、その誠三の縁で、須磨組のご隠居が手を差し伸べてくれている。おれたちに残された手は、これしかないぞ」

一同から、須磨組に援助を求める最終手段を拒絶する雰囲気は消えたようだ。

黙って見ていた佐脇も思わず言った。

「うまく話がつくといいな。おれとしては『県警対組織暴力』も、任侠《にんきょう》映画ならお約束の、堪え忍んだ末の殴り込みも、どちらも願い下げだからな」

漁船は、大阪方面に向かっていた。

第五章　ヤクザ絶唱

その日の深夜。

佐脇や伊草たち総勢六人を乗せた漁船は、わざと時間を掛けて紀伊《きい》水道を横断して、大阪の南端、和歌山にも程近い深日《ふけ》漁港に入った。

岸壁にはライトを消した黒の日産《にっさん》シーマが二台、駐《と》まっていた。

須磨組からの迎えの車だった。

「ご隠居に言いつかってお迎えにあがりました」

出迎えたのは、大柄で精悍《せいかん》な若者だ。彼はご隠居の側近《そっきん》で、大木と名乗った。

「とりあえず、宿に入ってください」

大木に従って二台に分乗した一行は、漁港近くのラブホテルに入った。

「おい。他に適当な場所はないのか？」

佐脇が文句を付けたが、大木を代弁するように伊草が説明した。

「ラブホは宿帳が要《い》りませんから、警察の眼を誤魔化《ごまか》せます。それにここは須磨組の関連企業の持ち物です。普通のホテルよりよっぽど融通《ゆうずう》が利《き》きます。わざわざこの港に入ったのも、目立たないようにするためです」

「そういうことなら仕方ねえな」

納得した佐脇だが、集団でチェックインしたあとも、どうも落ち着かない。

「こういう部屋では、もっとほかの、楽しいことをしたいよな」

一同は、このラブホで一番高くて一番広い部屋に集まったが、佐脇をはじめ、伊草と大木を除く全員が、ベッドの周りのミラーやケバケバしい内装に気を取られている。

「大木さん。これ以上、事態が悪化する前に、我々としては何とか手を打ちたいのです。改めてお願いします。なにとぞ須磨組さんにお力をお貸しいただきたい」

「ご隠居」の名代《みょうだい》として来ている大木に、伊草は床に手をつき、頭を下げた。

「とんでもない、伊草さん。どうぞお手をお上げください。言うまでもなくそちらの事情はご隠居も承知です。お力をお貸しするその段取りを組むために、自分はここにいます」

大木は、具体的な手続きの話を始めた。

「ご隠居は鹿島誠三のこと、そして伊草さんたちのことを気に掛けておいでです。しかしそれはあくまでも個人的な事情なので、現状では須磨組としてやれることにも限界があります。いくつかはっきりさせるべきこともある。元鳴龍会としては、ナショナル警備保障の姿を借りた警察と全面戦争をする覚悟があるのか、もしくは落としどころを見つけて手打ちにするのか、まずそこを決めていただきたい。いずれにしても、きちんとした形で助力を要請していただく必要があります。どうします？　須磨組のしかるべき者と盃《さかずき》を交わしますか？　それとも、もっとビジネスライクな形にしますか？」

「須磨組さんのご意向が第一です。我々はそれに従うしかありません。……しかし、仮に我々がナショナル警備保障と全面対決をすることになっても、お力をお貸しいただけるのでしょうか？」

伊草の質問に、それは難しいだろう、と佐脇は思った。

いかに日本有数の巨大暴力団で、裏では政財界と繋《つな》がっている須磨組といえども、そこまで踏み込むには相当の覚悟が必要だ。ナショナル警備保障のバックには警察がいる。下《へ》手《た》をすれば、須磨組自体が壊滅《かいめつ》させられてしまうかもしれないのだ。

大木は答えない。沈黙が続き、それに耐えられなくなった佐脇が口を切った。

「これは、言うなれば日米安保《あんぽ》みたいなモンですな。条約としてはアメリカは日本を守ることになってるが、本当にヤバい事になった場合、本当にアメリカは自国を危険に晒《さら》してまで日本を守るのか？」

そんな筈《はず》はないだろう、とまでは流石《さすが》に口に出せない。

「どうなんです？　須磨組さん。誰だって当然、自分が一番大事だし自分が一番可愛《かわい》い。傘下《さんか》でもなかった鳴龍会の残党を助けることで須磨組さんは、この伊草と一蓮托生《いちれんたくしょう》の覚悟を持てるんですか？」

言いにくいことを一気に言った佐脇は一同を見渡した。

「普通に考えれば、須磨組にそこまでの義理はないやね」

しかし、と島津が言った。

「任俠《にんきょう》の道というもののあり方からすれば、助けを求めてきた者を無下《むげ》には出来ない筈です。暴力団の生存権、ないしはヤクザの人権を守るということであれば、須磨組さんにだって共通の利害があるでしょう」

佐脇が答える。

「それは綺麗事《きれいごと》だ。大事なのはソロバン勘定《かんじょう》だろ？　筋を通すのはいい。だがそれで自分らも滅《ほろ》ぶのが目に見えていたら、どこかで筋を曲げるしかないんじゃねえのか？」

それにだ、と佐脇は続けた。

「須磨組の傘下に入れば、島津、お前も、そして大タコもみんな、須磨組の人間になる。そうすると『私学校』はどうなる？　ただのヤクザのシノギになって、カタギの連中は誰も利用しなくなるんじゃねえのか？　誠三のような元ヤクザもますます近づこうとしなくなるし、そういうヤツを助けるために作った『私学校』が本来の『私学校』ではなくなってしまうんだぜ？」

佐脇の言った言葉は、これまで伊草たちも触れるのを避けていた部分だった。

「それは、まったくその通りなんで……これまでおれたちがやってきたことは、須磨組さんの傘下に入ることで、一瞬にして矛盾《むじゅん》が生じてしまうわけで」

島津がうなだれた。

「かと言って、今の状況では、須磨組さんの力を借りないと、『私学校』もおれたちも潰《つぶ》されてしまう。ナショナル警備保障がなにをやってもお咎《とが》めナシ、マスコミの扱《あつか》いも同じです。悪いのはおれたち元ヤクザだ、の一点張り、世間もテレビの言いなりで、いずれ近い将来、おれたちはこの世に居場所がなくなる……」

大木は、このやりとりを黙って聞いている。

「そうだな。みんなが受け入れられる落としどころってものは、ないのかね？」

佐脇は考え込んだ。

「正味《しょうみ》の話、須磨組としては、どう考えている？」

大木が答える。

「こちらとしては手助けする側ですので、どう助けて欲しいか、まず言って貰《もら》わないと」

あくまでも冷静な大木だが、そこで何かを言いかけた。

「ただしご隠居個人の考えとしては……」

「個人の考えとしては、どうなんだ？」

「いえ、やはり、それを今言うのはやめておきましょう。組全体の考えと、ご隠居の意向はまた違います。一応、私から言えることは、これを須磨組本体に直接仕掛けられた事として考えるならば徹底的に受けて立つでしょう。つまり全面戦争も辞せず、ということです。その一方で、収拾策《しゅうしゅうさく》も同時に考えます。それを考えるのが、組全体を見る立場にあった、ご隠居本来の役どころでもありました」

「和戦両面を考えるということだな。まあそれが常識だろうが」

佐脇は部屋に灰皿があるのに目を付けて、タバコを取り出した。

「旧日本軍じゃあるまいし、講和も考えないで突っ走るバカはいない」

「山本五十六《やまもといそろく》は考えていましたよ。日本軍が有利な戦いを進めている局面で、講和に持ち込もうと」

島津の反論を佐脇は一笑に付した。

「馬鹿な。本気を出せば勝てるアメリカが、少々負けたぐらいで講和に乗るわけがない」

「しかし山本五十六は」

「山本五十六が本気でそう言ったのかどうかも、はなはだ疑問だね。それに日本は勝った勝ったで浮かれてて、早期講和なんか誰もまったく全然言い出さなかったろ」

「佐脇さんは戦史に詳しいんですか？」

伊草が興味深そうに訊《き》いた。

「それ、前からの趣味でしたっけ？」

「いや、十連休に磯部ひかるから前世紀の映像ドキュメンタリーのＤＶＤボックスを押しつけられて、全巻を見ろと申し渡された。おれの意識が低すぎると言ってな」

「なんですかそれは？　なんの罰ゲームですか」

絶交されたくないので言う通りに視聴した。かなり鬱《うつ》になったが知識は増えた。

「まあそれはどうでもいい。要《よう》は捨て身の戦法で一撃を与えて有利な立場で交渉……なんてのはご都合主義にも程があるってことだ。どう転んでも警察が暴力団に負ける訳がねえ。国が相手だぞ。警察が不利なら有利になるように法律でもなんでも変えられるんだぞ。武器弾薬に兵隊だって無限に用意出来る。いくら須磨組でも警察相手に勝てるわけがない」

「そうですね。須磨組さんだっておれたちを助けるのに、正面作戦を採《と》ることはできない」

伊草も肩を落とした。

「ですからおれは、前から言ってるように、なんとか須磨組さんの人脈を使って、裏から警察に圧をかけることは出来ないものかと……そっちの線で考えています」

どうでしょうか、と伊草は大木に向かって膝《ひざ》を進めた。

「つまり合戦ではなく調略《ちょうりゃく》です。目指すところは和睦《わぼく》です」

戦国時代でも合戦となれば双方痛手だから間者《かんじゃ》や使者が奔走《ほんそう》し、密書が飛び交い、間に人を立てるなどして、なんとかいくさを回避すべく交渉を重ねたのだ、と伊草は語った。

「……すみません。戦国武将を例に出すのはありがちに過ぎましたね」

「そんなことないです。伊草さん」

大木はあくまでも冷静だ。

「どうしたいのか、ウチにナニを頼みたいのか、まずはそれをハッキリさせてください」

お邪魔でしょうから別室にいますので、と大木は広い部屋から出て行った。

「どうします？　伊草さん」

島津だけでなく、この場の全員が伊草を見た。

「頼みたいことはさっきも言ったとおりハッキリしている」

須磨組ならではの政財界へのコネクションを利用して、警察に、鳴海署に裏から圧力をかけてほしい、ということだ。

「それと引き換えに、こちらが何を差し出すことになるのか、そこを考えるべきだろう」

伊草は考えをまとめようと立ち上がって部屋の中を歩き回った。

「前提として大きな抗争事件は起こせない、それもハッキリしている。多少の小競《こぜ》り合《あ》いは避けられないだろうが、全面対決になるのはマズい。それには、みんな異論はないだろう」

伊草は懐《ふところ》からシガーを取り出した。だが、考えに集中して火をつける余裕もなく、ありもしない灰を落とすように、シガーを指で叩《たた》きながら続けた。

「須磨組の誰とも、おれは盃は交わさない。しかし、須磨組の傘下には入る。それにはどういう形を取ればいいのか……きちんと書面にするのか、あるいは何かの政治結社か、隠《かく》れ蓑《みの》のＮＰＯを経由して契約を結ぶ形がいいのか。それとも、いっそ腹をくって、ご隠居にすべてを一任するのか」

　伊草はそこまで言うと、佐脇を見た。

「おれ？　おれに意見を言えってのか？　一応、おれは警官だぞ。ズブズブだけど警官だ。こういう局面で意見を言うのはマズいだろう」

とは言え、伊草以外にマトモな意見が言えるのはおれだけだという自負もある。

　佐脇は、言葉を選びながら口を開いた。

「盃は交わさない方がいい。交わしてしまうと、伊草、お前が言うとおり、『私学校』は旧鳴龍会と同じ、普通の暴力団になってしまう。それはお前らの本意じゃないだろ？　アサッテの方向に行くことだろ？　しかもそれは警察の思う壺《つぼ》だぜ」

　そう言うと、部屋備え付けの冷蔵庫から缶ビールを取り出してプルタブを引いた。

「次に、書面にするって話もダメだ。第三者のどこかを経由しても同じ事。そういう小細《こざい》工《く》はバレるし、むしろ書類という形が残るだけに始末に悪い」

　佐脇は缶ビールを一気に呷《あお》ってから言った。

「つまり消去法だが、最後の、『ご隠居にすべてを一任』……つまり厚意にすがるしかないということだ。その場合口約束になるが、この世界はスジを通せるかどうかが大事なんだよな。一度男の約束を交わした限り、それは誠実《せいじつ》に守る。ま、これは両方が『真っ当なヤクザ』だった場合限定だがな」

伊草、お前が真っ当なヤクザだということは判《わか》っている、とは言わなかった。

「ご隠居は『真っ当なヤクザ』ですよ。任侠道のど真ん中を歩んでこられた。だからあのトシで生きていられるし、須磨組以外の組の人間からも一目《いちもく》置かれているんです」

大タコが初めて口を挟んだ。その言葉があまりにも正鵠《せいこく》を得ていたので、全員に注目されて、彼は恐縮《きようしゆく》してしまった。

「偉《えら》そうなことを言ってスミマセン……」

しかし、伊草は大タコを見て笑みを浮かべた。

「いや、大多、お前が言う通りだ。それで行こう。それで行くしかない」

伊草は吹っ切れたように大きく頷《うなず》いた。

「抗争の助っ人ではなく、あくまでも須磨組の政治力を使って、鳴海における警察の不当な介入を止めて貰う。言わば和睦の仲介《ちゆうかい》の労をお願いしたい。そしてその方法、そのほかについては、ご隠居に一任。その二点だ」

「いいんじゃないか？　話がまとまれば向こうも、受けるにしろ断るにしろ、返事がしやすいだろう」

佐脇もそう応じた。

「その内容の『お願い』なら、嫌だとは言わないだろう。だが……」

佐脇は伊草に訊いた。

「代償《だいしょう》はどうする？　カネを上納するか？　盃を交わさないのなら、カネしかないだろ？」

「カネはないですよ。この前の火事で事務所は燃えてしまったし、ナショナル警備保障のバックに警察が居るんで、スポンサーの上原社長もちょっと逃げ腰になっていますしね」

島津が言い、大タコが補足した。

「っていうか、上原社長は、これ以上、もう金は出せないと言ってるんで……まあ、今までずいぶん工面《くめん》して貰ってるんで……」

二人の報告に、佐脇は「そりゃそうだろうなあ」と応じた。

「この前の、あの騒動だ。好意で面倒を見ていたカタギだって、ヤバいと思って逃げたくなるのが当たり前だ」

「出世払いの方向で、そこをなんとかお願いするしかないですよ」

島津の言葉に、伊草は「判った」と応じた。

大タコたちは、こういうシビアな交渉ごとを考えるのは苦手らしく、芯《しん》から疲れた様子だ。結論が出た安心感からか部屋のテレビのリモコンを弄《いじ》って、いきなり映し出されたエロビデオに慌《あわ》てたりしている。

「じゃあ、いつ、どこで向こうの窓口、つまりご隠居ということになるが……そのご隠居と、どういう具合に会うのか、それを詰めないと。おれが大木を呼んでくる」

佐脇が腰を上げて隣室のドアをノックすると、大木が出てきて律儀《りちぎ》に頭を下げた。

「伊草のハラが決まった。ご隠居にお目にかかるダンドリを詰めたいそうだ」

佐脇は大木を会議室になっている部屋に送り出すと、その足でホテルの外に出た。

すぐそばは、海だ。湿気と塩気を含んだ海風が吹き、それに乗って潮騒《しおさい》が聞こえる。紀伊水道と言うより、紀淡海峡《きたんかいきょう》、いや大阪湾と言うべきか。遠くには関空《かんくう》の明かりも見える。

少し歩いて、防潮堤《ぼうちょうてい》にくると、そのコンクリートに凭《もた》れた佐脇はスマホを取り出した。

通話の相手は、貸しがある男。大阪府警生活安全部府民安全対策課の布川《ふかわ》だ。

『なんや佐脇、こんな時間に。お前から掛かってくる電話はロクなもんやないやろ』

最初は眠そうだった布川の声が、いきなりケンのある面倒くさそうなものになった。

『あんたは、わしにはかなりの貸しがある、て二言目には言うけどもや。わしはもうずいぶん借りは返したはずやで。むしろ返しすぎてこっちが赤字やがな』

「まあそう言うな。あんたに一つ訊きたいことがある。一つだけだから安心しろ」

『一つだけ、言うけど、どうせ難儀《なんぎ》なことなんやろ？』

　電話の向こうの布川は明らかに警戒している。

「今、須磨組の動きはどうなってる？」

『ホラ出た。ようもまあ難儀なことを軽く訊いてくれるな？　ちゅうか、いろいろ喋《しゃべ》ってると話が長《なご》うなるからモロに言うで。須磨組と、あんたとこの元鳴龍会の残党が手ぇ結ぶいうハナシ、あれ、漏《も》れてるで。かなり上の方まで伝わってるで』

「上の方って……サッチョウにもか？」

『当たり前やがな。あんたの小細工、バレバレや』

　しかしそれは佐脇にとっては想定内のことだった。情報は漏れるものだ。

「その声ならもう目は覚めたろ。ちょっと訊いていいか？」

『一つだけ、言うたやないか！』

　布川はゴネた。

「まあまあ。あのな、今、須磨組の人事はどうなってる？　細かい話はいいから、ズバリ教えてくれ。今のトップの器量はどれほどだ？」

『ンなもん知りたいんやったら実話ナンタラいう雑誌買って読まんかい。なんぼでも書いてあるがな』

　不機嫌《ふきげん》ながら布川は、それでも一応のことを教えてくれた。

『まあ、知っとると思うけど、須磨組の今の組長の河合《かわい》。あれは元半グレや。特殊詐欺《さぎ》と違法無修正本番裏ビデオの制作販売で摑《つか》んだ大金を持参金にして、須磨組の盃をもらった。表の顔はＡＶ制作会社の社長やったから、そのまま表の世界の実業家で行くつもりやった。ところが女優に怪我《けが》をさせて目算《もくさん》が狂った。暴行傷害と強制性交で挙げられて、カタギの渡世《とせい》はそこで終わり、ヤクザになったきっかけがそれや。ただ、カネだけは仰山《ぎょうさん》持っとった』

要するに群を抜いた資金力と持ち前の凶暴さで、ヤクザの世界でも一気にのし上がったということだ。

『格闘技オタクでもあってな、腕っぷしはそこそこ強い。ＡＶの監督もやっとったわ』

「どんなエロビデオを撮ってたんだ？」

『あんた観たことないか、〝エクストリーム・ノース〟レーベルのＡＶ？　無茶苦茶《むちゃくちゃ》えげつないＡＶやで』

「ああ、あれか。ああいうのはおれの好みじゃないんでな」

佐脇はＡＶのヘビーユーザーではあるが、好んで観るのは巨乳・熟女・痴女《ちじょ》・スパンキングなどの、ごく健全でノーマルなカテゴリーだけだ。

「女優に虫を食わせたり無理やり異物を入れて泣き叫ばせたり、そういうのは虫酸《むしず》が走る。あれが犯罪にならないのはおかしいぜ」

『まあそういうことや。要はマトモな人間とちゃうねん。あれやったら大抵《たいてい》のヤクザも裸足《はだし》で逃げるわ』

須磨組と言えばそれなりに名門だった筈だが、と佐脇は意外だった。

「そんな鬼畜外道《きちくげどう》が、よく組長になれたな」

『それやがな。当然、生え抜き連中には、半グレあがりの流儀も弁《わきま》えん素人《しろうと》が、と無茶苦茶評判が悪いわけや。オレオレ詐欺言うたらお年寄りを騙《だま》しとったわけやろ？　任侠の風上《かざかみ》にも置けん言うてな。古参の連中からすれば、そんなんは所詮《しょせん》、チンピラの金儲《かねもう》けや。中でも一番、組長を嫌《きろ》うとるのが、先代、先々代からの生き残りの、須磨組の生き字引みたいな、あのお人や』

布川の言う「あのお人」が「ご隠居」のことだというのは佐脇にもすぐ判った。

『あのお人は存在がもう生き仏みたようなモンやから、組長と言えども、いかに目障《めざわ》りでも無下《むげ》にはでけんし、押さえ込めんし、かと言って殺しもできずで、まあ困っとるわけや』

布川は、須磨組の組長とご隠居の確執《かくしつ》をハッキリと口にした。

『ご隠居はトシもトシやが矍鑠《かくしゃく》としたもんや。頭もハッキリしとるし健康そのものや。極道《ごくどう》として場数は踏んどるし、人望もある。何より昔気質《むかしかたぎ》でスジを重んじる、今どき珍しい俠客《きょうかく》や。映画で言うなら鶴田浩二《つるたこうじ》や。あのご隠居の前では、河合もタダの、手が早くてキレやすい、元半グレのクソガキやで』

なるほど、と佐脇は納得《なっとく》した。

「それで、大阪府警としてはそういう火種を使って、ナニか企《たくら》んでるのか？」

『別になんもないわ。今、須磨組に手ェ突っ込んだら藪蛇《やぶへび》や。もっと内部崩壊するまで静観する構えや。こっちもいろいろあって手一杯や。あんたとこの田舎《いなか》の暴力団の残党がウロウロして須磨組と接触しても、いちいち何もせんがな。そんなヒマはないんや』

そうか、こんな夜遅くに悪かったな、と佐脇は通話を切ったが、布川の言葉を額面通りには受け取れない。

夜風に吹かれながらタバコを吸っていると、ホテルの方からいずみが歩いてきた。

彼女には謝らなければならない、と思っていたのだが、その機会がなかなかなかった。

「いよいよ……須磨組に乗り込むことになるんですね」

「そうなんだが……向こうには向こうの事情や考えがあるし、そもそも須磨組はヤクザ界の救世主でも守護神でもないからな……テメエが一番可愛いのはどこも一緒だ。最近はデカい組織でもシノギは大変だ。直系・傍系《ぼうけい》の面倒を見るだけでも大変なのに、鳴龍会なんざ完全に外様《とざま》だからな。しかも、解散した組の残党だし」

「そうですよね……」

いずみは深刻な顔をして頷いた。

「あんたの、伊草を心配する気持ちはよく判る。だから、心を鬼にしておれん所に来たんだろうし、唐古のところにも……あの件では、本当に済まなかった」

佐脇は、タバコを捨てて、いずみに頭を下げた。

「あの時、あんたはもう唐古のところに行って、辛《つら》い目に遭《あ》ったあとだったんだな。そんなことも知らずに……なにかいろいろと、申し訳なかった」

「いいんです……私だってハタチやそこらの小娘ってわけでもないですし。鳴海で、栄養ドリンクを売っていた頃とは違うんですよ……」

いずみは気丈《きじょう》に言い、遠いところを見るような目になった。

「あの頃……伊草さんや、佐脇さんに初めて会った頃……懐《なつ》かしいです」

佐脇も、鳴海で四つ葉のクローバーをたくさん見つけて子どものように喜んでいた、いずみの笑顔を思い出していた。その時は、いい歳をしてこんな浮世離《うきよばな》れした女がいるものかと呆《あき》れたが、ある意味、そういう純なところは、あの頃から何も変わっていないとも言えた。伊草との長く辛い逃亡生活にも損《そこ》なわれることのない輝きが、彼女の中には宿っている……。

「あの……だからと言って、今が辛いってことではないんですよ？　私、あの人と一緒にいられるだけで、今までも、ずっと幸せでしたから」

明る過ぎる声を聞くと逆に佐脇が苦しくなった。伊草へのいずみの気持ちからすれば、唐古に襲われたあの夜のことが、辛くなかった筈がないのだ。

「すまない……何もできなくて」

「謝ることないです！　だって佐脇さんのおかげで、あの男は警察をクビになったんでしょう？」

「それはそうなんだが……」

いずみはいきなり佐脇に縋《すが》りつき、胸に顔を埋《うず》めてきた。泣いているのかもしれない。

少しのあいだ、佐脇は彼女の肩を抱いていたが、やがてゆっくりと身体《からだ》を離した。

「これ以上抱いてたら、あんたを裸にしたくなる。すまん。おれはそういうデリカシーのない即物的な男なんだ」

遠くには関空や神戸《こうべ》の明かりも見えて、ロマンティックと言えないこともない。

「そろそろ、話もついたはずだ。ホテルに戻ろう」

二人はラブホに戻ろうとした。だがその時、黒塗りのメルセデスがゆっくりとやってきたのを佐脇が目ざとく見つけた。

「ちょっと、先に戻っていてくれ」

佐脇はいずみを先に行かせると、メルセデスから降りてくる人物に歩み寄った。

「お前……誰や？　伊草の使いっ走りか？」

威丈高《いたけだか》に問いかけてきたのは、長身なので細身が余計に強調されている男だった。短髪を金色に染め、頬《ほお》のこけた細面《ほそおもて》にメタルの細いサングラスをかけて、イタリアブランドとおぼしき派手な柄のシャツを着ている。

まだ三十代にしか見えず、チンピラ風ではあるが、佐脇は仕事柄、この男の顔は知っていた。

「須磨組組長、河合信久《のぶひさ》か」

「組長を呼びつけするな！」

男の周囲にいた黒服二人が声を上げた。

河合組長は、ニヤニヤして佐脇を品定めするように見た。

「お前か、鳴海署の佐脇っちゅう半端《はんぱ》もんのデカは？」

甲高《かんだか》くて不快な声だ。外見だけではなく、イヤな野郎の条件をすべて備えている。その河合組長はずんずんと佐脇に近づいてきた。

「伊草に会いたい。案内せんかい」

拒《こば》む理由はない。こちらから会いに行こうとしていたのに、向こうから来たのだ……そうは思うのだが、とてつもなくイヤな予感があった。

会議室と化している一番広い部屋に佐脇が案内すると、まず大木が驚き、バネ仕掛けのように椅子《いす》から跳び上がって直立不動の姿勢を取った。

「く、組長！　どうしてまた御自《おんみずか》ら……」

それを聞いた島津や大タコたちも驚いて反射的に立ち上がり、両腿《りょうもも》に両手をつき、九十度に身体を折り曲げる、いわゆるヤクザ式の会釈《えしゃく》をした。河合の顔を直接見るのは初めてらしい。

伊草だけは泰然自若《たいぜんじじゃく》としてゆっくり立ち上がり、深々と頭を下げた。

「組長。わざわざのお運び、痛み入ります」

「お前ら、頼み事があって来たらしいな」

「それは明日、ご隠居を通して」

河合組長は傲慢《ごうまん》な笑みを浮かべた。

「うるさいわ。あんなジジイを通すことはない。伊草。いつぞやの借りを返したる。今ここでタイマンを張って、おれが勝ったら須磨組としてお前らに力を貸す。それでどうや?」

それを聞いた河合の側近ふたりは顔色を変え、慌てて止めた。

「組長! このハナシは、ウチとしても、この業界全体にとっても大事なことやと思います。それを、こんな遣《や》り方《かた》で決めんといてください」

「そうですよ。もしも伊草さんが、また勝ってしまったら、どうするんですか?」

片方の手下が思わず口をすべらせたこのひと言が、河合組長を激昂《げっこう》させた。

次の瞬間、その手下の身体はふっ飛んでドアに激突し、床に崩れ落ちた。

組長は、その細身の身体からは想像できないパワーを持っていた。

「伊草。どうや。やるか？」

「組長。こちらはお願いに上がった立場ではありますが」

伊草は膝をついてその場に正座し、河合組長に手をついた。

「どうかそれはご勘弁ください」

「ふん」

河合は鼻先で嗤《わら》った。

「ヤクザも、落ちぶれたくないもんやな！　伊草、お前はついこの間……大阪でおれに恥をかかせてくれたよな？　あの時の威勢《いせい》はどこ行ったんや？　あ？」

河合は伊草を煽《あお》ったが、賢明《けんめい》な伊草は乗ってこない。

苛《いら》ついてきた河合は、床にあった灰皿や缶ビールなどを蹴り飛ばし始めた。

「やめややめや！　馬鹿馬鹿《ばかばか》しい。あのジジイがお前らに何を言うたかは知らんが」

河合は伊草に指を突きつけた。

「組を潰された落ち目のヤクザに力を貸して何になる？　いいかよく聞け。須磨組として、元鳴龍会に力を貸すことは金輪際《こんりんざい》ないからな！　ハッキリ言うたからな！」

須磨組との交渉は、交渉に入る前にあっさりと決裂してしまった。

「クソ田舎ヤクザが……金も力もないヤクザは潰れてしもたらええんや！　アホらし

い！」

河合はそう言いながら、そこで部屋の片隅にいたいずみに目を留《と》めた。

「あんた、伊草の女やな。大阪であんたを見た時から思てたんや。トシのワリにはエエ女やて。こんなお尋《たず》ね者《もん》のヤクザに、いつまでくっついてるつもりや？」

ただでさえ若く、しかも細身の河合には、組長の威厳《いげん》がまったく備わっていない。しかも言動が軽薄《けいはく》このうえないので、何を言ってもやってもチンピラのそれに見えてしまう。

河合は、いずみの頬《ほお》を撫《な》でて顎《あご》を下から持ち上げさせ、自分に向かせた。

「よく見ればますますかわいいやないか。胸も小さいし、小柄なところが子どもみたいや。思い切りいたぶって、ひいひい泣かせたら、たまらんやろな」

島津たちは血相《けっそう》を変えたが、伊草は静かにしている。しかし、そういう時の伊草こそ、怖いのだ。

それを知ってか知らずか、河合はいずみを堂々と口説《くど》き始めた。

「どうだ？　牛を馬に乗り換えて、おれの女にならへんか？　ええ思いをさせたるわ。カラダは……おれの相手はちょっとキツいかも判らんが、すぐ慣れる。カネならうなるほどあるで。考えてみ、天下の須磨組と潰れた鳴龍会やったら天と地やろが」

佐脇は堪《たま》りかねて割って入り、いずみの全身を撫で回し始めた河合の手を退《しりぞ》かせた。

「おい、あんた、いい加減にしろ。それが須磨組の仁義《じんぎ》の切り方か」

「仁義？　オマワリは黙っとけや。お前に仁義の切り方の講釈《こうしやく》は受けん！」

河合はそう言うと、いずみの頬をピタピタと叩いた。見ようによってはレイプに等しく、侮辱《ぶじよく》したようにも感じる。

佐脇は、盟友を侮辱されて、思わず河合のその手を掴んで絞り上げようとしたが、伊草の声で、動きを止めた。

「佐脇さん。気持ちはありがたいが、やめましょう。波風立てるのは」

いずみは真《ま》っ青《さお》になり、大タコたちも悔しさのあまり拳《こぶし》を握《にぎ》りしめ、ぶるぶる震わせている。

「まあ、よう考えることやな。用があるのはこの女だけや。田舎ヤクザのお前らはさっさと鳴海に帰れ！　田舎モンは田舎でおとなしくしとけ！」

行くぞ、と河合は手下を引き連れて部屋から出て行った。

「……なんですかあれは。さすが大阪、まるで新喜劇のヤクザじゃないですか……」

大タコは冗談を言おうとしたが、顔は青ざめ声も震えているから、冗談には聞こえない。

「危険を冒《おか》してはるばる来たが、無駄足に終わったか」

島津も落胆《らくたん》の声を出した。

「あの……河合組長と伊草のアニキは、どういう因縁《いんねん》が？」

大タコが恐る恐る訊いた。

「おれが大阪で潜伏してるときのことだ。河合は幹部だったが、まだ組長じゃなかった。十三《じゆうそう》でほとんど初対面の状態でばったり会ったんだが、河合のほうからしつこく絡《から》んできた。アイツはクスリをキメてたんで、こっちの言うことなんか通じない。意味もなく土下座しろと言いだした。おれが断ると、それならタイマンを張ろうと言って聞かない。アイツは何故《なぜ》か必ず自分が勝つと思い込んで、いくら断っても無駄だった。結局、おれが勝ったものだから、アイツはそれ以来、一方的に遺恨《いこん》を持ってる訳だ」

河合は半グレだった時から危険ドラッグを始め、あらゆる薬物に依存していた、と伊草は言った。

「永《なが》くクスリをやってると、頭が正常に働かなくなるからな。ああいうのがトップにいると、いずれ須磨組もヤバいことになるだろう」

伊草の説明に、全員が納得した。

「どっちにしても、須磨組に頼るのは諦《あきら》めた方がいいな」

佐脇の言葉に、改めて全員は失望し、打ち沈んだ。

しかし、その時、大木のスマホが鳴った。

「はい……あ、ご隠居。ええ、たった今、組長が突然。ええ、はい？　はい、承知しました。お伝えします」

短く話すと通話が切れ、大木は一同に言った。

「ご隠居からです。先ほど決めた予定の通り、明日お目にかかると。組長がどう言おうが、ご隠居の責任として、会うとおっしゃった」

一同は、どう解釈すべきか、顔を見合わせた。

「ご隠居にはご隠居の、考えがあるということです」

＊

須磨組側の窓口である「ご隠居」こと、組長の相談役である成沢繁治《しげはる》と伊草の面談は、翌日の午後一時に、大阪南部は高石市《たかいし》の、今はコンビナートの街になっている羽衣《はごろも》にある料亭で行われることになった。大阪市内や岸和田《きしわだ》、泉大津《いずみおおつ》やりんくうタウン方面にしなかったのは、面談をひっそりと行い、無用な混乱を起こしたくなかったからだ。

伊草は、佐脇、そして島津と一緒に、ご隠居差し回しのシーマに乗って羽衣に向かった。

「どうもな、やっぱりおれがこういう会合に出るのはマズかろう」

車中で佐脇はボヤいた。

「何を今更《いまさら》。もうとっくにズブズブじゃないですか。こうしてるの、鳴海署にはなんて言ってあるんですか？」

島津に訊かれて、佐脇は仕方なく言った。

「あれこれ説明するのが面倒だから、有給休暇を取った。謹慎《きんしん》にして貰っていいよと言ったんだが、おれのレイプ疑惑はキレイに晴れたからな。順番を間違えたな」

「いやいや、謹慎中にこういうことやってる方がヤバいでしょう」

佐脇と島津はたわいない話をし続けたが、それも、伊草の緊張をほぐすためだ。

それほどまでに、ご隠居・成沢繁治との面談には大きな意味がある。

だが。

車が高石市に入った途端、にわかに警官の数が増えてきた。

指定された料亭「浜寺《はまでら》　にしき」に近づくほどに、制服警官だけではなく、デモを鎮圧《ちんあつ》するような機動隊のバスまでが目につくようになった。バスの周辺にはジュラルミンの楯《たて》を持った機動隊員が散開している。

「おい……こっちはたった三人で、丸腰なんだぞ。大阪府警は何のつもりだ？　なんか勘違いしてないか？」

佐脇は、昨夜話した大阪府警の布川に電話したが、相手は警戒したのか、出ない。

その時、ハンドルを握る大木の携帯が鳴った。

違反キップを切られないように、大木はスピーカーに切り替えた。

『わしや。大木、どないなっとる？』

掛けてきたのは、ご隠居だった。

「どうもこうも、警官だらけです。ちょっと料亭まで行けないかもしれまへん」

『わしはゆんべからここに泊まっとるんやけどな……今朝《けさ》になって雲行きが怪しゅうなってきた……これやったら、会えへんで。無理に会おうとしても警察が邪魔しよるやろ。落ち着いた話はでけんで』

「……そのようですね」

伊草は面談の中止を覚悟した様子で返事をした。

『しかし、それやったら、伊草。お前としては都合悪いやろ？　これ以上引き延ばせん、ギリギリなんやろ？』

「おっしゃるとおりです。ですから、ご迷惑にならない範囲でご助力を戴《いただ》きたく……」

『この電話で詳しい話はせんほうがエエ。伊草、お前はここで警察に捕まるとマズい。下手したら一生刑務所から出てこれんで。お前はこのまま消えるか、鳴海に帰った方がええ。その代わり、わしは代理のモンと話そう』

伊草は、島津を見た。

「ウチに、島津という若いもんがおりまして……」

『あかん』

ご隠居はにべもなく拒絶《きょぜつ》した。

『そっちに佐脇っちゅう半端もんの刑事がおるやろ。佐脇にしとき。刑事やったら、大阪府警も捕まえんし、使者にはちょうどええんとちゃうか？』

「余計マズいでしょう。警察の人間がおおっぴらにヤクザの仲介をするってのは」

佐脇は一応、懸念《けねん》を口にした。

『佐脇にしとき』

ご隠居は、再度言った。これは駄目押しだ。

『どっか、目立たへんところで車から降りて、こっちに来たらエエ』

そう言われてしまったら仕方がない。

車はUターンして後戻りした。

「伊草。今お前が抜けたら、まとめる人間が居なくなる。島津じゃあまだ駄目だ。若い分、重しが利《き》かない。大タコとかがブツブツ言いそうじゃねえか」

「そうですね……今、おれが刑務所に入ってしまうのはマズい」

伊草も同意せざるを得なかった。

「おれを降ろしたら、お前ら、すぐに鳴海に帰れ。それもバラバラにだ。同じルートを取るな。特に伊草はアタマを使え」

南海《なんかい》電鉄の泉大津駅で、佐脇は車から降りて電車で羽衣に向かった。

駅からしばし歩くと、料亭「浜寺　にしき」の威容《いよう》が見えてきた。

見るからに豪勢な超一流の構えで、さながら武家屋敷のような高い塀《へい》に囲まれている。

密談にはもってこいの設《しつら》えだが……今、この羽衣という場所で、こんな高そうな料亭で密談をするような人物はいるのだろうか？

余計なお世話な事を考えながら近づくと、刑事の臭《にお》いをプンプンさせたスーツ姿の男が二人、歩み寄ってきた。

「どちらへ？」

「あの料亭でメシを食うんだ」

佐脇は料亭を指差した。

「お約束でも？」

「まあね。というか、おれ、刑事だぜ」

佐脇は身分証を見せた。

「ああ、あんたが……」

相手の男は、苦笑いのような微妙な笑みを一瞬浮かべた。

「今日、この料亭にいるのは須磨組の大幹部だけだが？」

「だからその成沢さんに会うんだよ。ご隠居とおれは、グルメ仲間でな。お互い開拓した美味《うま》い店を教え合ってるんだ。で、今日は、ご隠居が見つけたこの料亭でメシを食う。それがなにか？」

佐脇は口から出任せを淀《よど》みなく喋った。

「刑事だって縁を辿《たど》ればどこかでヤクザにぶつかる事だってあるだろ？　大阪府警の刑事なら、そのへん、判るだろ？」

相手の刑事ふたりは、顎で前を示した。行ってヨシというポーズだ。

「お前ら、偉そうな態度だな。サッチョウの入江審議官にチクっといてやる。首を洗って待っとけ」

佐脇は二人を睨《にら》みつけると、門をくぐった。

前庭の飛び石をつたい純和風の建物の玄関に着くと、上品な老女が待ち構えていた。

「大女将《おおおかみ》でございます。ようこそのお越しで。成沢はん、お待ちかねです」

大女将に先導されて、長い廊下を進み、奥まった座敷に案内された。

襖《ふすま》を開けると、鶴のように痩《や》せた、しかし鋼《はがね》のような強靭《きようじん》さを感じさせる老人が、一人で酒を飲んでいた。

「遅くなって申し訳ありません。いろいろありまして」

「まあ、おすわんなさい。大事な話は、お互い、酔っ払う前にしときましょう」

対面する位置に用意された席に座った佐脇に、ご隠居・成沢は、「実は、わしにちょっと考えがあってな」と切り出した。

「ゆんべ、河合がそっちに出張《でば》ったんやて？」

「はい。予想もしていなかったので、驚きましたよ」

「客人に大変な失礼があったそうやな。わしからも謝る。堪忍《かんにん》してくれ」

「とんでもないです。ご隠居が謝ることはありません」

「あの男はどう言うわけか伊草を目《め》の敵《かたき》にしとってな。早い話が嫉妬《しっと》やろ。男としての、極道としての器の違いや。そういう執念《しゅうねん》深いところをわしは好かん。しかし先代が妙にあの男を気に入っとってな……仰山カネを上納したのが効いたんやが……正味、ちょっとした上場企業をポンと買える額やった。実のところ須磨組の財政は火の車やったんや。このご時世《じせい》で、銀行から借入もでけんし、先代は困っとってな。しかも立て続けに癌《がん》が見つかって入退院を繰り返しとったのも弱気になる理由やった」

「その弱り目に付け込んだ河合が一気に出世して、ついには組長にまでなったというわけですね？」

　ご隠居は、鋭《するど》い目で佐脇を睨んだ。

「そうや。そんな、組長の座をカネで買いとったようなチンピラに、組を好きにされて堪るかいな。そう思うとるやつは、わし以外にも仰山おる」

「一昔前なら、クーデターというか、跡目相続で派手に揉《も》めたところですな」

「須磨組《うち》の伝統のエエトコロは、跡目相続で揉めん、ちゅうところやった。ウチはずーっとその時々の、一番の極道が跡目を継いできたし、それに誰も文句を言うどころか、足りんところは助けて、立派にやってきたんや。先代やってそうや。ちょっと意気地《いくじ》が足りんところもあって、東京の天知組《てんち》にやられそうになったとき……」

「ご隠居の働きで、天知組が詫《わ》びを入れてきて丸く収まったんでしたな。実話雑誌で読みました」

「まあ、そういうこっちゃ」

ご隠居は頷いた。

「そこまで知っとるんなら話は早い。これからわしの考えを言う。よう聞いて、伊草らに伝えてほしい」

ご隠居の考えを聞いた佐脇は、心の底から驚いた。

＊

佐脇は、正規のルートで悠々と高速バスに乗り、鳴海に戻ったが、他の面々は苦労したようだ。港は警察に張られているので、乗ってきた漁船は使えない。

伊草のボディガードを自任する島津と大タコは行動をともにした。大木の配慮で中型トラックを借り、免許を持っている島津がハンドルを握った。

このタイプは運転台の上に空気抵抗を減らす「エアデフレクター」がついているが、その中は運転手の休憩室になっている。その中に伊草を隠して、松山《まつやま》から高知を経由し、わざわざ山間部を通る、遠回りのルートで鳴海に向かった。

それでも要所要所で検問があり、トラックは徹底的に調べられた。当然、「エアデフレクター」の中も調べられたのだが、このトラックは一般仕様とは違って「秘密の抜け道」が作られていて、運転席後ろの空間や貨物室に抜けられるようになっている。すべての場所を同時に調べられたらアウトだが、普通の検問ではそこまで徹底的に調べることはない。

三人以外の面々は、関西から出るフェリーに乗って、鳴海に向かった。

一番最初に鳴海に戻った佐脇は、ご隠居の提案、いや、提案ではなく意志を伊草にどう伝えたものか、考えあぐねていた。

こういう事は電話ではきちんと伝わらない。だが今、伊草たちは警察の探索を逃れてひた走っている最中だから、うっかり電話などしない方がいい。向こうの状況が判らない中、最悪のタイミングで相手のスマホを鳴らしてしまうかもしれない。しかし、時間が経《た》てばそれだけ、ご隠居の考えを検討する猶予《ゆうよ》もなくなってしまう。

佐脇が鳴海に戻ったのは、ご隠居と会った、その夕方だった。

その足で鳴海署の刑事課に顔を出したが、当然、和久井をはじめ光田や皆川署長までが矢のような質問を浴びせてきた。大阪府警からご注進も入っているのだろうし、須磨組の中にいる情報源から伝わったこともあるだろう。

「おい、佐脇。お前は一体、どういうつもりだ？　曲がりなりにもお前は警官だろう？　警官がなぜ須磨組の重鎮《じゅうちん》に会いに行った？　よもや元鳴龍会の名代じゃあるまいな？　いやいや、そもそもお前が大阪に行ったのも、もしかして元鳴龍会の連中と一緒だったんじゃないのか？」

信じられん！　もしそうなら今度こそ懲罰《ちょうばつ》だぞ、と光田は脅《おど》しにかかった。

「光田、そうカリカリするな。これはおれの前からの持論なんだが、犯罪が起きてから悪いヤツを捕まえるより、犯罪を未然に防ぐほうがいい。お前もそうは思わないか？　警察ってのは、摘発《てきはつ》以前に、まず犯罪を防ぐ機関であるべきじゃないのか？」

「あ、署長。これはもう聞かなくていいです。佐脇のたぶらかしが始まったンで。マジメに聞いてると、とんだペテンに引っかかりますから。コイツがオレオレ詐欺を始めたら、たぶん天下取れると思いますよ」

ぶんむくれたまま文句を言う光田に、皆川署長は答えた。

「とりあえず犯罪を未然に防げるのなら、それはいいことです。それで、佐脇さんは、元鳴龍会と須磨組の成沢氏を取り持てば、事は沈静化して収まると判断したんですね？」

皆川署長は冷静だ。

「もちろん。そのつもりだからひと肌脱いだんです。それに警官の自分なら客観的に判断できるんで、須磨組が妙なことを言い出したらシメるつもりでしたよ。元鳴龍会の連中だけではね。なんとか助けて欲しいばっかりに理不尽《りふじん》なことを呑《の》んでしまって、後からホゾを噛《か》むという遺恨が生まれたら厄介《やっかい》ですからね」

佐脇の説明を皆川署長はウンウンと頷いて聞いた。

「署長！　駄目です！　もう佐脇の罠《わな》にハマってます！」

横から光田がストップを掛けた。

「そもそも、警官である佐脇がひと肌脱ぐこと自体が問題なんですから！　地元の反社会勢力と警察が結託していると批判される理由を作ってるんですよ！」

「光田！　お前の言ってることはフェアじゃない。このダブスタ野郎が！」

佐脇は吠えた。

「そもそもおれは、サッチョウの入江の遣り口が気に食わないんですよ。何ですか、あのナショナル警備保障は？　まるで入江の私兵か警察の別働隊じゃないですか。辞めさせた警官を大挙して入社させて、元鳴龍会の連中が始めた『私学校』を力ずくで潰そうとしている。その遣り方が納得いかねえんですよ」

佐脇はそう言って光田と皆川署長を見た。

「和久井、お前もそう思うだろ？」

佐脇はただひとりの部下に同意を求めた。和久井は無言だ。

「『私学校』の連中は、鳴龍会復活なんか考えてない。元ヤクザが自立できるように、なんとかしようって言う互助会みたいなものに過ぎないのに」

「あの、自分も、佐脇さんの言うとおりじゃないかと……」

和久井が自分の意見を言いかけると、光田が「黙ってろ！」と怒鳴った。

「佐脇。犯罪を未然に防ぐと言うんなら、須磨組の成沢と何を話したのか、それを全部言え！　それを聞かないと、ウチとしても動きようがない」

光田はもっともなことを言った。しかし。

「悪いが、それは言えない」

佐脇のその返答に、全員が言葉を失った。

「時が来るまで秘密にしておくという約束をご隠居としちまった……あのご隠居は戦前からの武闘派で、一見、好々爺《こうこうや》のイメージなんだが、怖《こえ》えんだよ！　笑って人を殺せるヤツだから」

「お前がビビったのは判ったが、警官とヤクザの約束ってのは、公序良俗《こうじょりょうぞく》に反するんじゃないのか？　お前が警官だと自負するなら、成沢とどんな話をしたのかは、すべて話す義務がある」

光田が厳しい表情で言い、皆川署長も同意した。

「いや、今は話せない。おれは警官だが、警官である前に、男だ。男と男の約束をしてしまった以上、守らないと男が廃《すた》る」

「じゃあお前、警察辞めて須磨組に入れて貰え！　お前も唐古も同類だ！」

「おい。唐古とおれを一緒にするな！」

佐脇は光田の胸ぐらを摑んだ。鳴海署内で、しかも他の刑事や皆川署長の目の前だ。

「お止《や》めなさい！」

皆川署長が割って入ると、さすがの佐脇も矛《ほこ》を収めた。

「今は言えません。ただし、巡り巡って、結局は日本のため、日本の治安と平和に資する内容であると自分は信じるが故《ゆえ》に、この約束を守りたい！」

佐脇は宣言するように、大声で言い切った。

「少なくとも刑事とヤクザが共謀《きょうぼう》して美味い汁を吸うような、そんなチンケな話ではない……それだけは天地神明に誓《ちか》って、言えるぜ！」

「えらく大きく出たな……」

光田は目を丸くした。

「それはそうだろうが……お前、警察官なんだぞ！　何度も言うが、そのへん、判ってるんだろうな！」

光田に迫られて、佐脇は仕方なく、と言う素振《そぶ》りで少し口を割った。

「ご隠居は、反社会勢力を力で叩き潰す、という今の警察のやり方には納得していない。これに賛成する暴力団員は居ないだろうがな。そして、ご隠居と今の須磨組組長とのあいだはしっくり行っていない。半グレあがりの、粗暴《そぼう》でカネに物を言わせる鬼畜外道が組長では、それももっともな話だ。だからと言ってご隠居には実権があるわけではない。結局、どういう風の吹き回しか組長がじきじき交渉の場に乗り込んできて、須磨組と『私学校』の交渉は決裂した。そういうことだ」

佐脇以外の面々は、まだ話に続きがあるのだろうと待ち構えているが、佐脇が帰り支度《じたく》を始めたので、ちょっと待てということになった。

「おい、それで終わりか？」

「ああ。これでオワリだ。須磨組組長とご隠居の意見は違うが、組織としては組長の意向がすべてだ。そして組長としては、警察と波風は立てたくない。よって『私学校』にはなんの援助もしないことになった。以上」

佐脇は、本当にこれでオワリ、と宣言すると刑事部屋を出ていってしまった。

光田は「和久井！　いけ！」と和久井に佐脇を追尾《ついび》させた。

「で、佐脇さん、自分にだけは教えてくれるんでしょう？」

佐脇に付いてきた和久井は、夕食に誘われて、尻尾《しっぽ》を振った。

「刑事課で喋った、あれだけのはずがないでしょう？」

「いや教えねえ。誰に喋っても、一時間後にはサッチョウの入江まで知ってることになる」

署を出た佐脇の足は、島津の店に向かっていた。

「そういや入江はまだこの辺にいるのか？」

「いえ、東京に帰ったようですが」

警察庁のナンバー3である政策立案総括審議官が、いつまでもこんな田舎には居られるはずがない。

「しかしあの大センセイは何しに鳴海に来たんだ？」

独り言のように言ったが、答えは判っている。自分を説得しに来たに違いない。伊草の居場所を突き止めて逮捕し、反社会勢力の根絶を改めて世間に訴えたかったのだ。それは警察行政のアピールというよりも、入江個人の昇進のためだろう。

そんなことを考えながら歩き、やがて目の前に現れた島津の店は、しかし閉まっていた。明かりも漏れてこない。

店の周囲をぐるっと回ってみたが、中に人の気配はない。電気メーターは廻《まわ》っているが、これは冷蔵庫が作動しているからだろう。

おそらく、鳴海への帰還に手間どっているのだろう。伊草の身柄が確保されたという一報は入ってこないので、少なくとも捕まってはいない。だが、警察の目をごまかすために、それだけ回り道をしているのだ。

「タダ飯は食えねえか……仕方ねえ、他所《よそ》行くか」

「佐脇さん。羽衣の料亭で、須磨組の重鎮とナニを食べたんですか？　すげーご馳走《ちそう》だったんでしょ？　国産の天然ウナギとか」

「お前ね、ご馳走というとウナギという、そういうのは基礎教養に欠けるね」

佐脇はそう言って和久井にデコピンを見舞ったが、その実、ご隠居との席では緊張してしまい、出されたものはロクに喉《のど》を通らなかった。酒すら飲めず、喉はカラカラになり、料亭を出てすぐ、ファストフードの店に飛び込んでコーラをがぶ飲みしたのだった。

「天然鮎《あゆ》の塩焼きが出たな。ウナギも出た。松阪牛《まつさかぎゅう》のグリルも出たが……あれはメシを食う席じゃなかったからな」

「じゃあ、その席で何を話したんですか？」

ニコニコして訊く和久井に、佐脇はまたもデコピンを見舞った。

「そんな単純な誘導で、おれが喋るわけねえだろ！　バカ」

そう言いながら二人は、関西風広島焼きという意味不明の店を見つけた。

「面白《おもしろ》そうじゃねえか。ここに入ろう！」

暖簾《のれん》をくぐろうとしたところで、佐脇の足が止まった。

近くの店から出てきた男女に目が釘付《くぎづ》けになってしまったのだ。

それは……いずみだった。甘い笑みを浮かべて、同行の男の腕を取り、ピッタリとしな垂れかかっている。この様子だと、二人は昵懇《じっこん》の仲としか見えない。

いずみが？　伊草の留守に？　相手は誰だ……。

佐脇は、彼女と一緒にいる男の顔を見て、思わず声を上げそうになった。これはただ事ではない。いずみに声をかけ、どういうつもりなのか問いただないと……。

そう思ったところで、和久井が佐脇の視線の先を捉《とら》え、「あ」と言った。

「あれは、指定暴力団・須磨組の、河合組長じゃないっすか？　実話雑誌で見た顔まんまっすよ」

須磨組の組長が、鳴海に来ている？　しかも、伊草の女であるいずみを連れて……。

よく見ると、少し離れて、組長のボディガードである若い衆も二人、邪魔にならないようについている。和久井が呟《つぶや》いた。

「須磨組の組長が、どうして館林さんと……」

これは……どういうことだ、と佐脇も驚きのあまり言葉がない。

物陰《ものかげ》の、街灯や看板のない暗いところに差し掛かった途端《とたん》、組長はいずみの肩を強引に抱き寄せ、無理やり、という感じで唇《くちびる》を奪い、その細い躰《からだ》を傍若無人《ぼうじゃくぶじん》にまさぐった。

いずみは無抵抗だ。しかしはっきりと拒否する風でもない。組長はしばらく、存分にいずみの躰を撫で回し、果てはスカートの中にまで手を忍ばせたあげく、ようやく気が済んだのか、いずみの腕を取り、ふたたび歩き始めた。

鳴海署の二人の刑事は、その様子を、呆然《ぼうぜん》と見送るしかなかった。

＊

翌日になっても、須磨組組長の河合は鳴海にとどまったのみならず、これ見よがしに市内各所で傍若無人の振る舞いを繰り広げた。

鳴海グランドホテルに宿泊しているらしい組長は、ホテルのグリルで朝から大声で従業員を恫喝《どうかつ》し、ビュッフェの料理を出しているテーブルをひっくり返すという乱暴狼藉《ろうぜき》に及んだ。さらに車を乗り回しては駐車禁止の場所での路上駐車を平気で繰り返し、目の前に車を止められた商店主を罵倒《ばとう》しては小突いたりしている。

その報告は逐一《ちくいち》、鳴海署に入ってくるのだが、刑事課長の光田は腕組みをしたまま、何の指示も出さない。佐脇は光田をどやしつけた。

「おい、光田、鳴海署がここまで舐《な》められていいのか？」

「仕方がない。河合の目論見《もくろみ》は判ってる。伊草をおびき出したいんだ。伊草は鳴海に居るんだろ？　お前と一緒に大阪まで行ったんだろ？」

逆に詰問《きつもん》されたが、佐脇は伊草の存在について一切口外《いっさいこうがい》するつもりはない。

河合は、なんとしても伊草をおびき出して、和歌山のラブホでは部下に止められて果たせなかった、一対一の対決に持ち込みたいのだろう。だから、伊草の縄張りだった鳴海に乗り込んできて、わざと、これ見よがしに幼稚《ようち》な示威《じい》行為を続けているのだ。

「しかし……須磨組の組長と言えば、会社に喩《たと》えれば一部上場の、それも日本最大の大企業の社長だろ。普通ならどっしり構えて、大親分の貫禄《かんろく》を見せるもんじゃないのか？」

そのへんが判らん、と光田は首を捻《ひね》るが、佐脇はそれを笑った。

「そこが半グレ出身の悲しさってやつだ。チンピラの発想から抜け出せねえの」

そう言った佐脇は、「それでどうするつもりだ？」と光田に問い返した。

「伊草をおびき出したいのはウチも同じだよな。入江の大センセイも伊草を逮捕したくてウズウズしてる。だからって悪行三昧《あくぎょうざんまい》の河合を、いつまで泳がすんだ？」

「河合がよっぽど目に余ることをしでかした時が腹の決め時だなあ。あんまり泳がしてると、こっちの評判まで悪くなるからなあ……」

そこへ電話が入った。

「はい鳴海署刑事課。え？　河合が白昼堂々《はくちゅうどうどう》と公衆の面前でヤクをキメてるって？」

電話を受けた光田は顔を強《こわ》ばらせ、だがとんでもない指示を出した。

「ここで逮捕したらいろいろ面倒だ。泳がせろ」

そう言って電話を切った光田を佐脇は怒鳴りつけた。

「何のつもりだよ？　この腰抜けが！　思いっきり現行犯だろ！　電話してきたヤツに、即刻逮捕しろと言え！」

「電話してきたのはお前の弟子《でし》の和久井だ。メシ食いに入った店に河合がいて、シャブ打ってるって」

「バカ野郎！　そこまで舐められても放置かよ！　そんなに入江が怖いのかよ！」

佐脇はそう怒鳴ると刑事課を出ていった。


和久井が昼メシを食べていたのは鳴海署近くの定食屋だ。わざわざこんな店に須磨組の組長が来るというのは、警察への挑発《ちょうはつ》以外のなにものでもないだろう。

佐脇が店の扉をガラガラと開けたとき、和久井は居たが組長は既《すで》に居なかった。

「バカかお前。現行犯で逮捕しろ！」

佐脇はいきなり和久井の頭をど突いた。

「すみません……河合は自分の目を見据《みす》えながら、堂々とシャブを……どうだ、お前にこのオレを逮捕出来るか？　みたいな顔で……」

メンチカツの定食を食べていた和久井は箸《はし》を置いて頭を下げた。

「お前も、俺の弟子を自称するなら、そこは問答無用《もんどうむよう》で逮捕だろ！」

そう言って今度は和久井の額《ひたい》をピシャリと叩いた。

「しかし……どうしてなんでしょう？」

和久井は首を傾《かし》げた。

「河合組長は伊草をおびき出そうとしてる。それは判ります。しかし、ならばどうして警察を挑発するんでしょう？　伊草と警察の両方を相手にする必要がありますかね？」

河合の真意がさっぱり判らない、と和久井は訴《うった》えた。

「バカかお前は。単純な事だろ。ここは伊草の縄張りで、乱暴なことをしてればすぐにアイツの耳に入る。伊草は筋を通す極道だ。そう言う狼藉は許せねえから、いずれ出て来る。河合はそう計算してるんだろ。しかし鳴海署が須磨組を恐れて、いつまでも様子見を決め込むとタカをくくっているところが河合の浅はかさだ。鳴海署は単独で存在してるわけじゃねえ。バックにはT県警、そして日本の全警察がついてるんだからな！」

今度その場に居合わせたら必ず逮捕しろ、と念を押して店を出ようとした佐脇だが、ひとつ、気になることがあった。

「シャブを打ってるとき、女は一緒にいたのか？」

「ええ、いました。館林さんが」

和久井は即座に答えた。

「彼女もシャブ、打ってたのか？」

事によったら、いずみも逮捕しなければならなくなる。それは辛い選択だ。

「いえ……自分が見たところでは、館林さんは知らん顔してうどんを食べていました」

それを聞いて、佐脇は言葉に尽くせないほど安堵《あんど》した。

今のところ、いずみの意図がまったく掴めない。おそらくは伊草のために、躰を張るつもりで河合の懐に飛び込んだのに違いない。しかし……万が一、「勝ち馬に乗」ってしまったのだとしたら？　今の状況を考えれば、伊草のグループに勝算はまったくない。警察をバックにしたナショナル警備保障と、正面から潰そうとかかってくる警察の、両方を相手にしなければならないのだ。頼みの綱《つな》だった須磨組すら、組長が敵に回ってしまった。このどうしようもない状況を、伊草が鳴海に戻ってきたらどう説明すればいいんだ……。

頭を抱《かか》えたい気分で、佐脇は定食屋を出た。

引き戸を後ろ手で閉めたとき、スマホが鳴った。

電話してきたのは、島津だった。

『佐脇さん、ようやく帰ってきましたよ。いやいや、苦労しました』

「今、どこに居る？」

佐脇は店から遠ざかりながら訊いた。

『おれの店や私学校のオフィスは張り込まれてるんで……産廃は燃えちまったし、あちこちに分散して潜伏してます』

「うん。分散してた方がいい。知ってるか？　須磨組組長が来てるの」

佐脇が訊くと、島津はもちろんですよと答えた。

「おれがご隠居と話したことを伝えたいんだが……いや、電話では話したくない」

刑事として、盗聴の危険を感じたのだ。身内の電話でも盗聴はするはずだ。伊草の存在は既にバレているだろうが。

島津とは、情報屋「セコの笹原《ささはら》」を介して落ち合う場所を決めることにした。笹原は元鳴龍会で、今も鳴龍会残党や半グレの周辺でウロウロしている「情報屋」だ。年齢不詳でヘラヘラしつつも、いろいろネタを仕入れてくるので便利に使っているのだ。

二条町で昼間から開いている飲み屋は多い。千紗の店は夜だけだが、笹原が根城《ねじろ》にしているなんちゃってアメリカンな店「バスコ・ダ・ガマ」は、昼間はカフェとして営業している。

「よっ！」

痩せた肩をばん！　と叩かれて、アロハ姿の笹原はコントのようにカウンターから滑《すべ》り落ちた。

「聞いてるだろ？　言え」

「Bの4。そう言ってましたけど」

「判った。他のヤツに訊かれても絶対に言うな。バレたらお前のせいだから、殺す」

「殺すって……オマワリが」

「オマワリだから完全犯罪が出来るって、判らねえか？　幾《いく》らでも握りつぶせるんだぜ？　証拠改竄《かいざん》なんざお手のものだ」

笹原は両手を挙げて、誓った。

「誓って、言いません。しかし……Bの4って、なんなんです？」

気にするな、お前はイイ子だ、と佐脇は初老の笹原の頭を撫でて席を立った。

Bの4の意味は、普通なら判らないだろう。

鳴海港には倉庫が並んでいる。客船が入らなくなっても貨物船の行き来は多くて、外国船も多数入港していたので、昔から倉庫はたくさんある。しかし……今は陸送がメインになって建ち並ぶ倉庫はがら空きだ。かと言って再開発しようにも新たに活用する術《すべ》がない。

以前、鳴龍会が所有していて、その後所有権が転々として、よく判らなくなっている古い倉庫の区画を「B」と呼び、その一つが、「4」だ。耐震構造に問題があるとされて、長い間使われていない。

錆《さ》びた鉄扉をこじ開けると、中は暗くてしんとしている。

「おれだ。佐脇だ。セコの笹原から聞いた」

空洞の倉庫の中に声をかけると、ペンライトのように明かりが一つ、灯《とも》った。二階の、隅のほうだ。

スマホを懐中電灯代わりにゆっくり歩いた佐脇は階段の場所を突き止め、慎重《しんちょう》に昇ると、段ボールで作った囲いが見えた。

「ここです」

島津の声がした。

段ボールの柵の中にはアウトドア用の電池式ランタンなどがあって、キャンプ中のテントのような状態だ。

中には、伊草と島津がいた。

「大タコは今、あちこちと連絡を取るのに外に行ってます」

島津が報告した。

「お前らが鳴海に向かっているあいだに、おれはご隠居と話をした。その事は知ってると思うが……いろいろと最初の思惑《おもわく》とは違うことになってきている」

「それは判っています。河合がこっちに来てるんですよね？」

「そうだ」

佐脇はそう応じたが、伊草にはいずみと河合のことは言わないことにした。彼女の真意が判らない以上、下手なことを言って状況を混乱させたくはない。

その代わり、河合に反感を持つご隠居の意向はきっちりと伝えた。

「……なるほど。それならこっちも策を講じなければなりませんね」

「だろ」

佐脇は頷いた。「私学校」は暴力団ではないから、武器は持っていない。しかし須磨組は立派な武装勢力だ。ナショナル警備保障もしかり。火器はないにしろ、警棒や楯などのタグイは装備している。私学校にとっては不利な状況だが、死中に活を求める方法は、必ずある筈だ……。

三人が一計を案じていると、佐脇のスマホが鳴った。

大阪府警の布川からだった。

『おい、ヤバいであんたら。須磨組の精鋭が鳴海に向かった！』

「そうか。知らせてくれたのは有り難い。恩に着るぜ！」

通話を切った佐脇は、ニヤリとした。

「これで役者は揃《そろ》った、ってことだ。仕掛けようぜ」

＊

朝。

私学校が運営する「ヨロズ相談＆問題解決センター」はしばらく閉店状態だったが、大タコが雑居ビル三階のドアを開けて廊下に看板を出して、開店準備をしていた、その時。

ダークスーツにサングラスの一団が階段を駆け上がってきて、いきなり大タコの肩を摑んで取り囲んだ。

総勢、五人。

「おい！　伊草を出さんかい！」

「伊草はどこや？」

「組長がお待ちかねやで！」

「は？　あんたらは誰だ？　なんだその格好は？　メン・イン・ブラックか？」

「うるさいわ！　ワケの判らんこと言いよって、舐めとったらアカンぞ！」

黒ずくめの一人が大タコを殴りつけた。

「だいたいお前ら、弱小の残党のクセさらしやがって、何を偉そうに口答えしくさって、しばき倒すぞ！」

そう怒鳴りながら大タコをなおも数発殴ると、元ヤクザはその場に崩れ落ちてしまった。

「なんやこのカスは。口ほどにもない……よっしゃ、中を探すデ」

一団は中に入って、衝立《ついたて》の奥にある書類などをバサバサと乱暴に床に落としつつ、私学校の「家捜《やさが》し」を始めた。

が、そこに、別の一団が乱入してきた。ラフなジーンズ姿だが、手に手に金属バットやバール、シャッターを閉める長い金属棒などを持っている。

「おらぁ！　デクノボーのオッサンらが！　お前ら、よくもおれらをバカにしやがったな！　今日は決着つけに来たぜ！」

先頭に立っているのは、半グレ集団ピーチパイの実行部隊のリーダー・丸山とその右腕の足立、そして松居だ。一緒にいるのは十人ほど。

数で敵に勝《まさ》っていると見た丸山は、馬鹿にするような笑みを浮かべて号令を掛けた。

「オラオラ！　やっちまえ！」

しかし、ピーチパイへの悪口雑言《あっこうぞうごん》で私学校の面々が盛り上がっていると佐脇に焚《た》きつけられ、殴り込みをかけてきた丸山たちは、ここにいるダークスーツの男たちの正体を知らなかった。

まさか須磨組の精鋭だと知っていたら間違っても手など出さなかっただろう。

果たして。

「なんやこのガキが！　うりゃぁっっ！」

金属バットを握る丸山の手首に、精鋭の手刀が炸裂《さくれつ》した。

「いっっ！　痛《い》ってぇよう……何すんだよこのオッサン」

大きな金属音を立ててバットが叩き落とされるとともに、素手《すで》のヤクザたちには完全にスイッチが入ってしまった。素手で簡単にノされた丸山たちは、奪われた凶器で逆にさんざんに打ちのめされた。

叫び声も悲鳴もほぼ一瞬のことで、あっと言う間にうめき声しか聞こえなくなった。

「な、なんだこれ……この前と全然違うじゃねえかよ……」

ピーチパイの連中を一瞬のうちに叩きのめした須磨組の精鋭五人は、床に倒れた半グレどもにケリを入れながら哄笑《こうしょう》した。

「わしらを誰やと思うてんねん？　あ？」

そこで、丸山たちは、完全に人違いをしていたことに気づいた。

「あんたら、いったい誰？」

「ハナテン中古車センターのＣＭみたいなこと言うな！　わしらはの」

正体を明かす前に、男は丸山の肋骨《ろっこつ》を踏み折った。

パキパキと乾いた音がして、丸山は絶叫した。

「田舎のド素人が、プロの極道に手ェ出したらどんな目に遭うか、一生忘れんように教えといたるわ！」

他の四人も、床にへたばっている足立や松居たちピーチパイの面々に容赦《ようしゃ》なく蹴りを入れ、腕や足に骨折するほどの打撃を加え始めた。

「一生歩けんようにしてやってもええねんで。お？」

「あ、あんたら……もしかして」

やっと丸山が五人の正体に気づいたとき。

三組目の集団が階段を駆け上がってきた。

「自由と責任の名において日夜《にちや》活躍する名もなき男たち、ナショナル警備保障だ！」

男たち総勢二十人は、警備会社の制服に身を包み、頭にはヘルメット、手にはそれぞれ警棒や抑制《よくせい》スプレー、スタンガンを持っている。

「なんや？　守衛さんが何しに来たんや！　なんで警察が来《け》えへんねん！」

警備員の一団の中から一人の男が前に進み出た。それは、唐古だった。

「貴様ら！　暴力の現行犯で、私人《しじん》逮捕する！」

「は？　何言うとんねん！　わざわざなんで守衛さんがしゃしゃり出てくるんや！」

須磨組とナショナル警備保障が対峙《たいじ》する隙《すき》を狙《ねら》って、骨折していないピーチパイの連中がコソコソ逃げようとしている。

「誰一人逃がすな！　それが上からの指示だ！」

唐古が命令を下し、ガードマンたちがピーチパイの連中を捕らえようとしたとき、今度は須磨組の精鋭が床に転がっている金属バットやバールなどを素早く手にとり、警備員たちに一斉《いっせい》に殴りかかった。

「私人逮捕なら、おれらかて出来るンやで！　お前らを逮捕したるわ！」

「ヤクザがガードマンを逮捕するのか！」

「ああ、やらいでか！」

たちまち須磨組、ピーチパイ、ナショナル警備保障の三者が入り乱れて、暴力のパイ投げ状態に陥《おちい》ってしまった。見分ける目印は服装だけだ。ラフな私服のピーチパイ、黒ずくめの須磨組、警備の完全装備のナショナル警備保障。

三《み》つ巴《どもえ》の大乱闘は混乱の度を深め、エスカレートする一方だ。

いつの間にか佐脇が現れ、この大混乱・大乱戦を大笑いしながら眺めている。

「まったく、ヤクザ同士を戦わせる桑畑三十郎《くわばたけさんじゆうろう》の気分だぜ！」

ここまでなら、ドタバタの笑い話で済んだだろう。

だが、コツコツと冷たい足音がして、河合組長までが姿を現すと、様子は一変した。

紺《こん》のストライプの、細身のスーツに身を包んだ河合は、佐脇を一瞥《いちべつ》すると口を歪《ゆが》めた。

「佐脇。これはお前が描いた画か？」

「さあ。何の話か判らねえなあ」

片や須磨組組長、片や所轄《しょかつ》のヒラの刑事と言えども、刑事が組長の風下《かざしも》に立つワケがない。佐脇は対等に口を利いた。

「伊草をおびき出すためなら何をやってもエエと、警察のお墨付きを貰《もろ》てたんやけどな」

「警察というのは、入江のことか？」

「そういうことや。入江ならお前ら所轄なんざ将軍と兵隊くらい格が違うだろが」

「位《くらい》はそうだが、入江個人の方針が警察の方針ではない」

「何をエラそうに。あのナショナル警備保障は入江の肝《きも》いりの会社やろが。あ？　ウチも言われて出資しとるちゅうのに、どういうことや、これは！」

河合の後ろには、いずみの姿があった。控えめにしているが、顔は青ざめている。

怒りを抑《おさ》えきれなくなったのか、河合はポケットからスティックに入った粉末を取りだして封を切り、鼻から吸引しようとした。

それが携帯用のコカインだと佐脇が気づくのには数秒かかった。

「警察主導の警備会社に、須磨組が出資だと？」

佐脇は驚いたが、その手は反射的に河合の手からスティックを叩き落としていた。

「おっおどれは何さらすねん！」

依存していた薬物を奪われた河合は逆上した。

「悪いね。あんたにおれの目の前で白い粉をキメさせるわけにはいかないんでな。その出資の話、もうちょっと詳しく話しちゃくれねえか？」

「おうよ。こっちにはこっちの目算がある。鳴龍会が潰れて鳴海は空白地帯や。そこで、ナショナル警備保障にカネを出すことで、警察とわしらの利害が一致したわけや……いや、したはずやった」

河合の目は、率先《そっせん》して須磨組の五人を警棒で痛めつけている唐古をじっと捕らえていた。

「お前、唐古言うたな？」

唐古は特殊警棒で河合の手下を殴りつけていた手を止めた。暴力に酔ったその目には危険な光があった。

「なんだお前。お前もコイツらのツレか？」

唐古は河合の顔を知らなかった。

「半端なヤクザが！　お前らの居場所はもうこの鳴海にも日本にも無い。これを機会に思い知れ！」

特殊警棒をふりかざし、満面の笑顔の唐古が河合に襲いかかろうとしたその時。

河合の手が目にも留まらぬ速さで動いた。懐から引き抜いた拳銃のトリガーを、その手が躊躇《ちゅうちょ》なく引く。

パン、という乾いた音がして唐古の頭部が揺れ、赤い霧《きり》が一面に飛散した。

「あ?」

唐古は、自分の死が理解出来ないまま、床に崩れ落ちた。

何が起きたか咄嗟《とっさ》には理解できないナショナル警備保障の面々は全員固まり、次《つ》いで後ずさった。

一瞬にして静まり返り、血と硝煙《しょうえん》の臭いの漂う中で呆《あき》れたように言葉を発したのは佐脇だった。

「河合。あんたはおれが想像した以上にイカレてるな。何をやったか判ってるのか? いくらヤクが切れたからってカタギの頭を吹っ飛ばすことはねえだろうが?」

「うるせえ。何もかもお前のせいだ。お前が邪魔しなけりゃ、こんなことにはなってねえ!」

河合は、銃口を佐脇に向けた。

「ついでにお前の頭も吹っ飛ばしてやろうか?」

だが、河合の額には脂汗《あぶらあせ》が滲《にじ》み、手は震えている。

「禁断症状だな。唐古もツキがねえ。そんなヘボな射撃でくたばるとはな」

「うるせえ! 伊草を出せ。お前なら居所を知ってるはずだ」

そう言いながらも河合は慌ただしく自分のスーツをさぐり、白い粉の入ったスティックを取り出すと歯で封を食い破り、スティックを鼻孔《びこう》に近づけて思い切り吸い込んだ。その間にも銃口では佐脇を狙い続けている。

「……やっとひとごこちついたぜ。これで百人力だ。伊草の野郎に負ける気がしねえ。おいお前ら」

河合はナショナル警備保障の面々に言った。

「お前らもあの世に送ってやろうか？　それが嫌ならとっととここから出て行け。邪魔だ」

河合が連中の足元に向けて一発発射すると、火器までは装備していないスタッフたちは怯《おび》え、転がるように階段を駆け下り、逃げて行った。

佐脇はそろそろとポケットに手を伸ばした。それを見た河合の腕が伸び、震える銃口が佐脇を狙った。

「おい佐脇。下手な真似《まね》、すんな」

「おれは丸腰だ。スマホを出そうとしたんだ。伊草を呼び出してやろうとしたんだが？」

銃口を佐脇に向けたまま、河合はボディタッチして拳銃を持ってないか、調べた。

「これか？」

河合は佐脇のポケットからスマホを取り出した。

「ご親切に済まんな。悪いが、先に救急車を呼ばせてもらうぜ」

「いや駄目だ。骨が折れたくらいでこいつらは死にゃしねえ。伊草が先だ」

河合はあくまでも伊草との対決に執着《しゅうちゃく》している。

「きっちり伊草を呼んで貰おうか」

「おれならここにいる」

死角になっていたうしろから、突然、聞き覚えのある声がした。

ゆっくりと階段を上がってきたのは伊草だった。昔から夏場によく着ていた、白い麻のスーツに身を包んでいる。こういう修羅場《しゅらば》に乗り込んでくる格好ではない。

「河合。おれと決着を付けるのなら、邪魔が入らないうちに終わらせよう」

この三階では、「団体戦」に関しては、完全に勝敗はついていた。須磨組の完勝だ。ピーチパイもナショナル警備保障も、既に死んでいるか逃げたか重傷で身動きもできないか失神しているかのどれかだ。

伊草の姿を見たいずみが、悲鳴のような声を発した。

「止めて！　伊草さん、馬鹿なことをしないで」

だが伊草は完全にいずみを無視した。

反応したのは河合だ。

「お前、やっぱり、この男が忘れられんのか。馬鹿な女だ。だがおれのほうが強い。それをこれから目の前で証明してやるよ」

河合は部下の精鋭五人に命じた。

「素手でタイマンを張る。伊草のボディチェックをしろ。そのあと階段の上と下で守りを固めろ」

誰もここまで上がってこられないように、ということだ。

いずみは相変わらず真っ青だ。か細い声で必死に訴えかける。

「止めてください。こんなことをしたら……どちらかが死んでしまう」

河合が嗤った。

「安心しろ。死ぬのは伊草だ。ここまで落ちぶれて、女にまで見限られた以上、いっそ死んだほうがマシだろう」

ここまで煽られても伊草はやはり、いずみを無視している。いずみはうなだれた。

伊草は河合に声をかけた。

「アンタの手下に身体検査して貰って結構だ。素手で勝負を付けようじゃねえか」

河合が顎で合図すると、手下の一人が伊草にボディタッチして、ナイフも銃も持っていないことを確認した。

「じゃあ、やるか」

伊草はそう言って、構えた。

「お前ら、手を出すな！　おれが負けるはずはないからな」

河合も組員たちに怒鳴った。

「佐脇、そしていずみ。お前ら二人が見届け人だ」

ヤクザ二人は素手での闘いで決着をつけようとしている。

伊草は筋金入《すじがねい》りの武闘派だが、半グレあがりでヤク中とはいえ、河合も格闘マニアだ。しかも凶暴このうえない。いずみが真っ青になっているのも、伊草の身を案じてのことだろう。

「おりゃぁぁぁあっ！」

河合は、クスリの力を借りて伊草に襲いかかり、顔面に立て続けに打撃を浴びせたが、伊草は避けもせず、逆に河合の顔に頭突きを食らわせた。

モロに鼻にヒットし、鼻血を噴き出した河合が一瞬怯んだ隙を見逃さず、伊草は、河合の顔面を連打して豪快な背負い投げを食らわせ、倒れた河合の髪の毛を摑んで後頭部を地面に何度も叩きつけた。

河合は、頭からゆで卵が割れるような音を発すると、そのまま動かなくなった。

伊草の白いスーツは、河合の鼻血で真っ赤に染まったが、勝負は一瞬でついた。

「ここまでだ。納得したか？」

仰向《あおむ》けに倒れて肩で息をする河合に近づいた伊草は、見下ろしながら言った。

「おれは武器は持ってないが……実はこの靴が武器だ。靴が銃になったりはしないが、特注で先が硬い。これでお前を蹴れば首の骨が折れるし、背骨を折ることもできる。死ぬか、半身不随《ふずい》になるか、どちらでも好きなほうを選べ」

河合は真っ青になってブルブルと首を横に振った。

明らかにとどめを刺せる状況だが、伊草はそれをしない。

「お、お前……どういうつもりだ？　口だけか？」

河合は屈辱《くつじょく》にまみれた表情で、伊草を睨みつけた。

「ああ。口だけで悪いか。お前は死にたくないし、半身不随にもなりたくねえんだろ？」

伊草は、憐《あわ》れむような笑みを浮かべると、河合に背を向けた。

が。

地面で伸びていたのは河合の芝居だった。固定してあった小型ナイフを手に、次の瞬間、目にも留まらぬ速さで立ち上がった河合は、伊草の背中に襲いかかっていた。

佐脇はうろたえ「伊草！」と怒鳴ったが、佐脇より先に、伊草との間に飛び込んできた者がいる。

いずみだった。

いずみは、伊草に向けられたナイフを自分の躰で受けとめたのだ。

「いずみ！」

振り返った伊草は、躰を二つに折り、傷口から血を溢《あふ》れさせているいずみを見て、恐怖の表情を浮かべた。

「ここまで卑怯《ひきょう》なやつだとは思わなかった！」

ヤクザに卑怯も何もねえよ！」

うそぶいた河合だったが、ナイフを持つ手を伊草にしっかり掴まれ、刃の切っ先が自分に向いたのにうろたえている。

「や、止めろや。勝負はついたやろ！」

「負けを認められなかったのはお前だろう？」

激しい揉み合いになり、河合の手にしたナイフが、河合自身の身体に深々と刺さった。

呻き、膝をついた河合から素早く飛び退《との》いた伊草は、いずみに駆け寄った。

「いずみ！　しっかりしろ！　急所は外れている！」

ナイフが刺さったまま倒れた河合は、裏返った声で怒鳴った。

「いずみ！　お、お前は、おれの女になったんじゃなかったのか⁉」

「何言ってるの？　バカね！」

いずみは苦しい息の下から言った。

「あなたは何も判ってない。自分の器量も、女性の気持ちも」

彼女はそう言って、気を失った。

遠くからようやくパトカーのサイレンが聞こえてきた。

「鳴海署の佐脇だ。湾岸町《わんがんちょう》の上原ビル判るか？　傷害事件だ。刃物で刺された女性が一人。大至急、救急車を一台、いや二台……ほかにも死傷者が多数いる。とにかくありったけの救急車を寄越《よこ》してくれ！」

河合といずみは別々の救急車に収容されて、国見総合病院に搬送された。

「伊草……伊草は？」

救急車を見送った佐脇は、伊草を探した。

だが、その姿は忽然《こつぜん》と消えていた。

＊

パトカーに乗って国見総合病院にやってきた佐脇は、待合室のベンチに座っている老人に目を留めた。

成沢繁治。ご隠居ではないか。

「どうなさったんです？　なぜあなたがここに」

驚いた佐脇は、思わず駆け寄った。

「邪魔になるとは思うたけどな……いろいろ心配で来てしもうた」

ご隠居の顔色は、心なしか悪い。

「首尾《しゅび》は……上手《うま》いこと行ったようやな」

「行きすぎですね。ピーチパイもナショナル警備保障の唐古も、みんな想定以上に単細胞で、あっさり逆上してくれたんで、簡単につぶし合いになりました」

「しかし河合は死んどらんのやろ？」

ご隠居は心底、残念そうな顔で訊いた。

「はい。現場から駆けつけたばかりなんで、私も詳しい容態《ようだい》は聞いてないんですが……伊草がホトケ心を出してしまって」

「あの男は、そう言う奴やからな」

そこで、佐脇はご隠居を正面から見た。

「ご隠居。あなたは館林いずみに、何かを頼みませんでしたか？」

あ？　とご隠居は一度はトボけようとしたが、佐脇に睨まれて、首を振った。

「あんたも怖い目やな……そうや、ワシはあのニョショウに因果《いんが》を含めた。辛いやろうが、伊草を助けたいんやったら一《いち》か八《ばち》か、河合の誘いにノッてくれへんかと。伊草への遺恨をかき立てれば河合は間違いなく暴走する。河合を潰し、鳴海から手を引かせるために、申し訳ないが、館林はんを利用させて貰《もろ》た」

ご隠居は、悪びれずに佐脇を見返した。

「その結果、上手いこと行ったがな」

「結果論です。一般人のいずみを危険に曝《さら》したし、女性として辛いことをさせてしまいました」

「ヤクザに惚《ほ》れた女は、多かれ少なかれ無傷ではおれん。そういうこっちゃ」

その時、和久井が走ってきた。

「佐脇さん！　大変です！　河合が看護師を……」

和久井の引《ひ》き攣《つ》った表情を見ただけで、佐脇は何が起こったかを見て取った。

「往生際《おうじょうぎわ》の悪い腐れ外道が！」

そう吐《は》き棄《す》てた佐脇は、ご隠居に「失礼。河合が」と言葉足らずな事を言って走った。

残されたご隠居は「せやから蛇《へび》は頭を潰しとかなアカンのや」と呟き、大木を呼んだ。

「大木。例のあれ、持ってきてんか」


河合の刺し傷は心臓や重要な内臓、動脈を外れて、全治一ヵ月ほどのもので命に別状はない。それもあって、緊急処置をして傷の縫合《ほうごう》をしたあとも河合は喚《わめ》き散《ち》らし、執拗《しつよう》にクスリを要求した。

「おれは須磨組の組長やぞ。こんな扱いで許されると思うとるんか？」

緊急処置室で河合は吠《ほ》えた。

「おれのクスリはどうした？　人の私物を勝手に没収してエエと思うとるんか？」

「無理を言うな。縫合の跡を見て、血液検査で破傷風《はしょうふう》とかの反応がなかったら、この病院で一番デラックスな個室に移してやる」

光田が取りなすように言ったが、覚醒剤《かくせいざい》やコカインに重度に依存している河合は収まらない。

ベッドの上で「放せ！　自由にしろ！」と激しく暴れ、医師や看護師が押さえつけても跳ね飛ばすので、拘束しようとした、その時。

手近にあった包帯を切るハサミを摑んだ河合は、看護師の首筋を刺した。

「きゃあああ」

頸動脈《けいどうみゃく》から血を噴き出しながら、看護師は倒れた。

「止血！　担架《たんか》！　緊急だ！」

院内が大騒ぎになった隙に、河合は点滴のチューブを引き千切《ひちぎ》って病室から逃走した。

入院着で裸足のままでは病院の外には逃げられない。

河合は廊下を走り、突き当たりの病室に突進すると、そこに立っていた制服警官をもハサミで刺し、その病室に立て籠《たこ》もった。

不運にもそこは、二人の子ども、鹿島諒汰と三上未桜が入っている部屋だった。

本当にあっという間の出来事だった。

佐脇が駆けつけたのは、河合が子どもたちを人質に取り、立て籠もった後だった。

「この病院にあの二人が入院しているのを前もって知ってたのか？　河合の腐れ外道は？」

病室の前で、佐脇は和久井に問《と》い質《ただ》した。

「一番弱い子どもを的にかけたのだとしたら、最低最悪のクソ野郎だ！」

廊下には、鳴海署から佐脇が連行してきた須磨組の側近もいる。

「お前は組長に要求を訊け。人質が要るなら代わりを用意するから子どもたちは解放しろと言え」

精鋭五人の中で一番マジメそうな男を選んで連れてきた佐脇は、その男に命じた。

「組長。平井《ひらい》です。入っていいでしょうか？　もちろん私一人です」

「ああ、入れ。他のヤツらが雪崩《なだれ》込《こ》んだら、容赦なくガキを殺すからな！」

「コイツしか入らない！　約束する！」

佐脇が怒鳴って、平井を促《うなが》した。

平井は、ゆっくりと扉を開けて中に入ると、すぐに扉を閉めた。

隙間からチラリと見えた限り、河合は未桜の喉元にハサミを突きつけ、ベッドに座り込んでいる。諒汰には、逃げたら未桜を殺すと脅しているのだろう。

「あの……組長は、逃走用のヘリを用意しろとおっしゃってます！」

病室の中から平井の声がした。

「ヘリをこの病院の屋上に降ろせと」

国見総合病院の屋上にはヘリポートがあるのだ。

「判った！　用意するから、子どもたちを解放しろ！」

佐脇は怒鳴り、和久井に囁《ささや》いた。

「代わりの人質、お前が行け」

「え。自分ですか！」

和久井は驚いた。

「怖いか？」

「それは、怖くないと言ったらウソになります」

「まあな。相手はジャンキーだから人質を平気で殺すだろうしな」

「佐脇さんが行けばいいじゃないですか」

「部下とも思えぬ発言、覚えておくぞ」

佐脇はそう言って和久井の額をピシャリとはたいた。

「河合がおれを人質にするワケがないだろ。見るからに扱いにくいオッサンだぜ？」

「そんなことより、早くしてください！　組長は十分以内にヘリを用意しないと子どもたちを殺すと言ってます！」

「十分以内？　無理に決まってるじゃねえか！」

佐脇は叫び、和久井と光田に「とにかく急いでヘリを用意してくれ！」と頼み、一計を案じた。

「鳴海署の留置場に、鹿島誠三が居るだろ？　誠三を連れてこい」

「誠三ですか？　なんのために？」

「判らねえのか？　このバカ野郎！」

佐脇は和久井の頭をど突いた。

「泣き落としに決まってるだろ！　とにかく時間稼ぎのためならなんでもやろう！」

そう言って和久井を送り出した佐脇は、病室に向かって怒鳴った。

「ヘリは今すぐ用意するが、十分以内は無理だ！　もう少し時間をくれ！」

スマホで連絡を取っていた光田が佐脇に近づいた。

「県の防災ヘリを借りることが出来たが、整備つうか、いわゆる始業点検に三十分はかかるそうだ」

「バカか？　防災ヘリだってのに、急ぎの役に立たねえってのはどういうことだ？」

病室から、平井が出てきた。

「なんだ？　どうしてお前が出てくる？　子どもを出せとおれたちは言ってるんだぞ！」

佐脇は怒鳴りつけた。平井は目を伏せて言い訳をした。

「組長は……日本有数のジャンキーなんで……その、シャブも用意しろと」

「バカ野郎！　覚醒剤が病院にあるワケがないじゃないか」

あるのかもしれないが、そんな危険なものをあのヤク中に渡すわけにはいかない。

「子どもたちは大丈夫なのか？」

「カーテンや点滴のチューブでベッドに縛り付けろと言われて、そうしましたが……あれ、ちょっと力を入れたら外れるんですけど」

「そんなことしたら子どもたちは河合に殺されるだろ！」

病室からは、三上未桜の泣き声が聞こえてきた。そして「大丈夫だから」と励《はげ》ます諒汰の声もした。しかし何故か河合の声がしない。

「佐脇！　中の様子が判るぞ！」

タブレット端末を持って走ってきた二係の樽井が、佐脇に小声で囁いた。

「うず潮テレビの協力で、屋上から小さなカメラを吊《つ》るして病室の窓外にセットした」

タブレット端末の画面に表示されているのは、確かに窓外から狙った室内の様子だ。平井が言った通り、子ども二人はパイプベッドの下、床に座り込む形で縛り付けられ、河合は苛立《いらだ》った様子で、落ち着きなく歩き回っている。先刻吸引したコカインの効き目は、早くも切れたようだ。

「禁断症状で苛立って、キレたらマズいぞ」

　さっきはそれで、苛立ちのあまり唐古の頭を吹っ飛ばしたのだ。

　そこに和久井が誠三を連れて鳴海署から戻ってきた。

「りょ、諒汰が人質に？　しかも諒汰の友達まで……警察は何をやってるんですか！」

「すまん誠三。それについては、謝るしかない。しかし今は、子どもたちの安全が第一だ。なんとか河合を説得しないと」

　佐脇は誠三の肩を抱いて話し込んだ。

「とにかく、ドア越しに……」

　佐脇は言い淀んでタブレットを見た。

　誠三が河合を説得して投降させるのは不可能だ。しかし、諒汰の父親にしか出来ないことはある。

「子どもたちを励ましてくれ！　落ち着くように言ってほしい。今子どもたちのすぐそばにはジャンキーが居るんだ」

　未桜がパニックになって泣き叫べば、禁断症状のあまり苛立った河合がキレて、何をするか知れたものではない。

「……判った」

　そう頷いた誠三は、ドア越しに子どもたちに声をかけた。

「未桜ちゃん。おれだ。諒汰の父親だ。今、警察から出して貰ってここに来た。必ず助けるから、心配しないで。諒汰、未桜ちゃんを助けてな。男だったら頑張《がんば》れ！」

病室の中から河合の怒号が答えた。

「うるせえぞ！　お前が半端もんの誠三か！　駄目ヤクザの噂《うわさ》は、大阪にも聞こえとるわ。このクソ田舎もんが！」

誠三を見下し馬鹿にする河合に答えたのは、諒汰の声だった。

「父ちゃんを悪く言うな！　父ちゃんはヤクザとしてはあかんかもしれんけど、人間としては立派なんや！」

「何言うてる。このクソガキが」

河合が諒汰を殴る音が聞こえてきた。だが諒汰は気丈に声ひとつ上げない。

「コラ！　子どもに手を掛けるな！」

誠三が悲痛な声で叫んだ。

「頼む！　堪《こら》えてくれ！」

佐脇は、ここに誠三を呼んだのを後悔し始めた。

「情けないな。親も親なら子も子や！　クソ同士が傷をなめ合ってろ！　おいクソ佐脇！　こんな茶番やってる暇があるんなら、早《はよ》うヘリ用意せんかい！」

怒鳴る河合の声とともに、ヘリのローター音が小さく聞こえてきた。

「県の防災ヘリが自衛隊の基地の格納庫から出て、こっちに向かってるとの連絡が来た」

携帯を手にした光田が知らせた。

「ヘリがこっちに向かってる。ヘリは用意したんだから、子どもを解放しろ！」

「アホ抜かせ！　子どもは連れてくデ！　それが人質の基本やろ！」

「子どもたちは弱っている！　誰かと交換してくれ！」

そう叫んだ佐脇に、誠三が言った。

「おれや！　おれと交換でどや！　おれやったら、邪魔になってもなんでも、都合悪うなったら殺してくれてええ。好きにしてくれ。しかし、子どもらはここで放してやってくれ！」

それへの返事はなかった。

飛んできたヘリは、病院屋上のヘリポート上でしばらくホバリングすると、ゆっくりと降下して、着陸した。

「河合！　ヘリが着いたぞ！　出てこい！」

平井が着替えを用意していたので、佐脇は、入って良しと許可を出した。

「河合！　人質は交換しろ！　いいな？」

やがて、黒のスーツに着替えた河合は、病室から諒汰を蹴り出した。

「ガキふたりは面倒や。こっちの腐れガキは要らん」

河合は、未桜の喉元にハサミを突きつけた状態で廊下に出てきた。

「頼む！　お、おれを代わりにしてくれ。その子をここで放してくれ。その子は本当に可哀想《かわいそう》な子なんや！」

「知るか！　おれには無関係なハナシや！　とっととヘリに案内せんかい！」

河合は未桜を解放しようとはしない。和久井の先導で階段に向かう河合。その後ろから、佐脇や光田、樽井などの刑事とともに、誠三も続いた。

佐脇は、誠三が暴走して過激な行動に出ないように手錠で繋いだ。

屋上には、ローターが止まったヘリがあったが、上空には二機のヘリがゆっくり旋回して飛んでいる。

「あのヘリはなんだ！」

「NHKと地元のうず潮テレビの中継だ！」

佐脇は出まかせで怒鳴ったが、実際にはどこのヘリなのかは判らない。

国見総合病院の近くには、高いビルはない。この周辺で一番高いのがこの病院の建物だ。

「おい。ウチの県警に、狙撃班はあったか？」

佐脇は光田に訊いた。

「ねえよそんなもん。が、あのヘリは大阪府警のだ。府警のSATが飛んできたんだ」

「じゃあ、上から河合を狙ってるのか?」

佐脇の問いに、光田は頷いた。

河合は、未桜を羽交《はが》い締《じ》めにし小脇に抱えたまま、ヘリに近づいた。

「河合、頼む! その子を解放しろ!」

佐脇は再度、声を上げた。

「うるせー! このクソ刑事が! コイツはおれが安全になるまで連れて行く!」

河合は未桜の喉元に、あらためてハサミを突きつけた。

少女が佐脇と誠三の方を見た。諦めきったような表情だ。

その口が動いた。

「……いいから。私、パパを殺したバツだから」

未桜は、そう言った。いや、そう言った気がした。

河合は和久井に命じてヘリのドアを開けさせ、中を確認させた。

「乗ったら中にポリが隠れとるのは、アホやからな」

河合はそう言い、和久井が「パイロット以外、誰も居ません」と言ったのを聞くと、未桜を拘束したまま、中を覗《のぞ》き込《こ》ませた。

「どうだ? 誰も居ないか?」

未桜の返事を待っていると、「河合!」というドスの利いた声が屋上に響いた。

人の列が割れると、そこには、ご隠居が立っていた。完全に場違いな、着流しスタイルだ。

「ご隠居……ここで、なにやってる?」

「その子の代わりに、わしを連れていけ」

クスリが切れた禁断症状、そしてこの状況にテンパって凶暴さを加速させている河合を、ご隠居は恐れる風もなく、ずんずんと歩み寄ってゆく。

「あのじいさん、いったいどういうつもりだ……」

光田が呆然として呟いた。

あまりに坦々《たんたん》としたご隠居の佇《たたず》まいに気を呑《の》まれて、佐脇をはじめ、警官は誰も手を出せない。

「ご隠居が人質? なんでご隠居が人質になる? サツから見ればおれも、ご隠居も、同じ穴の狢《むじな》だ。一緒に射殺されて終わりだ」

「組長。わしはあんたとズブズブとちゃうで。そのことは」

ここで老人はさっと振り向き、佐脇を指さした。

「佐脇、あんたはよう知っとるはずや!」

「……そうだ。ご老人の言う通りだ。組長はご隠居を嫌っている。いや、憎んでいる」

咄嗟に佐脇も言った。これは出任せではない。事実だ。

「なあ、もう一度訊くで。わしを人質にせえ」

ご隠居は穏やかな声で、訊いた。

「何遍《なんべん》訊かれても、答えは一つや。あかんもんはあかん。あんたはおれが嫌いやろ？」

「そや。組長、わしはあんたが好かん。好かんどころやない。あんたは上方《かみがた》の極道の名を穢《けが》した、鬼畜外道や」

「外道で悪かったな。どの道、あんたは信用できない」

河合の目に現れた憎悪《ぞうお》の焔《ほのお》が火勢を増してゆくのが判り、佐脇は不安に駆られた。

老人はどういうつもりなのだ？　クスリが切れて正常な判断ができなくなっている河合は、今すぐにでもキレて、未桜の喉を切り裂くかもしれないのに。

「それ以上近づくな！　あんたの説教は聞き飽きた」

「これでもか？」

ご隠居は手にしていた小さなビニールの袋を掲《かか》げてみせた。中には白い粉が入っている。

「高純度の上物やで。これをやるから、わしを人質にしてその子を解放せい」

滝のように脂汗を流し、ハサミを握った手を小刻みに震わせている河合の目は、薬物の小袋《パケ》に釘付《くぎづ》けになった。万力《まんりき》のように未桜を拘束していた腕が知らず知らずのうちに緩む。ふらふらと立ち上がり、薬物を取るべく一歩を踏み出そうとした。

その時だった。ものも言わず老人が懐に呑んでいた短刀《ドス》を抜き放ったのは。

歳を感じさせぬ稲妻《いなずま》のような動きで老人は突進し、河合に体当たりした。

刃が一閃《いっせん》するとともに河合が呻き、老人が渾身《こんしん》の力を込めて、突き立てた短刀をぐい、とこじるのが佐脇にも判った。老人がさっと離れた時、鬼畜外道は膝をつき、目を見開いたまま左胸を押さえていた。狙いあやまたず、短刀は肋骨と肋骨のあいだに深々と突き刺さり、溢れる血潮《ちしお》が短刀の柄《つか》と河合の白いシャツをしとどに濡らした。

「お、おのれ……このクソ爺《じじ》いが」

「遺恨とちゃうで。あんたの短慮《たんりょ》から組を守るためや。こうするしかなかった」

上空を旋回していたヘリから乾いた音がしたのは、その時だった。

「狙撃だ！」

パンパンと発射音が連続して、河合が、次いで老人が倒れた。

二人ともに狙撃されたのだ。

その瞬間、警官たちがワッと駆け寄ってヘリの搭乗口に呆然と座っていた未桜を助け出し、倒れた二人にも救護の手を伸ばした。

「二名撃たれた！　担架！」

河合はまた緊急処置室に逆戻りだが、ご隠居は瀕死《ひんし》だった。

「あかんわ……大阪のスナイパーはヘタクソや……急所をはずされた」

ご隠居は駆け寄った誠三に抱き起こされ、それでも気丈に言った。

「まあええわ。どうせわしはもう長《なご》うなかったんや。ステージ4ちゅうやつや」

「ご隠居……こんな形で……申し訳ないです」

鶴のように痩せた老人を抱えた誠三は、男泣きに泣いた。

「まだ、御恩のひとつも返せていないのに」

「あほ……そんな事はどうでもエエ」

ご隠居は、いまわの力を振り絞り、誠三の手をぐっと握り締めた。

「お前は生きろ。生きなアカン。辛くてもカタギになれ。あの子らのためにも」

な、判ったな、と言ったあと、ご隠居の頭ががくりと落ち、全身から力が抜けた。

昭和と平成を生き抜いた極道、成沢繁治は、誠三の腕の中で息絶えた。

エピローグ

諒汰と未桜は、こども公園の、土管の形をした遊具の中にいた。

「そうか……行っちゃうのか」

うん、と未桜は頷《うなず》いた。

「ママがね……壊れちゃって。なんか、児童相談所のヒトが、よくなるまで一緒に暮らすのは無理だって。横須賀《よこすか》の親戚なんか知らないし、横須賀なんか行ったことないし、アレなんだけど」

未桜は沈んでいる。

「でもなあ、鳴海に居るとお前は有名人だしな。鳴海って田舎《いなか》じゃん。みんな面白《おもしろ》がってあれこれ噂《うわさ》するだろ」

「そうなんだよね。横須賀の親戚は……ママのお姉さんなんだけど、パパのことが嫌いで。ママともあんまり仲良くなくて……。会いに来てくれたときはニコニコして優しそうだったんだけど」

「そうか」

諒太は次の言葉を探したが、上手《うま》く出て来なかった。

彼は、父親の誠三から大雑把《おおざっぱ》な説明を受けていた。三上さんの未桜ちゃんとお前は正当防衛？　いやキンキュウヒナン……だったかな？　要するに、罰は受けないことになったらしい。それまでに三上のおじさんから受けていた虐待《ぎゃくたい》のこともあるし、二人ともひどく殴られていたし、と。

「そう言えばおれの父ちゃんが、三上のママにありがとう、って言ってた」

『未桜ちゃんのお母さんが全部、警察に話してくれたから、おれも晴れて無実になった』

誠三はそう言って、諒太を抱きしめたのだ。

父ちゃんはタバコの臭《にお》いがして臭《くさ》かったけれど。

諒太は、傍《かたわ》らの紙袋を差し出した。

「パン、食べよう！」

「給食の？」

「違うよ。そこの駄菓子屋で買ってきたんだ。あの店、来月で終わっちゃうんだって。まあ、欲しいものがあっても買えなかったんだけど……今日は買ってきた」

諒太は餡《あん》パンとジャムパンを出して、未桜に選ばせた。

彼女は、ジャムパンを選んだ。

「おれも、父ちゃんと大阪に行くんだ。大阪で板前やるんだって」

ふーん、と未桜はパンを食べる手をとめて、諒汰を見た。

「どっちにしても、会えなくなるね」

「まあな」

未桜はポケットから紙切れを出した。

「これ、横須賀の住所。手紙書いて」

判《わか》ったと言いながら、諒汰は紙切れを受け取った。

「なんかあったら手紙出すよ」

「なんかなくても、手紙ちょうだい」

うん……と諒汰は言葉を濁《にご》して未桜を見た。

「お前、よく見たら、可愛《かわい》いな」

「バカじゃないの？　あんた、ホントは手紙書くのが面倒くさいんでしょ？」

「うん」

諒汰は素直に頷いた。

「じゃあ、電話して」

「お前の番号判らないじゃん」

「スマホとか買って貰《もら》ったら番号知らせるよ」

「おれ、どこに引っ越すのか、まだ判らないんだ……」

諒汰は悲しげに唇《くちびる》を噛《か》んだ。

「だ、か、ら、手紙書けって言ってるの！」

未桜は、残ったパンを大事そうに袋に戻した。

「これ、あとから大切に食べるね。じゃあね！」

未桜は土管から飛び出すと、そのまま走っていった。

小さくなる背中を諒汰は目で追った。

鼻の奥がツンとするのはなぜなんだろう。

参考文献

「ヤクザと憲法」（東海テレビ製作　2016）
「ヤクザと憲法～『暴排条例』は何を守るのか」（東海テレビ取材班　岩波書店　2016）
「闘いいまだ終わらず」（山平重樹　幻冬舎アウトロー文庫　2016）
「あえて暴力団排除に反対する」（辻井喬・西部邁・宮崎学・下村忠利　同時代社　2012）
「冤罪・警察不祥事と暴対法」（宮崎学・田中森一・川口和秀・松井武・照屋寛徳　同時代社　2013）
「排除社会の現場と暴対法の行方」（宮崎学・青木理・小谷野毅・齋藤三雄・設楽清嗣・鈴木邦男・高井晃・田口圭・田原総一朗・照屋寛徳・宮台真司・村上正邦・吉田忠智　同時代社　2012）
「週刊東洋経済2012年1月28日号」（東洋経済新報社）
「反社会的勢力」（夏原武　洋泉社新書　2011）
「暴力団」（溝口敦　新潮新書　2011）

報いの街

一〇〇字書評

切り取り線

購買動機（新聞、雑誌名を記入するか、あるいは○をつけてください）

□（　　　　　　　　　　　　）の広告を見て
□（　　　　　　　　　　　　）の書評を見て
□ 知人のすすめで　　□ タイトルに惹かれて
□ カバーが良かったから　　□ 内容が面白そうだから
□ 好きな作家だから　　□ 好きな分野の本だから

・最近、最も感銘を受けた作品名をお書き下さい

・あなたのお好きな作家名をお書き下さい

・その他、ご要望がありましたらお書き下さい

住所	〒				
氏名		職業		年齢	
Eメール	※携帯には配信できません		新刊情報等のメール配信を 希望する・しない		

この本の感想を、編集部までお寄せいただけたらありがたく存じます。今後の企画の参考にさせていただきます。Eメールでも結構です。

いただいた「一〇〇字書評」は、新聞・雑誌等に紹介させていただくことがあります。その場合はお礼として特製図書カードを差し上げます。

前ページの原稿用紙に書評をお書きの上、切り取り、左記までお送り下さい。宛先の住所は不要です。

なお、ご記入いただいたお名前、ご住所等は、書評紹介の事前了解、謝礼のお届けのためだけに利用し、そのほかの目的のために利用することはありません。

〒一〇一‐八七〇一
祥伝社文庫編集長　坂口芳和
電話　〇三（三二六五）二〇八〇

祥伝社ホームページの「ブックレビュー」からも、書き込めます。
http://www.shodensha.co.jp/bookreview/

祥伝社文庫

報《むく》いの街《まち》　新《しん》・悪漢刑事《わるデカ》

令和 元 年 7 月 20 日　初版第 1 刷発行

著　者　安達《あだち》　瑶《よう》

発行者　辻　浩明

発行所　祥伝社《しょうでんしゃ》

東京都千代田区神田神保町 3-3
〒 101-8701
電話　03（3265）2081（販売部）
電話　03（3265）2080（編集部）
電話　03（3265）3622（業務部）
http://www.shodensha.co.jp/

印刷所　萩原印刷
製本所　積信堂
カバーフォーマットデザイン　芥 陽子

 ISBN978-4-396-34543-3 C0193